人民共和國文化與文學叢書

六　編

李　怡 主編

第 6 冊

地域視角與王安憶的小說創作

程　暘 著

花木蘭文化事業有限公司

國家圖書館出版品預行編目資料

地域視角與王安憶的小說創作／程暘 著 — 初版 — 新北市：花
木蘭文化事業有限公司，2018〔民 107〕

目 2+206 面；19×26 公分

（人民共和國文化與文學叢書 六編；第 6 冊）

ISBN 978-986-485-465-3（精裝）

1. 王安憶 2. 中國小說 3. 文學評論

820.8　　　　　　　　　　　　　　　　107011335

特邀編委（以姓氏筆畫為序）：

吳義勤　孟繁華　張　檸
張志忠　張清華　陳思和
陳曉明　程光煒　劉福春
（臺灣）宋如珊
（日本）岩佐昌暲
（新西蘭）王一燕
（澳大利亞）鄭　怡

ISBN-978-986-485-465-3

9 789864 854653

人民共和國文化與文學叢書
六 編 第 六 冊　　　　　　　ISBN：978-986-485-465-3

地域視角與王安憶的小說創作

作　　者　程　暘
主　　編　李　怡
企　　劃　四川大學中國詩歌研究院
總 編 輯　杜潔祥
副總編輯　楊嘉樂
編　　輯　許郁翎、王　筑　美術編輯　陳逸婷
印　　刷　普羅文化出版廣告事業
出　　版　花木蘭文化事業有限公司
發 行 人　高小娟
聯絡地址　235 新北市中和區中安街七二號十三樓
　　　　　電話：02-2923-1455／傳真：02-2923-1452
網　　址　http://www.huamulan.tw 信箱 hml810518@gmail.com
初　　版　2018 年 9 月
全書字數　186976 字
定　　價　六編 7 冊（精裝）台幣 13,000 元

地域視角與王安憶的小說創作

程暘　著

作者簡介

程暘，男，1985 年 1 月 28 日出生。北京人。原籍江西省婺源。武漢大學學士，英國利物浦大學碩士，南開大學博士。現爲中國社會科學院文學研究所當代文學研究室助理研究員。主要從事中國當代文學史研究，兼及文學批評。王安憶小說研究是他近年來關注的重點領域。在國內核心學術雜誌《文學評論》、《文藝爭鳴》、《當代作家評論》、《南方文壇》、《中國現代文學研究叢刊》和《當代文壇》上，發表許多論文。不少文章被中國人民大學複印資料全文轉載。

提　　要

　　這是迄今爲止第一部研究王安憶九十年代創作轉型問題的著作。該書以大量的資料爲基礎，論述了 1985 年「文學尋根」、九十年代上海重新崛起和文化思潮對作家轉型的外部影響，同時結合眾多作品，分析了外部影響與作家內部轉型衝動之間複雜糾纏的關係。重點提出了「軍轉二代身份」、「弄堂人物檔案」等過去王安憶研究中未曾涉及的理論概念，這對深刻理解作家九十年代以後文學創作的全貌，是一個有學術價值的參照和進展。作者爲當前的王安憶研究領域，提供了一部富有歷史張力和頗具新意的專書。

人民共和國時代的文學史料與文學研究
——《人民共和國文化與文學》第六輯引言

李 怡

　　人民共和國文學的研究同樣以文學史料工作爲基礎，這些史料既包括共和國時代本身的文學史料，也包括在共和國時代發現、整理的民國時代的史料，後者在事實上也影響著當前的學術研究。

　　討論共和國文學的問題，離不開對這些史料工作的檢討。

　　中國新文學創生與民國時期，其文獻史料保存、整理與研究、出版工作也肇始於民國時期。不過，這些重要的工作主要還在民間和學者個人的層面上展開，缺乏來國家制度的頂層擘劃，也未能進入當時學科建設的正軌。

　　作爲國家層面的新文學文獻史料的搜集整理工作始於新中國成立以後。

　　十七年間，作爲新文學總結的各類作家文集、選集開始有計劃地編輯出版。如在周揚主持下，由柯仲平、陳湧等編輯了《中國人民文藝叢書》。該工作始於 1948 年，1949 年 5 月起由新華書店陸續出版。叢書收入收作家創作（包括集體創作）的作品 170 餘篇，工農兵群眾創作的作品 50 多篇，展現了解放區文學，特別是自《在延安文藝座談會上的講話》以來的文學成果，從此開啓了國家政府層面肯定和總結新文學成績的新方式。此外，開明書店、人民文學出版社等也先後編選了一些現代作家的選集、文集，通過對新文學「進步」力量的梳理昭示了新中國所認可的新文學遺產。

　　除了文學作品的選編，文學研究史料也開始被分類整理出版，如上海文藝出版社影印了二、三十年代的革命文學期刊四十餘種，編輯了《魯迅研究資料編目》、《中國現代文學期刊目錄》等專題資料，還創辦了《中國現代文藝資料從刊》；作爲「內部讀物」，上海圖書館在 1961 年編輯出版了《辛亥革

命時期期刊總目錄》。這樣的基礎性的史料工作在新文學的歷史上，都還是第一次。第二年 5 月，在《中國現代文藝資料叢刊》的創刊號上，周天提出了對現代文學資料整理出版的具體設想，包括現代文學資料的分類法：「一、調查、訪問、回憶；二、專題文字資料的整理、選輯；三、編目；四、影印；五、考證。」〔註1〕標誌著中國新文學史料文獻研究之理論探討的起步。

作家個人的專題資料搜集、整理開始受到了重視，在十七年間，當然主要還是作爲「新文學旗手」的魯迅的相關資料。1936 年魯迅逝世後即有不少回憶問世，新中國成立後，又陸續出版了許廣平、馮雪峰、周作人、周建人、唐弢等親友所寫的系列回憶，魯迅作爲個體作家的史料完善工作，繼續成爲新文學史料建設的主要引擎。

隨著新中國學科規劃的制定，中國新文學（現代文學）學科被納入到國家教育文化事業的主要組成部分，對作爲學科基礎的文獻工作的重視也就自然成了新中國教育和學術發展的必然。大約從 1960 年代開始，部分的高等院校和國家研究機構也組織學者隊伍，投入到新文學史料的編輯整理之中。1960 年，山東師範學院中文系薛綏之等先生主持編輯了「中國現代作家研究資料叢書」，名爲內部發行，實則在高校學界傳播較廣，影響很大。叢書分作家作品研究十一種，包括《郭沫若研究資料彙編》、《茅盾研究資料彙編》、《巴金研究資料彙編》、《老舍研究資料彙編》、《曹禺研究資料彙編》、《夏衍研究資料彙編》、《趙樹理研究資料彙編》、《周立波研究資料彙編》、《李季研究資料彙編》、《杜鵬程研究資料彙編》、《毛主席詩詞研究資料彙編》等；目錄索引兩種，包括《中國現代作家著作目錄》、《中國現代作家研究資料索引》；傳記一種，爲《中國現代作家小傳》；社團期刊資料兩種，有《中國現代文學社團及期刊介紹》和《1937～1949 主要文學期刊目錄索引》。全套叢書共計 300 餘萬字。以後，教研室還編輯了《魯迅主編及參與或指導編輯的雜誌》，收錄了十七種期刊的簡介、目錄、發刊詞、終刊詞、復刊詞等內容。這樣的工作在當時可謂聲勢浩大，在整個新文學學術史上也是開創性的。另據樊駿先生所述，中國社會科學院文學研究所現代文學研究室在五十年代末也做過類似工作。〔註2〕

〔註 1〕 周天：《關於現代文學資料整理、出版工作的一些看法》，載《中國現代文藝資料叢刊》第 1 輯，上海文藝出版社 1962 年版。
〔註 2〕 《這是一項宏大的系統工程——關於中國現代文學史料工作的總體考察》上，《新文學史料》1989 年 1 期。

　　當然，這些文獻史料工作在奠定我們新文學學術基礎的同時也構製了一種史料的「限制性機制」，因為，按照當時的理解，只有「革命」的、「進步」的文獻才擁有整理、開放的必要，在特定政治意識形態下，某些歷史記敘和回憶可能出現有意無意的「修正」、「改編」，例如許廣平 1959 年「奉命」寫作的《魯迅回憶錄》，1961 年 5 月由作家出版社，周海嬰先生後來告訴我們：「這本《魯迅回憶錄》母親許廣平寫於五十年前的 1959 年 8 月，11 月底完成，雖然不足十萬字，但對於當時已六十高齡且又時時被高血壓困擾的母親來說，確是一件為了「獻禮」而「遵命」的苦差事。看到她忍受高血壓而泛紅的面龐，寫作中不時地拭擦額頭的汗珠，我們家人雖心有不忍，卻也不能攔阻。」「確切地說許廣平只是初稿執筆者，『何者應刪，何者應加，使書的內容更加充實健康』是要經過集體討論、上級拍板的。因此書中有些內容也是有悖作者原意的。」〔註 3〕

　　而所謂「反動」的、「落後」的、「消極」的文獻現象則可能失去了及時整理出版的機會，以致到了時過境遷、心態開放的時代，再試圖廣泛保存和利用歷史文獻之時，可能已經造成了某些不可挽回的物理損失。

　　1950 年代中期特別是「大躍進」以後，以研究者個人署名的文學史著作開始為集體署名的成果所取代，除了如復旦大學中文系、吉林大學、中國人民大學、北京大學師生先後集體編著出版的《中國現代文學史》外，以「參考資料」命名的著作還包括東北師範大學中文系中國現代文學教研室《中國現代文學參考資料》（1954）、北京師範大學中文系編《中國現代文學史參考資料》（高等教育出版社 1959）、吉林師範大學中文系現代文學教研室《中國現代文學參考資料》（1961）等，所謂「資料」其實是在明確的意識形態框架中對文藝思想鬥爭言論的選擇和截取，東北師範大學中文系中國現代文學教研室《中國現代文學參考資料》在文學史的標題上彙編理論批評的片段，讀者無法看到完整的論述，而其他保留了完整文章的「資料」也對原本豐富的歷史作了大刀闊斧的刪削，甚至還出現了樊駿先生所指出現象：

　　　　「大躍進」期間，採用群眾運動方式編輯出版的一些「中國現代文學參考資料」書籍，有的不知是因為粗心大意，還是出於政治需要，所收史料中文字缺漏、刪節、改動等，到了遍體鱗傷的地步，

〔註 3〕周海嬰、馬新云：《媽媽的心血》，見許廣平《魯迅回憶錄：手稿本》1～2 頁，長江文藝出版社 2010 年。

叫人慘不忍睹，更不敢輕易引用。理論上把堅持階級性、黨性原則
和爲無產階級政治服務的要求簡單化、絕對化了，又一再斥責史料
工作中的客觀主義、「非政治傾向」，也導致了人們忽略這個工作必
不可少的客觀性和科學性。〔註4〕

不過，較之於後來的「文革」，新中國十七年間得文獻工作還是值得充分肯定
的，新文學的史料整理和出版在此期間的確在總體上獲得了相當的發展，——
—雖然「大躍進」期間也出現過修正歷史的史料書籍，不過，比起隨之而來
的十年文革則畢竟多有收穫，在文革那浩劫的歲月了，不僅大量的文學文獻
被人爲地破壞，再難修復和尋覓，就是繼續出版的種種「史料」竟也被理直
氣壯地加以增刪修改，給後來的學術工作造成了根本性的干擾，正如樊駿痛
心疾首的描述：

　　「文化大革命」後期，有的高校所編的現代文學參考資料，竟
然把胡適的《文學改良芻議》和陳獨秀的《文學革命論》，與林紓等
守舊文人反對新文學的文章一起作爲附錄。這就是說，他們不但不
是「五四」文學革命最早的倡導者，而且從一開始就是這場變革的
反對者、破壞者。顛倒事實，以至於此！不尊重史料，就是不尊重
歷史；改動史料，就是歪曲歷史眞相的第一步。這樣的史料，除了
將人們對於歷史的認識引入歧途，還能有什麼參考價值呢？

　　「文化大革命」期間，朝不保夕的「黑幫」和準「黑幫」、他們的
膽戰心驚的親屬友好、還有「義憤塡膺」的「革命小將」，從各不相同
的動機出發。爭先恐後地展開了一場毀滅與現代歷史有關的事物的無
比殘酷的競賽。很少有人能夠完全逃脫這場劫難。不要說不計其數的
史料在尚未公諸世人之前，或者尚未爲人們認識和使用之前，就都化
爲塵土，連一些死去多年的革命作家的墳墓之類的歷史文物都被搗毀
了。江青、張春橋等人爲了掩蓋自己三十年代混跡文藝界時不可告人
的行徑，更利用至高無上的權力查禁、封鎖、消滅有關史料，連多少
知道一些當年剛青的人也因此成了「反革命」，甚至遭到「殺人滅口」
的厄運。眞可以說是到了「上窮碧落下黃泉」的乾淨徹底的地步。

　　這類出於政治原因、來自政治暴力的非正常破壞所造成的損

〔註4〕樊駿：《這是一項宏大的系統工程——關於中國現代文學史料工作的總體考
　　　察》上，《新文學史料》1989 年 1 期。

失，更是不知多少倍於因爲歲月消逝所帶來的自然損耗。試問有誰
能夠大致估計由此造成的史料損失？更有誰能夠補救這些損失於萬
一呢？」〔註5〕

至此，我們可以說，中國新文學的文獻史料工作出現了中斷。

中國新文學文獻史料工作的再度復蘇始於新時期。隨著新時期改革開放
的步伐，一些中斷已久的文化事業工作陸續恢復和發展起來，中國新文學研
究包括作爲這一研究的基礎性文獻工作也重新得到了學界的重視。1980 年，
在中國現當代文學研究剛剛恢復之際，作爲學科創始人的王瑤先生就提醒我
們，「必須對史料進行嚴格的鑒別」，「在古典文學的研究中，我們有一套大家
所熟知的整理和鑒別文獻材料的學問，版本、目錄、辨僞、輯佚，都是研究
者必須掌握或進行的工作，其實這些工作在現代文學的研究中同樣存在，不
過還沒有引起人們應有的重視罷了。」〔註6〕

新時期的文獻史料工作首先體現在一系列扎扎實實的編輯出版活動中。
其中，值得一提的著作如下：

作爲文獻史料的最基礎的部分——作家選集、文集、全集及社團流派爲
單位的作品集逐漸由各地出版社推出，人民文學出版社與各省級出版社在重
編作家文集方面作了大量的工作，中國社會科學院文學研究所現代文學研究
室主編的《中國現代文學創作選集》叢書，人民文學出版社編輯出版的《中
國現代文學流派創作選》叢書，錢穀融主編的《中國新文學社團、流派叢書》
等都成爲學術研究的重要文獻，大型叢書編撰更連續不斷，如《延安文藝叢
書》、《上海抗戰時期文學叢書》、《抗戰文藝叢書》、《中國抗日戰爭時期大後
方文學書系》、《中國解放區文學研究叢書》、《中國淪陷區文學大系》等，《中
國新文學大系》的續編工作也有序展開。

北京魯迅博物館於 1976 年 10 月率先編輯出版不定期刊物《魯迅研究資
料》，人民文學出版社於 1978 年秋季也創辦了《新文學史料》季刊。稍後，
各地紛紛推出各種專題的文學史料叢刊，包括《東北現代文學史料》〔註7〕、

〔註5〕 樊駿：《這是一項宏大的系統工程——關於中國現代文學史料工作的總體考
　　　　察》上，《新文學史料》1989 年 1 期。

〔註6〕 王瑤：《關於中國現代文學研究工作的隨想》，載《中國現代文學研究叢刊》
　　　　1980 年第 4 期。

〔註7〕 黑龍江、遼寧社會科學院文學研究所共同編印，不定期刊物，1980 年 3 月出
　　　　版第一輯。

《抗戰文藝研究》、〔註8〕《延安文藝研究》、〔註9〕《晉察冀文藝研究》〔註10〕
等，創刊於六十年代初期的《中國現代文藝資料叢刊》於七十年代末期復刊〔註
11〕，創刊較早的《文教資料簡報》也繼續發行，並影響擴大。〔註12〕

　　1979 年中國社會科學院文學研究所現代文學研究室發起編纂大型史料叢
書《中國現代文學史資料彙編》，該叢書包括甲乙丙三大序列，甲種為「中國
現代文學運動、論爭、社團資料彙編」30 卷，乙種為「中國現代作家研究資
料叢書」，先後囊括了 170 多位作家的研究專集或合集近 150 種，丙種為「中
國現代文學期刊目錄彙編」、「中國現代文學總書目」等大型工具書多種。甲
乙丙三大序列總計劃五六千萬字，由 70 多所高校和科研機構的數百位研究人
員參加編選，十幾家出版社分擔出版事務。這是自中國新文學誕生以來規模
最大的一項文獻整理出版工程。2010 年，知識產權出版社將已經面世的各種
著作盡數搜集，在《中國文學史資料全編・現代卷》之名下再次隆重推出，
全套凡 60 種 81 冊逾 3000 萬字，蔚為大觀。

　　一些較大規模的專題性文學研究彙編本也陸續出版，有 1981～1986 年天
津人民出版社出版的由薛綏之先生主編的《魯迅生平史料彙編》，全書分五輯
六冊計三百餘萬字，是對於現存的魯迅回憶錄的一種摘錄式的彙編。除外，
先後上海社會科學院文學研究聽主編的《上海「孤島」時期文學資料叢書》、
廣西社會科學院主編的《抗戰時期桂林文化運動史料叢書》、中國社會科學院
文學研究所魯迅研究室主編的《1923～1983 年魯迅研究學術論著資料彙編》
以及《中國人民解放軍文藝史料叢書》、《新文學史料叢書》、《江蘇革命根據
地文藝資料彙編》等。

〔註8〕四川省社科院文學所與重慶中國抗戰文藝研究會聯合編輯，1981 年底開始「內
　　　部發行」，至 1983 年 1 期起公開發行，到 1987 年底共出版 27 期，1988 年 3
　　　月起改由四川省社科院出版社出版，重新編號出版了 3 期，1990 年由成都出
　　　版社出版 1 期。
〔註9〕陝西省社會科學院文學研究所和陝西延安文藝學會合辦的《延安文藝研究》
　　　雜誌，於 1984 年 11 月創刊。
〔註10〕天津社科院文學所創辦，最初作為「津門文藝論叢」增刊，1983 年 10 月出版
　　　第一輯。
〔註11〕上海文藝出版社 1962 年 5 月創刊，出版 3 輯後停刊，第 4 輯於 1979 年復刊。
〔註12〕最初是南京師範學院內部編印的資料性月刊，創辦於 1972 年 12 月，1～15
　　　期名為《文教動態簡報》，從第 16 期（1974 年 3 月）起更名為《文教資料簡
　　　報》，並沿用至 1985 年底。1986 年 1 月該刊改名《文教資料》，1987 年 1 月
　　　改為公開發行。

　　上述「文學史資料彙編」中涉及的著作、期刊目錄可謂是文獻史料工作的「基礎之基礎」，在這方面，也出現了大量的成果，除了唐沅等編輯的《中國現代文學期刊目錄彙編》〔註13〕外，引人注目的還有董健主編的《中國現代戲劇總目提要》，〔註14〕賈植芳等主編的《中國現代文學總書》，〔註15〕《中國現代作家著譯書目》，〔註16〕郭志剛等編《中國現代文學書目匯要》〔註17〕，應國靖《現代文學期刊漫話》，〔註18〕吳俊、李今、劉曉麗等編《中國現代文學期刊目錄新編》等。〔註19〕此外，來自圖書館系統的目錄成果也爲釐清文學的「家底」提供了幫助，如國家圖書館、上海圖書館編《1833～1949 全國中文期刊聯合目錄》（補充本）、〔註20〕《民國時期總書目》〔註21〕等。

　　隨著史料文獻的陸續出版，文獻工作的理論探索與學科建設工作也被提上了議事日程。

　　20世紀80年代以來，學術界即不斷有人發出建立「中國現代文學文獻學」的呼籲。《中國現代文學研究叢刊》1985年第1期刊登了馬良春《關於建立中國現代文學「史料學」的建議》，他提出了文獻史料的七分法：專題性研究史料、工具性史料、敘事性史料、作品史料、傳記性史料、文獻史料和考辨性史料。《新文學史料》1989年第1、2、4期連續刊登了著名學者樊駿的八萬字長文《這是一項宏大的系統工程——關於中國現代文學史料工作的總體考察》。樊駿先生富有戰略性地指出：「如果我們不把史料工作僅僅理解爲拾遺補缺、剪刀漿糊之類的簡單勞動，而承認它有自己的領域和職責、嚴密的方法和要求、特殊的品格和價值——不只在整個文學研究事業中佔有不容忽視、無法替代的位置，而且它本身就是一項宏大的系統工程，一門獨立的複雜的學問；那麼就不難發現迄今所做的，無論就史料工作理應包羅的眾多方

〔註13〕上下冊，天津人民出版社，1988年。
〔註14〕南京大學出版社，2003年。
〔註15〕福建教育出版社，1993年。
〔註16〕兩冊（含續編），書目文獻出版社分別於1982、1985年出版。
〔註17〕小說卷、詩歌卷各一冊，書目文獻出版社，1994年。
〔註18〕花城出版社，1986年。
〔註19〕上海人民出版社出版，2010年。
〔註20〕中央民族大學出版社，2000年。
〔註21〕北京圖書館編，書目文獻出版社1986年～1997年陸續出版。它以北京圖書館、上海圖書館、重慶圖書館的館藏爲基礎，收錄了1911年至1949年9月間出版的中文圖書124000餘種，基本反映了民國時期出版的圖書全貌。

而和廣泛內容，還是史料工作必須達到的嚴謹程度和科學水平而言，都還存在許多不足。」

1986 年北京語言學院出版社出版了朱金順先生的《新文學資料引論》，這是關於中國現代文學史料學的第一部專著。

1989 年，中華文學史料學學會成立，著名學者馬良春任會長，徐迺翔任副會長，並編輯出版了會刊《中華文學史料》，〔註22〕2007 年，中華文學史料學會在聊城大學集會成立了中國近現代文學史料學分會，標誌著新文學（現代文學）文獻學學科的建設又上了一個臺階。

進入 1990 年代，從學術大環境來說，新文學研究的「學術性」被格外強調，「學術規範」問題獲得了鄭重的強調和肯定，應當說，文獻史料工作的自覺推進獲得了更加有利的條件。近 20 年來，我們的確看到有越來越多的學者自覺投入了文獻收藏、整理與研究的領域，河南大學、清華大學、中國現代文學館、重慶師範大學、長沙理工大學等都先後舉辦了現代文學文獻史料研討的專題會議。2004 年至 2007 年，《學術與探索》、《中國現代文學研究叢刊》、《河南大學學報》、《汕頭大學學報》《現代中文學刊》等刊物闢專欄相繼刊發了專題「筆談」，《中國現代文學研究叢刊》還在 2005 年第 6 期策劃了「文獻史料專號」，《現代中國文化與文學》設立「文學檔案」欄目，每期發表新文學史料或史料辨析論文。新文學文獻史料的一系列新的課題得以深入展開，例如版本問題、手稿問題、副文本問題、目錄、校勘、輯佚、辨僞等等，對文獻史料作爲獨立學科的價值、意義及研究方法等多個方面都展開了前所未有的研討。

陳子善先生及其主編的《現代中文學刊》特別值得一提。陳子善先生長期致力於中國現代文學史料研究，尤其對張愛玲佚文的搜集研究貢獻良多。2009年 8 月，原《中文自學指導》改刊成爲《現代中文學刊》，由陳子善先生主持。這份刊物除了對中國現代文學研究突出「問題意識」之外，最引人矚目之處便是它爲現代文學的史料文獻研究提供了大量的篇幅，不僅有文獻的考辨、佚文的再現，甚至還有新出版的文獻書刊信息及作家家故居圖片，《現代中文學刊》的彩色封底、封二、封三幾乎成爲學人愛不釋手的歷史文獻的櫥窗。

劉增人等出版了 100 多萬字的《中國現代文學期刊史論》，既有「中國現代文學期刊敘錄」，又有「中國現代文學期刊研究資料目錄」的史料彙編，從

〔註22〕《中華文學史料（一）》由上海百家出版社 1990 年 6 月推出。

「史」的梳理和資料的呈現等方面作了扎實的積累。〔註23〕2015 年 12 月，劉增人，劉泉，王今暉編著的《1872～1949 文學期刊信息總匯》由青島出版社推出，全書分四巨冊，500 萬字，包括了 2000 幅圖片， 正文近 4000 頁，涵蓋了 1872～1949 年間中國文學期刊的基本信息。

　　一些著名學者都在新文學的文獻學理論建設上貢獻了的重要意見。楊義提出「文獻還原與學理原創」的「八事」：1、版本的鑒定和對這些鑒定的思考；2、作家思想表述和當時其他材料印證；3、文本真偽和對其風格的鑒賞；4、文本的搜集閱讀和文本之外的調查；5、印刷文本和作者手稿，圖書館藏書和作家自留書版本之間的互補互勘；6、文學材料和史學材料的互證；7、現代材料和古代材料的借用、引申和旁出；8、圖和文互相闡釋。〔註24〕

　　徐鵬緒、逄錦波試圖綜合運用文獻學、傳播學、闡釋學、接受美學等理論方法，對中國現代文學文獻學的基本概念進行界定，嘗試建構中國現代文學文獻學理論體系的基本模式。〔註25〕

　　2008 年，謝泳發表論文《建立中國現代文學史料學的構想》，〔註26〕先後出版《中國現代文學史料概述》（廈門大學出版社 2009 年版）和《中國現代文學史料的搜集與應用》（臺北秀威信息科技股份有限公司 2010 年版）、《中國現代文學史研究法》（廣西師範大學出版社 2010 年版），就「中國現代文學史料學」問題闡述了自己的詳盡設想。

　　劉增傑集多年現代文學史料研究和研究生教學成果而成《中國現代文學史料學》，〔註27〕此書被學者視為 2012 年現代文學史料考釋與研究方而的「重大突破」。

　　最近十多年來，在新文學文獻理論或實際整理方面做出了貢獻的學者還有孫玉石、朱正、王得后、錢理群、楊義、劉福春、吳福輝、林賢次、方錫德、李今、解志熙、張桂興、高恆文、王風、金宏宇、廖久明、李楠、魏建等。

　　隨著中國文學傳播與研究的國際化，境外出版機構也開始介入到文獻史料的整理與出版活動，如香港牛津大學出版社出版蕭軍《延安日記》、《東北

〔註23〕新華出版社，2005 年。

〔註24〕楊義：《文獻還原與學理原創的互動》，《河南大學學報》2005 年 2 期。

〔註25〕徐鵬緒、逄錦波：《中國現代文學文獻學之建立》，《東方論壇》2007 年 1～3
　　　　期。

〔註26〕《文藝爭鳴》2008 年 7 期。

〔註27〕中西書局 2012 年。

日記》，臺灣秀威信息科技出版的謝泳整理現代文學史稀見資料，臺灣花木蘭文化事業有限公司自 2016 年起推出劉福春、李怡主編《民國文學珍稀文獻集成》大型系列叢書。

在中國現代文學的史料文獻意識日益強化的同時，當代文學的史料文獻問題也被有志之士提上了議事日程，洪子誠、吳秀明、程光煒等都對此貢獻良多，〔註28〕這無疑將大大的推動新文學學科的文獻研究，更爲新文學研究走向深入，爲現代新文學傳統的經典化進程加大力度，甚至有人據此斷言中國新文學研究已經出現了現代文學研究的「文獻學轉向」〔註29〕

但是，與之同時，一個嚴峻的現實卻也毫不留情地日益顯現在了我們面前，這就是，作爲新文學出版的物質基礎——民國出版卻已經逼近了它的生存界限，再沒有系統、強大的編輯出版或刻不容緩的數字化工程，一切關於文獻史料的議論都會最終流於紙上談兵，對此，一直憂心忡忡的劉福春先生形象地說：「歷史正在消失」：「第一，我們賴以生存的紙質書報刊已經臨近閱讀的極限；第二，歷史的參與者和見證者現在很多都已經再沒有發言的機會了。2005 年，《人民日報》海外版的消息，國家圖書館民國文獻，中度以上破壞已達 90%。民國初期的文獻已 100%損壞。有相當數量的文獻，一觸即破，瀕臨毀滅。國家圖書館一位副館長講：若干年後，我們的後人也許能看到甲骨文，敦煌遺書，卻看不到民國的書刊。而更嚴重的是，隨著一批批老作家的故去，那些鮮活的歷史就永遠無法打撈了。」〔註30〕

由此說來，中國新文學的文獻史料工作不僅僅是任重道遠的沉重感，而且另有它的刻不容緩的緊迫性。

2018 年 6 月 28 日成都

〔註28〕 參見洪子誠《當代文學的史料問題》（《長沙理工大學學報》2016 年第 6 期）、吳秀明、章濤《當代文學文獻史料研究的歷史與現狀——基於現有成果的一種考察》（《文藝理論研究》2012 年 6 期）、吳秀明、章濤《當代文學文獻史料研究的歷史困境與主要問題》（《浙江大學學報》2013 年 3 期）等。

〔註29〕 王賀：《現代文學研究的「文獻學轉向」》，《長沙理工大學學報》2016 年第 6 期。

〔註30〕 劉福春：《尋求中國現代文學文獻學學科的獨立學術價值》，《長沙理工大學學報》2016 年第 6 期。

目　次

導　言

第一節　從阿城的「文學革命」說起

　　如果說 1985 年的尋根思潮是王安憶九十年代創作轉變最重要的潮頭之一，那麼，阿城等作家發起的「文學革命」，無疑是一個醒目地標。在這個地標上清理王安憶創作轉變的來龍去脈，既是論文的研究緣起，又能引申出研究的對象和方法。王安憶在《尋根二十年憶》中說：「一旦提起那個年代」，許多人便「顯出萬般的激動熱鬧」，「我說的那個年代，指的是二十年前，即上世紀八十年代中期，文學運動潮起的日子。」她清楚記得：「有一日，阿城來到上海，住在作家協會西樓的頂層。這幢西樓早已經拆除，原地造起一幢新辦公樓。雖然樣式格局極力接近舊樓，但到底建築材料與施工方式不同，一眼看去便大相徑庭。那時，阿城所住的頂樓，屋頂呈三角，積著一些蛛網與灰垢，底下架一張木板床，床腳擱著阿城簡單的行囊。他似乎是專程來到上海，爲召集我們，上海的作家。這天晚上，我們聚集到這裡，每人帶一個菜，組合成一頓雜七雜八的晚宴。因沒有餐桌和足夠的椅子，便各人分散各處，自找地方安身。阿城則正襟危坐於床沿，無疑是晚宴的中心。他很鄭重地向我們宣告，目下正醞釀著一場全國性的文學革命，那就是『尋根』。他說，意思是，中國文學應在一個新的背景下展開，那就是文化的背景，什麼是『文化』？他解釋道，比如陝北的剪紙，『魚穿蓮』的意味——他還告訴我們，現在，各地都在動起來了——西北，有鄭義，騎自行車走黃河；江南，有李杭育，虛構了一條葛川江；韓少功，寫了一篇文章，《文學的根》，帶有誓師宣

言的含意；而他最重視的人物，就是賈平凹，他所寫作的《商州紀事》，可說是『尋根』最自覺的實踐。阿城沒有提他自己的《遍地風流》，但更像是一種自持，意思是，不消說，那是開了先河。」她接著說：「阿城的來上海，有一點古代哲人周遊列國宣揚學說，還有點像文化起義的發動者。回想起來，十分戲劇性，可是在當時卻眞的很自然，並無一點造作。那時代就是這麼充盈著詩情，人都是詩人。」但她承認，在這場「文學革命」的鼓動下，「不久，我的《小鮑莊》便在《中國作家》第二期刊登，同期上的還有莫言的《透明的紅蘿蔔》。」〔註1〕

　　阿城從「傷痕文學」、「反思文學」重鎮的北京城到上海來發動「文學革命」，這本身就是一個歷史隱喻。這隱喻有意味的倒不是阿城像一個文學界的革命家，住在上海作協狹窄的閣樓裏，與上海一幫年輕作家批評家「激動熱鬧」地商量著如何促使文學發生激變；因爲這微妙信息正醞釀著中國當代文學史的一個重大變局：由北京充滿政治色彩的「傷痕」、「反思」文學，在這裡將轉向「陝西」、「西北」、「江南」和「湖南」等「地方性文學」——「現在，各地都在動起來了」。傷痕、反思的 30 後作家即將衰落，代表著尋根這一新興思潮的 50 後作家正在崛起，諸如韓少功、阿城等已經亮出了《文學的根》、《文化制約著人類》等文學宣言。這是「地方性文學」宣言，準確地說是「地域性文學」的宣言。韓少功在《文學的「根」》一文中尖銳地問：「我以前常常想一個問題：絢麗的楚文化到哪裏去了？我曾經在汨羅江邊插隊落戶，住地離屈子祠僅二十來公里。細察當地風俗，當然還有些方言詞能與楚辭掛上鉤。」「至於歷史悠久的長沙，現在已成了一座革命城，除了能找到一些辛亥革命和土地革命的遺址之外，很難見到其他古蹟。那麼浩蕩深廣的楚文化源流，是什麼時候在什麼地方乾涸了呢？都流入了地下的墓穴麼？」於是，他很堅決地說：「文學有『根』，文學之『根』應深植於民族傳統文化的土壤裏，根不深，則葉難茂。故湖南的作家有一個『尋根』的問題。」〔註2〕

〔註1〕　王安憶：《尋根二十年憶》，見《王安憶散文》，北京：人民文學出版社，2008年，第264～266頁。這是作家唯一一篇專門談尋根思潮的文章。但是，阿城的來訪究竟對上海青年作家批評家有何種影響，僅憑此文很難看出大貌。對這次會面，其他參與者也應有文章記載，如果與此文放在一起閱讀，内容就更見豐富生動。

〔註2〕　韓少功：《文學的「根」》，《作家》1985 年第 4 期。作者寫這篇文章的起因，可能與幾個月前的「杭州會議」有關。據已有研究，韓少功在「杭州會議」上並未系統闡發自己的這種主張。

就在韓少功情緒激昂的文章發表三個月後，阿城亮出了他思慮更深的宣言《文化制約著人類》。〔註 3〕他把韓少功「地域性文學」下面的文化根基繼續做深做大，爲尋根的「文學革命」建立起一個中國傳統文化／西方現代文化的二元框架。他認爲從哲學的角度看，中國哲學是直覺的，西方哲學是邏輯實證的。東方藝術順從自然，相信自然是人的一種生命形式，西方則認同人本，與自然對立。正因爲對東西方哲學文化的差異性有清醒的認識，所以他對中國本世紀末將達到世界文學先進水平的預測，感到了悲觀。這種悲觀來源於很多人沒有對本世紀中國傳統文化遭到破壞的程度有理性估計，是盲目樂觀造成的。「五四運動在社會變革中有著不容否定的進步意義，但它較全面地對民族文化的虛無主義態度，加上中國社會一直動盪不安，使民族文化的斷裂，延續至今。『文化大革命』更其徹底，是民族文化判給階級文化，橫掃一遍，我們差點連遮羞布也沒有了。」因此，以「尋根」爲指向的「地域文學」必須將重建民族傳統文化視爲己任，把地域文學建築在強大自信的民族文化的大盤子上。在做了這麼一番民族文化重建的邏輯推演之後，他非常高興地看到了地域文學先於文化一步的可喜前景：「陝西作家賈平凹的《商州初錄》，出來又進去，返身觀照，很是成功，雖然至今未得到重視。湖南作家韓少功的《文學的根》一文，既是對例如汪曾祺先生等前輩道長中對地域文化心理開掘的作品的承認，又是對賈平凹、李杭育等新一輩的作品的肯定，從而顯示出中國文學將建立在對中國文化的批判繼承與發展之中的端倪。」

　　阿城、韓少功和賈平凹等作家攜手發動的「文學革命」，在一代新進作家中產生的巨大衝擊波是可想而知的。像很多人一樣，王安憶在這場冠以「尋根」之名的「文學革命」中受到極大震動，隱約感到自己「雯雯系列」小說和知青小說的文學世界已在頃刻間轟毀。她不加掩飾地用近於崇拜的口氣回憶道：「一九八四和一九八五年之間，第四次作代會上。有一日聽說，阿城要來拜訪賈平凹，這兩位『尋根』領袖的會晤，使我們很是激動。午飯後，我和季紅眞就等在京西賓館的大門口，多時，看見阿城騎一架自行車，從北邊蒼黃的太陽光裏穿越而來。他下了車，在我們的伴送下，走過遼闊的院子，一路上沒有與我們搭話，進到賈平凹的房間，第一句話是：我能在這裡洗個澡嗎？回答是可以，於是進了浴室，掩上門。這才叫高人相遇，不動聲色，內裏有無限的玄機。就像是《棋王》裏的王一生，平常時的飯囊，一旦出手，

便是刀光劍影。小說中最後以一當十的弈棋場面，如何的恢弘！」〔註4〕鄭義
另文附和道：「近一二年，寫了《遠村》、《老井》幾篇習作。放筆時，自然總
有些兒小得意。涼一涼，又深感慚愧：在自己的小說裏，似乎覓不到多少文
化的氣息。本來，對時下許多文學缺乏文化因素深感不滿，便爲自己訂下一
條：作品是否文學，主要視作品能否進入民族文化。不能進入文化的，再鬧
熱，亦是一時，所依持的，只怕還是非文學因素。《遠村》、《老井》裏，多少
有一點兒文化的意向，但表現出來的，又如此令人汗顏，不敢提及文化二字。」
他後悔地意識到：「據說晉地文物之多，就地面部分而言，在全國是數一數二
的。」而自己在山西生活這麼多年，居然才剛幡然醒悟。〔註5〕這種「唯文化」
是命的偏激論調固然刺耳，但對「傷痕文學」、「反思文學」來說等於是另起
爐灶。這是新進作家一場另起爐灶的「文學革命」。蔡翔對這場文學革命指向
「地域文化」的創作動機做了如此歸納：「烏熱爾圖的《老人與鹿》、《七岔犄
角的公鹿》、《琥珀色的篝火》。張承志的《黑駿馬》，何立偉的《淘金人》，鄭
萬隆的《老棒子酒館》、系列短篇《異鄉異聞》，李杭育的《人間一隅》，王鳳
麟的《野狼出沒的山谷》，王大鵬的《野奔》，韓少功的《爸爸爸》，還可以再
舉出一些，比如賈平凹的長篇小說《商州》等等。這些作品幾乎不約而同地
把目光投向草原、林區、山地、水鄉，投向那詭秘莫測的大嶺深坑，投向那
渺渺茫茫的邊遠地帶……由此而給我們帶來一個闊大、奇異、瑰麗、壯觀的
自然。」〔註6〕

第二節　處在文學變局中的王安憶創作

　　王安憶當時的小說創作就處在中國當代文學史上的這一大變局當中。她
是阿城來上海發動「文學革命」的重要目擊人，但無疑這衝擊更來自作家創
作的困惑，是她起而響應文學革命的主要動因。1985 年前後的王安憶，恰好
站在「文學轉型」的十字路口上。她敏感覺察到，與中國當代史關聯密切的

〔註4〕王安憶：《尋根二十年憶》，《王安憶散文》，北京：人民文學出版社，2008 年，
　　　　第264～266 頁。王安憶已有「雯雯系列」小說，包括引人注目的《流逝》、《本
　　　　次列車終點》等作品問世，但因出道較賈平凹晚，所以她對阿城、賈平凹掀
　　　　起「尋根」之風的壯舉流露出欽佩之情，應在意料之中。
〔註5〕鄭義：《跨越文化斷裂帶》，《文藝報》1985 年 7 月 13 日。
〔註6〕蔡翔：《野蠻與文明：批判與張揚——當代小說中的一種審美現象》，《當代文
　　　　藝思潮》1986 年第 3 期。

「傷痕」、「反思」文學，必將會被來勢兇猛的「尋根文學」所代替，而自己
《流逝》、《本次列車》等作品則是前者的受益者。在這個文學大變局中，如
果不跟上文學革命步伐隨時都可能被拋棄。仔細觀察過十八十九世紀法國文
學「作家世代」更替現象的羅・埃斯卡皮就曾注意到：一個時代大事件後，
文壇上就會湧現出一個新一代作家群：「哪些事件促使或者說讓這一批批的隊
伍得以形成呢？看來就是那些連同人事也發生變動的政治事件——朝代的更
替、革命、戰爭等。」〔註7〕在《談話錄》中，王安憶也把「雯雯系列」和《本
次列車終點》看做自己創作的「準備期」，當新的潮流奔湧而來，她強烈意識
到創作出現了障礙，但又一度迷茫於該如何突破自己的問題。她對張新穎說：

> 事實上，事情並不那麼整齊，在「雯雯系列」的過程中，還有
> 《本次列車終點》、《牆基》、《流逝》，這些變數分散在這個時期中，
> 醞釀著後來的事端發生，那就是《小鮑莊》。《小鮑莊》我覺得和「尋
> 根運動」是有關係的。我記得當時阿城跑到上海來，宣傳「尋根」
> 的意義。他談的其實就是「文化」，那是比意識形態更廣闊深厚的背
> 景，對於開發寫作資源的作用非同小可，是這一代人與狹隘的政治
> 觀念脫鉤的一個關鍵契機。當然，當時認識不到這麼多，只是興奮，
> 因為打開了一個新天地，裏面藏著新的可能性。〔註8〕

1985 年、1993 年還有對王安憶本人來說更為重要的 1996 年，〔註9〕與其說是
當代文學後三十年大變局中的幾個時間節點，同樣也是作家本人八九十年代
創作轉型的幾個時間點。從 1985 年開始至 1996 年的十年間，「探索」成為文
學發展的主潮，藝術形式創新是文學界最熱門的話題之一。不難觀察到，這
一時期王安憶創作自我調整轉型的步子也在加快，處在令人眼花繚亂的變化
過程中。人們發現，在 1985 年的「尋根文學」熱潮中，王安憶的《小鮑莊》、
《大劉莊》注重揭示一個村莊、家族背後的「集體無意識」，開始將思想觸角
深入到民族文化反思的思潮之中。1986 年後，王安憶發表了引起爭議的「性
題材」作品《小城之戀》、《荒山之戀》和《錦繡谷之戀》，以及相類似的《崗

〔註7〕（法）羅・埃斯卡皮：《文學社會學》，于沛選編，杭州：浙江人民出版社，
　　　 1987 年，第 23 頁。

〔註8〕 王安憶、張新穎：《談話錄》，桂林：廣西師範大學出版社，2008 年，第 263
　　　 頁。

〔註9〕 1996 年，是標誌著王安憶小說創作八九十年代轉變最重要作品《長恨歌》問
　　　 世的一個關鍵年。

上的世紀》等。八十年代末，她又創作了一批以個人經歷和家族身世爲敘述對象的作品，如《叔叔的故事》、《紀實與虛構》、《烏托邦詩篇》等，通過思考時代激蕩對個人生存的影響，探索精神與物質、現實與未來、生活與信仰等問題，主動呼應轉型期人們的普遍性的困惑和焦慮。這些跡象表明，作家創作莫不與變革之際的社會發生緊密互動。社會觀念的撕裂、分化，都會壓迫作家敏感的神經，激發他的思考。這種兩相循環的現象，是每一個當代作家都要經受的命運。正如王曉明在《從「淮海路」到「梅家橋」——從王安憶小說創作的轉變談起》中敏銳指出的，即使像王安憶這種成熟的作家，在八九十年代社會轉型中也會時時感受到「轉變」的壓力。他認爲「地域視角」的出現，是王安憶九十年代最終轉向上海都市題材小說創作的原因之一。〔註10〕然而也應當注意，儘管「尋根文學」思潮和上海重新崛起構成了外部環境，作家當時創作正出現的調整仍是更重要的內在原因。在回答張新穎的提問時，王安憶承認在寫完《叔叔的故事》、《紀實與虛構》等作品後，自己的創作需要有一個更大的調整。她說沒想到接著創作的《長恨歌》會使「上海成爲一個話題。」「九十年代初寫《「文革」軼事》時也沒有人想到上海，大概就陳思和一個人想到了，想到了上海的民間社會」。〔註11〕但也應注意到，文學史雖然號稱是在研究作家創作這種「個人現象」，這種「個人現象」只能被納入到對這位作家漫長創作時段中來觀察才具有文學史研究的意義。如果將前後期的若干重要作家聯繫在一起，人們才能夠清楚地看到作家創作史的全部的景觀。因此，喬以鋼指出：「年輕一代女作家常以『自我抒發』的面目出現，自覺不自覺間將女性的性別境遇帶到小說中。」「這一時期，王安憶以《雨，沙沙沙》爲起點的『雯雯系列』小說（包括《雨，沙沙沙》、《命運》、《廣闊天地的一角》、《幻影》、《一個少女的煩惱》、《當長笛 solo 的時候》等），以少女的眼光看世界，描寫女性成長過程中的痛苦、困惑和對未來的憧憬，帶著淡淡的憂傷。」〔註12〕這種觀點的重要性，是提醒我們要把研究重心置於作家創作的前因後果和發展脈絡之中，從中找到解釋的依據。

〔註10〕王曉明：《從「淮海路」到「梅家橋」——從王安憶小說創作的轉變談起》，《文學評論》2002 年 3 期。

〔註11〕王安憶、張新穎：《談話錄》，桂林：廣西師範大學出版社，2008 年，第 295 頁。

〔註12〕喬以鋼、林丹婭：《女性文學教程》，石家莊：河北教育出版社，2007 年，第 105 頁。

　　顯而易見，由 1985 年推及 1996 年，是本書先發性的一個邏輯結構。它內含著論文的研究緣起，又引申出研究的對象和方法。本書的研究對象是王安憶九十年代上海都市題材的小說創作。它所關心的是：在 1985 年「尋根文學」思潮和九十年代初上海重新崛起中被打開的「地域視角」，是如何與調整中的王安憶小說相互激發，並推動了作家這一時期上海都市題材小說的創作的。在這一過程中，王安憶創作中的弄堂經驗、日常生活、軍轉二代的陌生化敘述又是怎樣沖刷了自己過去的小說譜系，拓展了她九十年代小說中都市文化和審美意識空間的。以及王安憶這種都市題材小說在向縱深開掘的過程中，究竟存在著哪些局限和問題。本書採用的是一種「史論結合」的研究方法。即有王安憶八九十年代創作轉變的緣起──1985 年的「尋根運動」，推至九十年代上海重新崛起這個歷史大場域，也即本書的中心歷史場景。再經由「地域理論」帶出整個文學界的地域創作視角，最後把對王安憶九十年代上海都市題材小說創作的討論置於這個研究視野之中。換而言之，也就是借緣起來激發，再經由地域理論推展到對她九十年代都市題材創作這個中心問題的研究層面上。對緣起、調整和轉型過程的敘述，即是我要強調的「史」，而作為論文理論支撐點和解釋依據的地域理論，就是我要說的「論」，二者的有機結合將會考驗寫作者的耐心、觀察力和處理問題的能力。

　　因為如此，對處在文學變局中的王安憶創作的鋪墊性的敘述就變得十分必要了。而對其九十年代創作進一步的觀察和分析，也將被納入這個方案中。因為王安憶九十年代地域視角下的小說創作，將是本書處理的主要對象，而她借助上海都市的「地域性」或說「地方性」來促發自己創作大轉型的內外原因；她何以繼張愛玲之後構築了另一個「王安憶時代」等問題，則是由論文討論所引起的另一個問題，也即是本書最後的結論。

第三節　問題的提出與地域理論

　　某種意義上，站在八九十年代文學十字路口上的王安憶，正面臨著一個如何轉型和創作「再出發」的問題。她在與張新穎的「談話」中，把 1985 到 1996 年在幾起幾浮狀態中創作的《小鮑莊》、「三戀」、《流水三十章》、《米尼》、《叔叔的故事》、《妙妙》、《香港的情與愛》、《紀實與虛構》和《長恨歌》等作品，稱其是「中間缺乏鏈接，其實就是斷裂」，像一個作家一生某個階段中

經常面臨的「坐過山車」,「就好像一個運動週期,騷動喧嘩一陣子,然後平靜前進,再騷動喧嘩,再平靜」的狀態。但就在這十年中國社會和個人創作經歷的折騰中,她找到了上海。發現「上海」才應該是她小說創作的「地域視角」。是自己文學的「地方性」。她可以在這個空間里師法張愛玲但又不同於張愛玲,她可以在這裡有別於莫言、賈平凹、余華這一代作家。她起先只是朦朧地、但最後清晰地意識到,這是自己小說「進入九十年代」的「方式」,她能夠在這裡建立自己文學的王國來。當張新穎以「揭謎底」的口氣提醒她說:「《長恨歌》也會變成上海的一個符號」時,她馬上回應說:

> 對,符號,挺厲害的,沒有辦法。我們現在都是公共空間裏的人,自己對自己都沒有發言權。人們談《長恨歌》總是談到懷舊二十年代。其實我在第一部裏寫的上海根本不是二十年代也不是三十年代、而是四十年代;其次,這完全是我虛構的,我沒經歷過那個時代,因此也無從懷舊。事實上,這又是我的小說裏面最不好的一部分。我覺得陳村的話很對,他說第一部裏面都是想當然的事情,到第二第三部裏面才有意外發生。然而這個想當然是最對市民的口味了。所以《長恨歌》是一個特別容易引起誤會的東西,偏偏它又是在這個時候——上海成為一個話題,懷舊也成了一個話題,如果早十年的話還不至於。你想八十年代初寫《流逝》,誰都不會想到它是寫上海,好像和上海是沒有關係的。九十年代初寫《「文革」軼事》時也沒有人想到上海,大概就陳思和一個人想到了,想到了上海的民間社會,別人都沒有想到。〔註13〕

事實並非王安憶自己描繪得這麼「歪打正著」,而是有作家創作的規律與中國社會轉型互動的深層原因的。中國改革開放布局中從南海沿線的「十四個開放實驗區」(即「經濟特區」),到重新開發上海浦東特區所推動的上海大都市的重新崛起,就是這一歷史大幕中的關鍵性情節。它將上海重新納入國內外視野,變成了一個重大「話題」,這就是王安憶之前《流逝》、《文革」軼事》等並未引起文學界矚目,而《長恨歌》、《富萍》、《啟蒙時代》、《天香》等圍繞上海都市題材創作的一系列長篇小說,才把上海變成一個「文學話題」的

〔註13〕王安憶、張新穎:《談話錄》,桂林:廣西師範大學出版社,2008年,第279～295頁。

根本原因。這是她創作轉型成功的最大秘訣。也由此奠定了她在中國當代文學史上，包括在二十世紀中國文學史上的最終地位。

　　進一步說，也並非王安憶所說「大概就陳思和一個人想到了，想到了上海的民間社會，別人都沒有想到」。1997 年底，南帆在他的《城市的肖像——讀王安憶的〈長恨歌〉》一文中，就明確指出了作家如何成功地從「地域視角」中開發出曾一度衰落的上海都市這個地域「新空間」的秘密。針對王安憶、賈平凹、莫言和余華等先後回到自己的「地域性」，重造了這個創作空間的「九十年代文學現象」，南帆指出：「如同人們所發現的那樣，越來越多的作家將他們的小說託付於一個固定的空間；他們的所有故事都發生在一個相對封閉的獨立王國裏，這裡的人物互相認識，他們之間有著形形色色的親緣關係，作家筆下所出現的每一幢房子、每一條街道或者每一間店鋪都是這個獨立王國的固定資產。」在分析王安憶九十年代小說創作的變化時，他還不忘拿賈平凹、莫言地域性的鄉土題材做比較：「有趣的是，這樣的獨立王國多半存留了鄉村社會的遺跡，作家所喜愛的固定空間往往是一個村落，一個鄉村邊緣的小鎮，如此等等。通常，鄉村社會擁有更多嚴密的社會成員管理體系，宗族、倫理、風俗、禮儀、道德共同組成了鄉村社會獨特的意識形態。對於許多作家說來，鄉村社會的文化空間輪廓清晰，版圖分明，相對的封閉致使他們的敘述集中而且富有效率，這些作家的心愛人物不至於任意地出走，消失在敘述的轄區之外。」而王安憶上海題材小說與他們最明顯區別的特徵則是：「王安憶更樂於為她的小說選擇城市——一個開放而又繁鬧的空間。」〔註14〕其實，恰如有的研究者所指出的那樣，上海重新崛起的建設熱和懷舊熱被裹挾在《長恨歌》的創作過程之中：「二十世紀九十年代是在上海發展史上地位舉足輕重的年代。1990 年，當中國向全世界宣佈浦東開發開放的決策後，國際經濟、金融、貿易、航運中心，國際大都市的頭銜再一次為上海加冕。」「總投資超過 10 億美元的特大項目有宏力、中芯兩大芯片製造項目，日本的 NEC、美國的福特和柯達、德國的克虜伯等項目合同外資均超過 10 億美元，夏普、日立、松下、理光等日資企業的投資超過 1 億美元」。上海大有迅猛趕超海口、深圳，重回中國城市發展「龍頭位置」的勢頭。「在黃浦江對岸，由新古典主義、哥特式、巴洛克式等各式建築組成的『萬國建築群』又成為各大金融機構和銀行的駐地。」這位研究者敏銳注意到：「伴隨著日益高漲的『市民自信

─────────────

〔註14〕南帆：《城市的肖像——讀王安憶的〈長恨歌〉》，《小說評論》1998 年第 1 期。

心』,『懷舊』似乎也成爲了一場『全民運動』。」〔註15〕顯然,不是王安憶所說是陳思和發現了她轉型期的上海「地域視角」,眞實的情況,乃是她此前已經在主動「尋找上海」了。王安憶在同名文章《尋找上海》裏承認:「在當時『尋根』熱潮的鼓動下,我雄心勃勃地,也企圖要尋找上海的根。」有段時間,我「坐在圖書館查閱資料」,惡補上海的都市發展史。她還找來一位老先生開列的「《同治上海縣志》(四本),《民國上海縣志》(三本),《上海市大觀》,《上海輪廓》,《上海通志館期刊》(二本)」,「還有收藏於徐家匯藏書樓的《上海生活》」等,勤奮研究並抄錄這些書籍中的上海建築、古蹟、民情民風、軼事和方言、俚語等等。〔註16〕她還在 2002 年 4 月寫就的一篇文章中回憶:自己在圖書館與一位來上海社科院歷史所訪學的美國學者切磋,他正研究江南一個名叫鄔橋的小鎮。便借來一用:「我寫《長恨歌》,李主任墜機身亡,改朝換代,我要爲王琦瑤尋覓一個養傷之處,便找到了它。鄔橋,我至今也沒有去過那裡,看見它,但它卻給我一個神奇的印象,它避世卻不離世,雖然小卻與大世界相通,它可藏身,又可送你上青天。這可稱作圖書館裏的軼聞吧。」〔註17〕如此密集的事實,大概可以坐實這位作家與上海地域性的關係。

但對於我來說,關鍵點還不在尋找並強調王安憶八九十年代創作轉型期與上海「地域視角」的必然關聯,而是要重新理解她如何利用「地域理論」推動自己創作的再出發的。更確切地說,這個「再出發」是如何「經由」地域理論才成爲文學史的事實的。從我的研究角度看,「地域視角」,在這裡被定義爲作家借「地域文化經驗」來觀察上海的角度和方法。這個「地域視角」根源於西方一套相對成熟的地域文化理論。西方最早的「地域文化」理論,是孟德斯鳩《論法的精神》(1748)第十四章對「法與氣候性質的關係」的敘述。他在將歐洲的北部與南部、印度人和中國人因氣候而產生的性格差異加以比較後,認爲「不同氣候下的不同需求,促成了不同的生活方式,不同的生活方式導致不同的法律」和地域文化風俗。〔註18〕黑格爾後來在《歷史哲

〔註15〕 李立超:《「流言」:「尋找上海」的另一種可能──再讀王安憶〈長恨歌〉》,《南都學壇》2013 年第 6 期。

〔註16〕 王安憶:《尋找上海》,《海上》,上海:華東師大出版社,2008 年,第 1、2 頁。

〔註17〕 王安憶:《到圖書館去》,《空間在時間裏流淌》,北京:新星出版社,2012 年,第 146 頁。

〔註18〕 (法)孟德斯鳩:《論法的精神》(上卷),許明龍譯,北京:商務印書館,2009 年,241~248 頁。

學》中繼承了孟德斯鳩的觀點，並對之做了更精彩的發揮。他指出：「助成民族精神的產生的那種自然的聯繫，就是地理的基礎。」為此他把世界劃分為「高地」、「平原流域」和「海岸區域」三個空間。認為「在這些高地上的居民中，沒有法律關係的存在。」他們當中就顯示出「好客和劫掠」的兩個極端。」而「屬於這種平原流域的有中國、印度」、巴比倫和埃及等國家，「在這些區域裏發生了偉大的王國，並且開始築起了大國的基礎。因為這裡的居民生活所依靠的農業，獲得了四季有序的幫助」。最後是英國、西班牙、葡萄牙和荷蘭這種「海岸區域」國家。海洋規定了這一地域的性格和文化。他堅信，平凡的土地和平原會把人束縛在土壤裏，但大海卻挾著人們去超越那些思想和行動的「有限的圈子」。〔註19〕除孟德斯鳩和黑格爾之外，還應提到丹納的《藝術哲學》和安德森《想像的共同體》這兩部書。丹納說：「首先我們要對種族有個正確的認識，第一步先要考察他的鄉土。一個民族永遠留著他故鄉的痕跡」。古希臘人為什麼湧現出那麼多天才的雄辯家、詭辯家，擅長於天文學、數學、邏輯、哲學、美學、政治學和解剖學，並富於探索精神？他認為，這是跟希臘的地理環境有很大的關係的。〔註20〕在回到為何「民族」竟會在人們心中激起如此強烈的依戀之情，促使他們前赴後繼為之獻身這樣的問題時，安德森另闢蹊徑的解釋是：這是因為「民族」的想像能在人們心中召喚出一種強烈的歷史宿命感。「從一開始，『民族』的想像就和種種個人無可選擇的事物，如出生地、膚色等密不可分。更有甚者，想像『民族』最重要的媒介是語言，而語言往往因其起源不易考證，更容易使這種想像產生一種古老而『自然』的力量。無可選擇、生來如此的『宿命』，使人們在『民族』的形象之中感受到一種真正無私的大我和群體生命的存在。」所以，「『民族』在人們心中所誘發的感情，主要是一種無私而尊貴的自我犧牲。」〔註21〕在安德森這裡，「鄉土」成為孕育並推動民族主義思潮興起的溫床，因此他提醒在注意民族主義問題時一定要把這一「鄉土」——「地域性」的重要前提考慮在內。國內的「地域文化」與中國現代文學研究，肇起於上世紀九十年

〔註19〕　（德）黑格爾：《歷史哲學》，王造時譯，上海：上海書店出版社，2006年，第74～84頁。

〔註20〕　（法）丹納：《藝術哲學》，傅雷譯，南京：鳳凰出版傳媒集團，2012年，第237～247頁。

〔註21〕　（美）安德森：《想像的共同體——民族主義的起源與散佈·導讀》，吳叡人譯，上海：上海人民出版社2005年，第12頁。

代，21 世紀後仍然熱度不減。這種研究熱明顯受到了文化人類學、地域理論和尋根思潮的刺激。比較有代表性的是 1995 年嚴家炎主編、湖南教育出版社出版的大型學術叢書《二十世紀中國文學與區域文化叢書》，共十種。另外是上海師範大學中文系楊劍龍編著的「都市空間與文化想像」研究系列叢書、中國傳媒大學文學院張鴻聲的《都市文化與中國現代都市小說》（1997）、中國人民大學文學院李今的《海派小說與現代都市文化》（2000）和許紀霖、羅崗等著的《城市的記憶——上海文化的多元歷史傳統》（2011）等著作，也都具有一定的代表性。如此豐富成熟的研究成果，顯然對本書起到了牽線搭橋的作用，築牢了我研究緣起、對象和方法的基礎。因為「經由」這些「地域理論」的視角，我們才能夠對「地域視角」下的王安憶小說展開更富理性和學術性的研究，追本溯源、窮其根底，並做出更積極的努力。

然而僅限於此，也是沒有太多意義的。積極的學術研究，是從「順著說」開始但不會到「順著說」為止的。因此，從上述「阿城的『文學革命』說起」、「處在文學變局中的王安憶創作」再到思考「重新理解『地域理論』及其再出發」，我認為王安憶八九十年代創作轉型「經由」地域理論的重新發酵，由此推出的研究命題是：第一，如何理解王安憶個人地域性的「弄堂經驗」與上海書寫的關係；第二，她的「外省二代身份」是怎樣對上海地域性進行新開掘的；第三，這一切在她九十年代小說創作中的藝術表現上，又是怎樣被落實的；第四，在此基礎上，有必要展開對她創作中的「張愛玲資源」的再研究；第五，因為正是在這種吸收、模仿與再創新的過程中，二十世紀中國文學史迎來了上海都市題材的「王安憶時代」。也就是說，作為「地域視角與王安憶的小說創作」研究的主要著眼點，她最為重要的「弄堂經驗」和「外省二代身份」這兩個特徵，既可以將她小說創作的獨特性與大部分上海作家相區別，也可以與張愛玲的作品相區別。同時也能夠與同時代這批優秀的地域性小說家，例如莫言、賈平凹和余華等人相區別。顯而易見的是，如果沒有王安憶八九十年代創作轉型這種內驅力，沒有九十年代上海重新崛起而重現的「上海地域性」，如果沒有研究者「經由」地域理論對王安憶創作再出發的重新理解，那麼我們就不好理解，王安憶因何要由「尋根」到「三戀」、「紀實與虛構」，再到上海都市題材這種二十多年的不斷地調整、矯正和築牢這個反覆繁雜的過程了。某種意義上，只有經過對於王安憶九十年代以來創作的文學史梳理，我們才能夠看清楚這位作家今天何以會形成這種「創作面貌」

的，才能夠看清何以會產生二十世紀中國文學史上上海都市題材的「王安憶時代」。在這裡，「地域視角與王安憶的小說創作」目前恰好是切入這個命題的一個小切口。在我看來，這是「重新理解『地域理論』及其再出發」與王安憶九十年代小說深層關係的重要依據所在。

第一章　地域視角的發現與王安憶的調整

　　1988 年，李慶西文章《尋根：回到事物本身》對新時期文學創作觀念在 1985 年尋根運動之後進行的大調整，做了回顧性分析。他說，新時期小說在傷痕文學階段，基本是在沿襲五六十年代的套路，仍未擺脫「反映論」、「典型論」的框架，直到八十年代初，在題材和寫法上發生明顯變化的汪曾祺的《受戒》、鄧友梅的《那五》、馮驥才的《高女人和她的矮丈夫》、葉之蓁的《我們建國巷》等作品，才「帶來了價值取向的轉捩」。「在這種風格意識的召喚下，一部分小說家的藝術情趣很快轉向民間生活和市井文化方面。」他認為這是尋根運動發生前的一個「前奏曲」。與大多數人認為是尋根理論帶動起了尋根小說創作的觀點不同，李慶西指出：「這並不是說『尋根派』是先有理論後有實踐。實際的情況是，那次對話之前，『尋根派』的一些代表人物已經邁出了自己的步履。例如，賈平凹早在八二年就發表了《商州初錄》，李杭育的『葛川江小說』已形成初步的格局，鄭萬隆正雄心勃勃地投入『異鄉異聞』的系列工程，烏熱爾圖有關『狩獵文化』的描述幾度引起文壇重視，而阿城的《棋王》則已名噪一時……作為『尋根』的第一批成果，已經擺在面前。」他非常肯定地說：「這對於正在醞釀和形成過程中的『尋根』思潮，無疑起到一種槓桿作用。」〔註1〕

　　與其說李慶西注意到賈平凹、李杭育等人小說的創新性，不如說他發現了這些作家作品中的「地域性視角」。地域視角的發現，就讓比較宏觀、抽象

〔註1〕 李慶西：《尋根：回到事物本身》，《文學評論》1988 年第 4 期。

的「尋找民族文化之根」的尋根理論，真正落到了實處。這正如安德森著作《想像的共同體——民族主義的起源與散佈》在引用東猜關於繪製地圖的觀點時指出的：「這些指南地圖都是地方性的；它們從未被放置在一個更大的、穩定的地理脈絡之中，而且現代地圖習慣用的鳥瞰圖對他們也是完全陌生的。」而且「地圖先於空間現實而存在，而非空間現實先於地圖存在。換言之，地圖是為它聲稱要代表的事物提供了模型，而非那些事物本身的模型……它已經變成將地球表面的投影圖具體化的真實工具了。」〔註2〕也就是說，在尋根運動這個空間現實被建構之前，在新時期文學創作觀念更新的大背景下，賈平凹、李杭育已經根據自己對故鄉「商州」和「葛川江」的地方性理解，在做著創作的調整了。或者說，是他們創作的突破在有意無意地為「地域性視角」準備了「第一批成果」。李潔非的《尋根文學：更新的開始（1984～1985）一文，某種程度上也在呼應著李慶西的這種看法：「可以肯定的是，在一九八四年，中國的小說思潮處在轉變的邊緣，即便沒有一個『尋根文學』，這種轉變也會以別的名目出現。」〔註3〕

在發表《小鮑莊》、《大劉莊》出現之前，王安憶寫的正是李慶西說的「仍未擺脫『反映論』、『典型論』的框架」的小說。「雯雯系列」大部分作品帶著明顯的傷痕文學痕跡，就連 1982 年受到好評的《本次列車終點》，也難走出這種創作套路。主人公陳信十年前響應號召到新疆農場務農，十年後，當他返城回到上海時，發現這座城市已沒有他生存的角落。因住房問題與哥嫂一家發生矛盾，就業也沒有希望，只能到街道上擺攤。上海人對他這種已是「外地人」的種種政策歧視和冷眼，促使他最後決定重返新疆。這篇小說提出了「知青返城後怎麼辦」這一尖銳的社會問題，這是激起當時廣大讀者強烈共鳴的主要原因。這種與社會政策聯繫緊密的文學作品之所以能引起社會反響，是由於十七年「反映論」、「典型論」小說這種功能的歷史能量沒有被耗盡的緣故。當攜帶著「平反昭雪」時代任務的傷痕、反思文學浪潮過去後，處在文學探索激流中的作家批評家普遍表現出對這種功能的厭棄態度。王安憶正是在這裡開始了創作上的自我反思。在回應王蒙《王安憶的「這一站」和「下一站」》這篇文章時，她寫道：「您對我提出了『下一站』的要求，這

〔註2〕 （美）本尼迪克特・安德森：《想像的共同體——民族主義的起源與散佈》，吳叡人譯，上海人民出版社 2005 年版，第 161、163 頁。

〔註3〕 李潔非：《尋根文學：更新的開始（1984～1985），《當代作家評論》1995 年第 4 期。

正是我在考慮並有些茫然的。」「我決心寫一些和雯雯大不一樣的人物。」這「也許是因爲對生活的認識有了變化和加深」。〔註4〕王安憶這篇文章題爲《挖掘生活中的新意》，但究竟什麼是生活中的「新意」，具體創作應該怎麼做，她當時並不十分清楚。她希望像那些尋根作家找到自己的「地域性」，又發現自己並不喜歡插過隊的安徽省五河縣大劉大隊。插隊生活對於她是一場噩夢。她還曾設想在生活過六年的江蘇徐州建構這種「地域性」。王安憶將自己這種艱難的調整劃分爲兩個階段：「第一個階段，我是從隔膜走向熟悉的生活。這是個很痛苦的階段，因爲我不知怎麼說好。我插隊兩年，在我一生中待得比較久的地方是徐州地區文工團」，「而且對我影響比較深。正好是十八歲到二十四歲，度過了我的少女時代。」「我一開始就很想寫徐州，因爲我覺得徐州是個很有意義的城市，很多題材可以寫。」爲此她花費很多時間去瞭解淮海大戰，僅寫了一篇四千字的小說，但很快知道個人氣質和生活經歷「是非常不適合寫戰爭的。」「放棄後，我就回到我自己所熟悉的一段生活，這就是文工團。」於是有了中篇《尾聲》，短篇《舞臺小世界》，最著名的當然是《文工團》、《荒山之戀》、《小城之戀》和《錦繡谷之戀》。而「第二個階段就是要從自己熟悉的生活中走出來，把那隔膜走通。就是走通自己的生活與外界更宏大、更複雜的生活的一種隔膜。每個作家，都應該有能力把它走通，這樣創作之路才可愈拓愈寬。」「沒有外面一種大的生活作爲參照的話，你自己的生活，也缺乏說服力。」〔註5〕這已隱隱預示著，幾年後王安憶可能會在「更宏大、更複雜的生活」世界——上海，發現並逐步構築自己小說世界的「地域性」。

在批評家汪政、曉華和王德威眼裏，尋根前後的小說，是王安憶從「雯雯系列」到「上海都市題材」之間的一種鋪墊，帶有實驗性和過渡性的性質。她不是跟著別人跑的寫作者，而是一個題材開發能力非常強，是那種自足性足夠強大的優秀作家。也因此，這種作家其實是與文學思潮若即若離的。汪政和曉華說：「不僅王安憶自己不能『證明』自己，而且時尚與思潮也不能說明她。」從傷痕、反思、尋根到先鋒，「哪一個思潮能解釋王安憶？好像只有尋根，如前所說那還可能是一個誤會」，他們把此現象歸結爲作家藝術上的自覺。他們認爲，淮北和上海雖然是貫穿王安憶幾十年創作

〔註4〕 王安憶：《挖掘生活中的新意》，《文匯報》1982 年 4 月 22 日。
〔註5〕 王安憶：《生活與小說》，《西湖》1985 年第 9 期。

始終的兩條線索，不過直到 1989 年的《海上繁華夢》，上海之「地域性」特徵，才在她創作中充分彰顯。「這一階段，王安憶更加徹底地將上海這個相比較而言更為合乎現代城市概念的城市的日常生活推上了前臺加以細緻地摹畫。它們雖然顯得零碎，篇幅也參差不齊，但敘述時間的跨度是很大的，甚至通過回憶將舊上海拉回到人們的視野，從而多側面多角度地再現了上海這座城市的人與故事。」〔註6〕試圖將歷史與現實、革命與改革開放串聯到一起構築成一個大歷史進程，將其變成他的論說框架的王德威，在《海派作家，又見傳人——王安憶論》中明確指出：「王安憶 80 年代的作品中，已隱約襯托出她對上海的深切感情。流徙四方的知青，原來是無數上海穿堂弄巷出身的兒女。這座老舊陰濕的城市，包含——也包容——太多各等各色的故事。誠如評者指出，王安憶寫農村背景的《小鮑莊》時，其實離開了她能安身立命的創作溫床；筆觸再好，也顯得扞格不入。90 年代的王安憶，則越來越意識到上海在她作品中的分量。她的女性是出入上海那嘈雜擁擠的街市時，才更意識到自己的孤獨與卑微；是輾轉於上海無限的虛榮與騷動間，才更理解反抗或妥協現實的艱難。」這位最早發現了王安憶與張愛玲和蘇青海派傳統聯繫的學者，卻提示人們要進一步分析王安憶與海派作家的異與同，而不能將兩者簡單劃等號：「由於歷史變動使然，王安憶有關上海的小說，初讀並不『像』當年的海派作品。」不過他又說：雖然海派的豔異摩登早已煙消雲散，「落入尋常百姓家了」，「然而正是由這尋常百姓家中，王安憶重啓了我們對海派的記憶。」〔註7〕

這就可以理解，地域視角的發現與王安憶的自我調整是相互激發的一種關係。

作為「地域小說」的提倡者，尋根理論照亮了王安憶艱苦的個人探索，使她意識到，自己關於在「大劉莊」、「徐州」等地建立創作「根據地」的初步設想，原來是與這理論有著某種內在聯繫的。「地域小說」觀點的提出，就使自己創作調整的路線圖一下子清晰了起來。而自己的創作調整，就是要呼應和重建屬於自己小說的「地域性」，它早就被裹挾在尋根思潮之前當代文學整體反思的浪潮中，只是當時，自己沒有看得更加清楚罷了。於是在 1985 年

〔註6〕 汪政、曉華：《論王安憶》，《鍾山》2000 年第 4 期。

〔註7〕 王德威：《海派作家，又見傳人——王安憶論》，《當代小說二十家》，北京：三聯書店，2006 年。

這個時間點上，地域視角與王安憶的創作調整形成了一個有趣的歷史張力。
這張力，把我們帶到了王安憶精彩無限的文學世界當中。

第一節　1985 年「尋根文學」創作的背景

　　1985 年「尋根文學」思潮的興起，是以改革開放年代文學界全面反思和
超越十七年和「文革」文學為前提的。洪子誠說：「文學『尋根』的提出，還
存在著文學本身的直接動機。『文革』之後，尖銳地意識到當代文學的『貧困』、
『落後』，而積極推動文學進入『新時期』的不少作家，認為可以通過借鑒西
方文學（尤其是『現代派』文學）來紓解焦慮。」「『尋根』在文學創作上的
另一針對性，是作為『新時期文學』主體的『知青』出身作家，在 80 年代中
期也遇到藝術創造上進一步開拓、提升的難題。他們迫切要求找到擺脫困境
的有效之路。他們互有差異的講述中存在重要的共同點：中國文學應該建立
在對『文化岩層』的廣泛而深厚的『文化開鑿』之中，才能與『世界文學』
對話。」他們發現這種為擺脫陳舊意識形態思維模式和尋找新路的實踐，在
美國作家福克納和南美作家馬爾克斯的創作中得到了證實。「心懷焦慮的年輕
作家認為，如果將自己的文學創造，植根於悠久而深厚的民族文化土壤之中
（如拉美作家大量藉重本土印第安文化、黑人文化的資源），以中國人的感受
性來改造西方的觀念和形式，將有可能產生別開生面的效果。」他進一步指
出：「文學『尋根』作為一個事件（或運動）很快就不再存在，但是它的能量
卻持久發散。對於 80 年代後期和 90 年代的文學寫作領域的轉移，審美空間
的拓展，都起到重要的作用。」〔註 8〕

1.1.1　作為前提的「杭州會議」

　　1984 年 12 月，《上海文學》與浙江文藝出版社在杭州聯合召開的《新時
期文學：回顧與預測》會議，最近被研究者視為「尋根運動」的一個起源點。
〔註 9〕據說杭州會議最初的動議，與作家李杭育有密切的關係。因發表了有影

〔註 8〕　洪子誠：《中國當代文學史》（修訂版），北京：北京大學出版社，2008 年，第
　　　　280、281 頁。
〔註 9〕　參見陳思和：《杭州會議和尋根文學》，《文藝爭鳴》2014 年第 11 期；蔡翔：《有
　　　　關「杭州會議」的前後》，《當代作家評論》2000 年第 6 期。這些文章雖然是
　　　　後設視角，但也披露了一些有意思的材料。

響的《最後一個漁佬兒》和《沙灶遺風》等小說，有關方面 1984 年 7、8 月份在杭州召開了三次研討會。令李杭育迷惑不解的是，這些作品卻未得到北京權威批評家們的認可，倒是上海年輕的批評家程德培發表的《病樹前頭萬木春》長篇評論予以了支持。在這篇文章中，程德培敏銳地指出：「我們正處在一個極具變化著的新舊交替的歷史時期。在這時代的總體氛圍中，我們感受到的，是一種新生的喜悅。當然，同時也伴隨著分娩時的陣陣痛苦……。」而李杭育又聽說，上海作家協會主席茹志鵑出訪美國時，在還不認識他的情況下，就向聽眾介紹了他的《最後一個漁佬兒》。這讓處在孤獨困惑中的李杭育，萌生了一個大膽的想法：「在回湖州的路上，我在想，上海是不是能讓我更容易、更爽地另起爐灶、另開話題的地方？但又隱約覺得，好像還缺少一點什麼。那應該是什麼呢？我不知道，只有一點朦朦朧朧的念頭。」〔註 10〕於是，他把自己這種朦朧的想法跟前來杭州參加「李杭育作品研討會」的上海青年批評家吳亮和程德培講了，並得到他們的大力支持。當他提出自己的創作為什麼會在北京遇冷的問題時，「德培回答：他們還沒想好怎麼說你。吳亮插話：你的小說超出了他們的思維慣性和話題範圍。德培幽默一把：老革命遇上了新問題。吳亮有點幸災樂禍：所以他們失語了。慶西插話：弄不好就一直失語下去了。我有點不敢相信：這麼說，他們的時代結束了？德培很肯定：起碼是快了。」後來李杭育總結道：「我和程德培、吳亮的初識是那次研討會給我的第二個收穫，由此堅定了我把文學活動的重心部分地由北京向上海轉移的決心和信心……研討會還給了我第三個收穫，就是讓我明白，繼『傷痕文學』、『反思文學』、『改革文學』之後，我的另起爐灶成功了。」〔註 11〕就在這次會議上，他向吳亮、程德培提出在杭州召開一個討論當代文學創新問題座談會的建議，後來吳亮、程德培轉告給《上海文學》編輯周介人，周介人又上報給主編李子雲並得到支持，於是這個以《新時期文學：回顧與預測》為題的杭州座談會就這樣被定了下來。〔註 12〕

　　1984 年「杭州會議」的召開，與當時積極推動當代文學探索潮流的《上海文學》的主編李子雲，以及她與北京權威批評家馮牧之間的矛盾有密切的

〔註 10〕李杭育：《我的一九八四（之一）》，《上海文學》2013 年第 10 期。
〔註 11〕李杭育：《我的一九八四（之二）》，《上海文學》2013 年第 11 期。
〔註 12〕謝尚發：《「杭州會議」開會記——「尋根文學起點說」疑議》，《中國現代文學研究叢刊》2017 年第 02 期。

關係。根據年輕研究者謝尙發考證，這件事的起因是《上海文學》1982 年第
8 期發表了馮驥才、劉心武和李陀的《關於「現代派」的通信》一文。1982
年下半年，高行健的《現代小說技巧初探》出版後引起了爭論，有感於「現
代派」在當代文壇的命運，三位作家決定以相互通信的方式，對之展開進一
步討論。北京諸多雜誌因忌憚於「現代派」問題的敏感性，不敢發表此文。
於是李陀向《上海文學》主編李子雲求助，並獲得應允。李子雲回憶：「發表
通信的那期刊物出廠那天，我早上剛到辦公室，馮牧同志就打電話來，命令
我撤掉這組文章。我跟他解釋，雜誌已經印出來了，根本來不及換版面。他
說，你知道嗎？現在這個問題很敏感，集中討論會引起麻煩的。但我認爲沒
什麼關係，討論一下不要緊。馮牧說，你知道嗎？一隻老鼠屎要壞一鍋粥。
我說你這樣講也太過分了吧，我這老鼠屎還沒有這能耐壞一鍋粥吧。他說，
啊，你這種……。他沒講出來，意思是你是小人物沒什麼關係，可是會影響
整個文藝形勢。我說我在上海連累不到文藝界。他說現在是牽一髮而動全身，
怎麼怎麼。稿子還沒有發出來，不知北京他們怎麼知道的，我不知道誰告訴
他們的。我說你管不著我，有市委管我。他把電話掛了。我就發了，他從此
幾年不理我，我們見面也不說話。」〔註 13〕作爲當時中國作家協會和《文藝
報》的領導，馮牧的阻止不無理由，這裡面有一個大背景。然而，李子雲和
上海方面的很多人並不這麼認爲。《上海文學》發表「現代派」通信後不久，
接著又「發表了巴金先生致瑞士作家馬德蘭・桑契女士的《一封回信》，……
緊接著夏衍同志又主動寄來一篇《與友人書》的長文。」頗有一種一竿子捅
到底的勇氣。「但是他們兩位的文章發表之後，我又罪加一等。從北京到上海，
沸沸揚揚地說我搬出巴金、夏衍來爲自己撐腰。」〔註 14〕這種局面連善於應
對複雜文壇局面的周楊也感到難以舉措，感到不好管理。

　　李子雲與馮牧的分歧牽涉到對「現代派文學」的態度。具體來說，是大
膽突破十七年和「文革」文學「反映論」的創作框架，借向西方「現代派」
學習來實現與世界文學的對話，跟上改革開放的大形勢呢？還是固守「反映
論」框架，採取曖昧不清的態度來維持它在文學創作中的穩定性？這種分歧，

〔註 13〕王堯：《「『現代派』通信述略——〈新時期文學口述史〉之一》，《文藝爭鳴》
　　　　2009 年第 4 期。
〔註 14〕李子雲：《我經歷的那些人和事》，上海：文匯出版社，2005 年，第 159 頁。

通過發表《關於「現代派」的通信》這件事，擺在了人們的面前。因此，正像洪子誠所説，要想解決當代文學的「貧困」、「落後」問題，實現與世界文學對話的目的，那就要發動一場「尋根」的文學革命。王安憶沒有參加「杭州會議」，也沒有參加關於「尋根」的討論活動。但是，巴金、夏衍、茹志鵑、李子雲、《上海文學》和《收穫》等營造的開放寬鬆的文學氛圍，卻激發了她密切關注事情進展，並進一步大膽探索的熱情。周介人和朱偉的文章介紹了這座城市當時的「文學氛圍」：李子雲及《上海文學》有較為大膽的編輯方針，「《上海文學》應該堅持和發展文學性、當代性、探索性的刊貌。」〔註15〕鮮明體現這種編輯方針的，就是敢於刊發阿城的《棋王》：「《棋王》原是《北京文學》的退稿，那時候文學刊物禁忌還比較多，退稿原因是此稿寫了知青生活中的陰暗面。……《棋王》就是經過李陀、鄭萬隆而輸送給了當時《上海文學》的」。〔註16〕因這個緣故，阿城的小説《棋王》在連遭退稿，但最終刊發於《上海文學》1984 年第 7 期後，立即產生了強烈反響，還被《中篇小説選刊》選入 1984 年第 6 期。阿城的《棋王》，李杭育的「葛川江」系列小説，以及張承志的《北方的河》和賈平凹的《商州初錄》等作品的陸續發表，使得「一股新鮮的文學氣息悄然在文壇發酵，引起擔憂的同時，也促發批評家思考當時文學發展的相關問題。《上海文學》前此的種種表現，及其所彰顯出的迥異於其他刊物的品格，吸引著當時較為大膽、富有探索精神的青年作家和批評家。」〔註17〕一直處於「尋根運動」邊緣的王安憶，這時對尋根運動的反應是：「有一日，阿城來到上海，住在作家協會西樓的頂層。」「上海的作家。這天晚上，我們聚集到這裡，每人帶一個菜，組合成一頓雜七雜八的晚宴。因沒有餐桌和足夠的椅子，便各人分散各處，自找地方安身。」她參與了這晚的熱烈討論。〔註18〕在王安憶與陳村的「對話」中，陳村反覆提到

〔註15〕 周介人：《編輯手記・文學性、當代性、探索性》，《新尺度》，杭州：浙江文藝出版社，1989 年，第 212 頁。周介人是「杭州會議」的主要發起人之一，他在上海也影響和培養了許多新潮批評家，如吳亮、程德培和蔡翔等，與此同時，他的編輯理念也在推動著尋根、先鋒文學的發展。

〔註16〕 朱偉：《1984 年的阿城》，《有關品質》，北京：作家出版社，2005 年，第 66 ～67 頁。

〔註17〕 謝尚發：《「杭州會議」開會記——「尋根文學起點説」疑議》，《中國現代文學研究叢刊》2017 年第 02 期。

〔註18〕 王安憶：《尋根二十年憶》，《王安憶散文》，北京：人民文學出版社，2008 年，第 264～266 頁。

阿城，可見他們對尋根運動關注的程度，遠遠超出了人們的想像。〔註 19〕而在《生活與小說》這篇文章中，王安憶也坦言在運動興起之前，自己已對如何擺脫十七年「反映論」的創作模式展開了艱苦摸索。〔註 20〕

　　1984 年 12 月 13 日以《新時期文學：回顧與預測》爲題的「杭州會議」，邀請的「南北青年作家和評論家」有：李陀、陳建功、鄭萬隆、阿城、黃子平、季紅眞、徐俊西、張德林、陳村、曹冠龍、吳亮、程德培、陳思和、許子東、宋耀良、韓少功、魯樞元、南帆，上海作協和《上海文學》有茹志鵑、李子雲、周介人、蔡翔、肖元敏、陳杏芬（財務），浙江方面有李慶西、黃育海、董校昌、徐孝魚、李杭育、高松年、薛家柱、鍾高淵、沈治平等。根據與會者李慶西、韓少功等人追述：這次「會議的主題是『新時期文學：回顧與預測』；如何突破原有的小說藝術規範，也是與會者談論較多的話題。」〔註 21〕但在這種宏觀的主題下，雖然參加會議的作家批評家各抒己見，整個會議卻顯出某種駁雜和蕪亂的特色來。不過「大家都對幾年來的『傷痕文學』和『改革文學』有反省和不滿，認爲它們雖然有歷史功績，但在審美和思維上都不過是政治化『樣板戲』文學的變種和延伸，因此必須打破。這基本上構成了一個共識。至於如何打破，則是各說各話，大家跑野馬。」〔註 22〕會議可能私下裏有很多個性化的討論，然而並沒有明確提出「尋根文學」的主張。倒是這次會議後，出席者如韓少功、鄭萬隆、阿城在一些報刊上公開亮出了「尋根」的文學旗幟，才成爲「杭州會議」的意外收穫。

1.1.2 「尋根文學」對當代文學觀念的衝擊

　　1985 年的「尋根文學」，是在當代文學創作大膽突破十七年「反映論」創作模式並與「世界文學」對話這一大背景下發生的。值得注意的是，尋根派提出「重新尋找民族文化傳統」的口號，所批評的就是「反映論」、「典型論」的文學觀念，這種相當宏觀和寬泛的重建「民族文化傳統」的主張，最後卻被集中到「地域文學」這種具體的文學話題當中。這正是洪子誠在其著作中所看到的：「心懷焦慮的年輕作家認爲，如果將自己的文學創造，植根於悠久

〔註 19〕陳村、王安憶：《關於〈小鮑莊〉的對話》，《上海文學》1985 年第 9 期。
〔註 20〕王安憶：《生活與小說》，《西湖》1985 年第 9 期。
〔註 21〕李慶西：《尋根：回到事物本身》，《文學評論》1988 年第 4 期。
〔註 22〕韓少功：《杭州會議前後》，《上海文學》2001 年第 2 期。

而深厚的民族文化土壤之中（如拉美作家大量藉重本土印第安文化、黑人文化的資源），以中國人的感受性來改造西方的觀念和形式，將有可能產生別開生面的效果。」他又好像對將小說創作的重心收縮到「地域性」上略微感到了不滿：「這種情況的表現之一，是小說對於世俗日常生活，對於日常生活相關的風俗、地域文化的濃厚興趣。」「這樣，日常生活，體現『歷史連續性』的民族文化的、人性的因素，自然會被看做是對於階級意識的削弱而受到排除。」另外，「加強對傳統生活方式的瞭解，表現這一生活方式在現代的變遷，爲不少小說家所重視。有的甚至細緻考察某一地域的居所、器物、飲食、衣著、言語、交際方式、婚喪節慶禮儀、宗教信仰等」。他特別指出了賈平凹散文和小說對長期處於封閉狀態的陝南山區自然和人文景觀，李杭育對浙江葛川江流域風情，李銳對山西呂梁地區的鄉土歷史習俗，鄭萬隆對黑龍江邊陲山村，以及烏熱爾圖對鄂溫克族的生活的細緻刻畫。另外提到了劉心武對北京鐘鼓樓、馮驥才對津門地區、陸文夫對蘇州風俗沿革的民俗風味的描寫。他承認尋根思潮這種偏離政治意識形態性，偏離現實批判和歷史反思的現象，「推動了這個時期已經開始的文學表現領域的轉移」，但字裏行間，卻對這種思潮最終「偏離」到了遠離現實社會的原始地域地區的藝術追求，也暗含著某種隱憂。〔註23〕

　　「尋根文學」借助民族傳統文化觀念強力突破「反映論」階級意識觀念，推動當代文學創作的大規模轉移確實取得了成功。在這場文學革命中的居功至偉者，主要是借小說文本強力攻擊反映論歷史壁壘的作品，如韓少功的《爸爸爸》、《女女女》等，都因破壞性意圖太過明顯，文學地位並不很高。反倒是洪子誠所憂慮的賈平凹、李杭育和李銳的小說，因其優美自然的「作品性」，更能經受住文學史的嚴格篩選。毫無疑問，這種地域性和文學性兼顧的「尋根小說」，對一直在尋找自己創作的「地域性」的王安憶來說，意義可能要遠大於尋根宣言。一個處在不斷探索過程中的作家，考慮更多的不是「觀念」的問題，而是「怎麼寫」的問題，具體到王安憶，就是怎樣將自己已經開始構築的「大劉大隊」、「徐州」和「上海」的地域性，進一步明確化的問題。她不能躺在文學潮流洶湧的波濤上漂浮不定，而沒有自己小說創作的「根據地」。所以，她十分認同阿城的對賈平凹的評價：「他所寫作的《商州紀事》，

〔註23〕洪子誠：《中國當代文學史》（修訂版），北京：北京大學出版社，2008年，第281～283頁。

可說是『尋根』最自覺的實踐。」〔註24〕也因如此，正在「大劉大隊」、「徐州」和「上海」這幾個還不明朗的「根據地」之間猶豫打轉的她，雖然處在當時湧動的文學思潮的邊緣，卻對自己當時「杭州會議」的未能成行而抱憾。她回憶說：「《上海文學》在杭州開會，到會者有阿城、李陀、鄭萬隆⋯⋯加上杭州的李杭育，『尋根』的驍勇江湖會合。其時，我在徐州探親，收到會議通知，已臨到會期，立即忙著買車票。從徐州到杭州，直達只有一班北京發出的普通快車，經停徐州，每日只有寥寥幾張坐票。去找一位鐵路工作的朋友搞票那朋友表示了為難，眼看趕不上會期，心中十分失望。在作雪的陰霾裏，悻悻地走回，只覺得寂寞和荒涼。而此刻的江南杭州，則熱氣騰騰。」〔註25〕其實，「杭州會議」也沒有明確提出作家的創作「根據地」問題，每個作家的創作之路，都需要自己去摸索去探尋。因此對王安憶來說，未出席會議是不值得遺憾的。

第二節　九十年代上海重新崛起的影響

儘管歷史的興起與一個作家創作變化的關係，不能簡單劃等號。但顯而易見，當九十年代初上海重新崛起後，王安憶最重要的一批與上海都市題材有關的中長篇小說《紀實與虛構》（1993）、《傷心太平洋》（1993）、《「文革」軼事》（1993）、《香港的情與愛》（1993）、《長恨歌》（1995）、《我愛比爾》（1996）、《富萍》（2000）、《遍地梟雄》（2005）、《啓蒙時代》（2007）、《天香》（2011）以及諸多散文隨筆等，便陸續創作出來了。〔註26〕

1.2.1　大上海的崛起

1990 年初，鄧小平做出了開發上海浦東這一重大戰略決策。當年 4 月 18 日，時任國務院總理李鵬在視察上海時代表中央和國務院宣佈了這個決策。19 日第一版的《解放日報》以《中央同意加快開發浦東》為題（副標題是：

〔註24〕王安憶：《尋根二十年憶》，《王安憶散文》，北京：人民文學出版社，2008 年，第 264 頁。

〔註25〕王安憶：《尋根二十年憶》，《王安憶散文》，北京：人民文學出版社，2008 年，第 264 頁。

〔註26〕當然，在此期間她不光寫上海都市題材的小說，也見縫插針地寫一些與淮北農村和徐州有關的中短篇小說，如《文工團》、《蚌埠》、《天仙配》、《輪渡上》、《招工》等。重心明顯放在上海方面。

將實行經濟技術開發區和某些經濟特區的政策）刊登了該消息，正式拉開了上海重新崛起的歷史序幕。有研究者指出：「當中國向全世界宣佈浦東開發開放的決策後，國際經濟、金融、貿易、航運中心，國際大都市的頭銜再一次爲上海加冕。浦東新區成爲外國資本聚集的熱土，投資規模大、跨國公司多成爲浦東新區的一大特點。總投資超過 10 億美元的特大項目有宏力、中芯兩大芯片製造項目，日本的 NEC、美國的福特和柯達、德國的克虜伯等項目合同外資均超過 10 億美元，夏普、日立、松下、理光等日資企業的投資超過 1 億美元」。〔註 27〕還有人用文學化的口氣說：「上海取代了之前的經濟特區海口、深圳，成爲領先中國其他地區、最受外商青睞的投資熱土。上海在中國城市發展中佔據了龍頭位置。在工地『徹夜的燈光、電力打夯的聲音』中，人們似乎看見四十年前那個中西交匯的國際都市上海的歸來。」〔註 28〕許紀霖、羅崗主編的《城市的記憶——上海文化的多元歷史傳統》，也傾向以「上海認同」的視角來概括很多人對這座城市重新崛起的感受，他們強調：「上海的自我認同，是在全球化的過程中確立的。」〔註 29〕華裔美籍學者李歐梵 2001年在出版的著作《上海摩登——一種新都市文化在中國（1930～1945）》在分析認同感的同時，指出了今天正急起直追的上海與老上海的歷史差距：1948年他隨母親初到這座現代都市時，「上海的聲光化電世界對我的刺激，恐怕還遠遠超過茅盾小說《子夜》中的那個鄉下來的老太爺。」但 1981 年他舊地重遊上海時卻大感失望：街上是「毫無燈火通明的氣象」，「而外灘更是一片幽暗世界。」〔註 30〕

上海自近代開埠後，西方文明的管理方法、組織制度和生產技術，促使了上海與傳統中國社會的分離，使之在短短幾十年間成爲世界主要的工業製造業中心、金融中心和最繁榮的港口之一，進入國際前十大都市行列。根據李今《海派小說與現代都市文化》的統計：僅在上世紀二三十年代，「上海的進出口貿易就從占全國總值不足 10%，一躍而占全國的 50% 左右」。1933 年工

〔註 27〕當代上海研究所：《當代上海城市發展研究》，上海：上海人民出版社，2008年，第 164～166 頁。

〔註 28〕李立超：《「流言」：「尋找上海」的另一種可能——再讀王安憶〈長恨歌〉》，《南都學壇》2013 年第 6 期。

〔註 29〕許紀霖、羅崗：《城市的記憶——上海文化的多元歷史傳統》，上海：上海書店出版社，2011 年，第 3 頁。

〔註 30〕李歐梵：《上海摩登——一種新都市文化在中國（1930～1945）·中文版序》，北京：北京大學出版社，2001 年。

業總產值 11 億元以上，超過全國總產值的一半。上海的銀行總資產 33 億元，
是全國銀行總值的 89％。上海的經濟騰飛爲創造一個現代化都市的物質環境
提供了雄厚的財富，帶動了現代消費和都市娛樂文化的快速發展。現代百貨
公司先施（1917）、永安（1918）、新永安（1933）和新新（1926），在南京路
一帶拔地而起。電影院、舞場、跑馬廳和豪華飯店，如雨後春筍般遍佈公共
租界內外，消費的市民摩肩接踵。〔註 31〕李歐梵的《摩登上海》更是對這座
風華絕代的城市進行了具象化的描繪。他認爲，「十里洋場」的中樞是外灘，
在二十年代晚期，這裡已出現了用美國現代建築材料和技術建築的富麗堂皇
的大樓，其中最高的 24 層的國際飯店，是由著名的捷克匈牙利建築師鄔達克
設計的。在先施等現代百貨大樓裏面，「電梯會把顧客送往各個樓層，包括舞
廳、頂樓酒吧、咖啡館、飯館、旅館及有各種表演的遊樂場。」歐洲的咖啡
館同樣在三十年代的上海流行，「像電影院一樣，它成了最受歡迎的一個休閒
場所——當然，它是西式的，一個男男女女體驗現代生活方式的必要空間，
特別是對作家和藝術家來說。」他以穆時英爲例，證明作家們與普通人無異，
是非常願意享受時髦摩登的舞廳生活的：「傳說作家穆時英就是在這樣一個叫
『月宮』的舞廳裏，苦苦追求一個舞女，終於把她娶爲妻子。」〔註 32〕對電
影迷李歐梵來說，「上海電影的都會語境」自然是他最樂意敘述的夢幻場景。
他想藉此證明當時上海人的電影審美趣味的西化程度。他說當時流行的婦女
雜誌《玲瓏》幾乎每期都有相當篇幅刊登好萊塢女星千姿百態的照片，4 卷 5
期（1934 年 1 月 31 日）是一個好萊塢專號，「封面封底另加 11 頁都是他們的
照片，像凱瑟林·赫本、瑪琳·黛德麗、海倫·海耶絲、葉奈特·蓋娜」等
等，「以及無所不在的葛麗泰·嘉寶。大量的光彩奪目的好萊塢影星照的流入
可能是好萊塢八大公司駐上海分支結構的行爲。但它們可能是從形形色色的
美國電影雜誌上被翻印下來的。」〔註 33〕好像大家都翻開了歷史書的另一頁，
專做上海地方社會史研究的學者張濟順的《遠去的都市——1950 年代的上
海》，告訴的則是不同於李歐梵、李今筆下的被改造後的上海景象。在第五章，

〔註31〕 李今：《海派小說與現代都市文化》，合肥：安徽教育出版社，2000 年，第 8
～21 頁。

〔註32〕 李歐梵：《上海摩登——一種新都市文化在中國（1930～1945）·中文版序》，
北京：北京大學出版社，2001 年，第 9～35 頁。

〔註33〕 李歐梵：《上海摩登——一種新都市文化在中國（1930～1945）·中文版序》，
北京：北京大學出版社，2001 年，第 101～103 頁。

他以「時尚不再：別了，好萊塢」這個第二節小標題，描述了解放初期上海繁華電影夢的幻滅。「好萊塢影迷的污名被定格在抗美援朝運動的歷史時刻。1950 年 11 月上海影院全面禁演美國影片後，允許發表不同意見的《文匯報》專欄即刻停止討論，一致聲討美帝。」1950 年代末到 1960 年代早期，香港影片在上海上映時「場面火爆」，「每當港片上映的消息傳出，電影院就被包圍得水泄不通，購票隊伍不但有數千之眾，且秩序混亂，衝破大門的有之，倒手販賣黑市票的更有之。」因購票擠傷而送醫院急救的情況時有發生。但不久，這種熱氣騰騰的場面也逐漸消失了。1963 年，陳荒煤在全國電影發行放映會上宣佈了一道禁令：「香港片，暫時不恢復」，「因為我們控制的在少數，映了就會有市場，不能閉著眼睛不看現實。」最後，作者以略帶惋惜的口氣說：「上海電影文化消費的好萊塢時尚不再，影迷們也從此潰散，另尋他途。」〔註34〕

1.2.2　懷舊文化思潮的襲來

　　許紀霖、羅崗認為促發上海重新崛起的主要是三個要素：強勢政府、國際資本和海派文化，而其中更關鍵的是海派文化。〔註 35〕這個觀點對於我們理解王安憶創作視點的變化與上海崛起之間的關聯點富有啟發性。王曉明在《從「淮海路」到「梅家橋」——從王安憶小說創作的轉變談起》這篇文章中，也特別提醒人們應該注意到這點：「正是改革之潮在九十年代初的大轉彎，將上海托上了弄潮兒的高位。上海憑藉歷史、地理和政府投資的三重優勢，迅速顯示出新的神威。」「就我對《富萍》的疑問而言，這新意識形態的大合唱當中，就有一個聲音特別值得注意：對於舊上海的詠歎。」他發現：「幾乎和浦東開發的打椿聲同步，在老城區的物質和文化空間，一股懷舊的氣息冉冉升起。開始還有幾分小心，只是借著張愛玲的小說、散文的再版，在大學校園和文學人口中暗暗流傳。」「一連串以『一九三一』、『三十年代』或『時光倒流』為店名的咖啡館、酒吧、飯店和服裝店相繼開張，無數仿製的舊桌椅、發黃的月份牌和放大的黑白照片，充斥

〔註34〕張濟順：《遠去的上海——1950 年代的上海》，北京：社會科學文獻出版社，2015 年，第 282～284、305 頁。

〔註35〕許紀霖、羅崗：《城市的記憶——上海文化的多元歷史傳統》，上海：上海書店出版社，2011 年，第 3 頁。

各種餐飲和娛樂場所。甚至整條街道、大片的屋宇，都被重新改造，再現昔日的洋場情調」，「在這懷舊之風四處洋溢的過程中，紙上的文字，小說、散文、紀實文學，乃至歷史和文字研究著作，始終騰躍在前列。不但十里洋場的幾乎所有景物都蜂擁著重新進入文學，構成許多小說故事的空間背景，那據說是舊上海的極盛時期的二三十年代，也隨之成爲這些故事發生的基本時間。」〔註36〕王安憶一直在否認與上海懷舊思潮和張愛玲的聯繫，但她無法否認自己就是一個上海人，和王曉明所說的就生活在九十年代這種「新意識形態」時代空間的事實。〔註37〕王安憶 1954 年出生在南京，1956年兩歲時，隨轉業到上海《文藝月刊》雜誌當編輯的母親茹志鵑遷居上海。除南京兩年，1970 年到安徽淮北插隊、以及在徐州文工團工作的這八年之外，她在上海整整生活了五十年。這是一個在那裡成長、接受教育和生活的上海人。上海早已成爲她生命世界最重要的一部分。在這濃厚城市氛圍的浸染和影響之中，王安憶成爲繼張愛玲之後另一位創作上海都市題材小說的傑出小說家，是不令人覺得意外的。〔註38〕

1.2.3　對王安憶創作轉型的推動

　　不出王曉明所料，九十年代後，讀者發現無論在小說、散文還是隨筆中，王安憶對海派文化和文學都有精闢獨特的見解。她在《尋找上海》一文中寫道：「我曾經在一篇小說的開頭，寫過這樣一句話：『我們從來不會追究我們所生活的地方的歷史。』其實，要追究也很難，這樣的地方與現實聯繫得過於緊密，它的性格融合在我們的日常生活裏面，它對於我們太過眞實了。」「不過，在十多年前，我還意識不到這些，或者說，還沒有碰過壁。在當時的『尋

〔註36〕王曉明：《從「淮海路」到「梅家橋」──從王安憶小說創作的轉變談起》，《文學評論》2002 年第 3 期。

〔註37〕王安憶、劉金冬：《我是女性主義者嗎？》，《鍾山》2001 年第 5 期。出於「影響的焦慮」的作家心態，王安憶始終不願承認張愛玲小說在她創作轉變過程中的作用。另外，她也不願意坦承九十年代上海興起的懷舊社會思潮，在自己創作轉變過程中的發酵意義。她在其他訪談中也有類似觀點。

〔註38〕在小說《紀實與虛構》一開始的「序」裏，作者情不自禁地寫道自己遷居上海的身世：「而個別到我們家，再個別到我們家的我──一個『同志』的後代，則是乘了火車坐在一個痰盂上進的上海。據說未滿週歲的我當時正拉稀，進上海的第一個晚上，就去了某醫院的急診間，打針引起的哭嚎聲驚破了上海幽雅的夜空。」

根』熱潮的鼓動下，我雄心勃勃地，也企圖尋找上海的根。」〔註39〕她認爲外地人給上海女性貼上「文雅柔和「的城市標籤完全是錯覺：「上海的女性心裏都是有股子硬勁的，否則你就對付不了這城市的人和事。不知道的人都說上海話柔軟可人，其實那指的是吳語，上海話幾乎專挑吳語中硬的來的。用上海話來敘愛幾乎不可能，『喜歡』比『愛』這個字還溫存些，可見上海的『愛』是實在的『愛』。上海話用來說俠義倒是很好，都是斬釘截鐵，一錘子定音的，有著一股江湖氣。」〔註40〕這多少讓人不堪爲難，因含有鄙夷的味道。她還拿北京人的大氣來嘲笑上海人的世俗氣，說上海的寺廟「也是人間煙火」，而北京的民宅俚巷「都有著莊嚴肅穆之感」；北京人說出的話「都有些源遠流長」的，清脆的口音經過了「無數朝代的錘鍊」，連俏皮話也那麼「文雅」，而上海人「則要粗魯得多」，言語是直接和赤裸裸的。〔註41〕但她卻頗欣賞上海的「繁華夢」，對上海人的務實理性地域性格的觀察也是入木三分的。《海上的繁華》描繪了一副色彩斑斕的類似夢幻的城市街景：「燈光將街市照成白晝，再有霓虹燈在其間穿行，光和色都是濺出來的。在這光明和繽紛的穹窿之上，天空顯得格外的黑暗和虛無，月光和星光都無用了。」然而，「此間的繁華眞是了不得」。〔註42〕在不承認受到張愛玲影響的前提下，王安憶倒不否認，她看上海人的眼光和題材因素是與前者有聯繫的。在別人問到張愛玲與她小說的關係時，她回答說：「我覺得有像的地方，但不是像到那種程度。像是因爲有兩點：一是都寫上海，這容易使人想起我和張愛玲的關係；另一方面，都寫實，在手法上，也是人們把我們聯繫起來。而我個人最欣賞張愛玲的就是她的世俗性。欲望是一種知識分子理論化的說法，其實世俗性就是人還想過得好一點，比現狀好一點，就是一寸一寸地看。上海的市民看東西都是這樣的，但是積極的，看一寸走一寸，結果也眞走得蠻遠。」〔註43〕許紀霖和羅崗將王安憶上海人優點的敘述進一步理想化：第一，上海人骨子裏都認爲自己是「文明人」，所以把外地人都稱爲「鄉下人」；第二，上海人雖然精明，

〔註39〕王安憶：《尋找上海》，《尋找上海》，上海：學林出版社，2001 年，第 1 頁。

〔註40〕王安憶：《上海的女性》，《尋找上海》，上海：學林出版社，2001 年版，第 84 頁。

〔註41〕王安憶：《上海與北京》，《尋找上海》，上海：學林出版社，2001 年，第 106 ～111 頁。

〔註42〕王安憶：《海上的繁華》，《尋找上海》，上海：學林出版社，2001 年，第 112 頁。

〔註43〕王安憶、劉金冬：《我是女性主義者嗎？》，《鍾山》2001 年第 5 期。

但比較講信用，這都是英國人的「新教傳統留下的」；第三，表現在上海人改造「新天地」的石庫門時的華洋結合的比較優雅的審美趣味，「它整個建築結構和外在景觀完全是中國的。但當你走進去，會發現裏面的酒吧、咖啡館、夜總會、餐廳、時尚店等」，與紐約和巴黎的沒有區別，只是加了「一個本土化的文化包裝。」〔註44〕

　　王安憶的《「文革」軼事》、《長恨歌》、《我愛比爾》和《富萍》等小說中，確實有王曉明所說的那種舊上海光怪陸離的「空間背景」，「甚至整條街道、大片的屋宇，都被重新改造，再現昔日的洋場情調」。初版本《長恨歌》一開篇即寫「弄堂世界」，是這部長篇小說對舊上海「空間背景」的最精彩的描寫：

　　　　站一個至高點看上海，上海的弄堂是壯觀的景象。它是城市背景一樣的東西。街道和樓房凸現在它之上，是一些點和線，而它則是中國畫稱爲皴法的那類筆觸，是將空白塡滿的。當天黑下來，燈亮起來的時分，這些點和線都是有光的，在那光後面，大片大片的暗，便是上海的弄堂了。那暗看上去幾乎是波濤洶湧，幾乎要將那幾點幾線的光推著走似的。它是有體積的，而點和線卻是浮在上面的，是爲劃分這個體積而存在的，是文章裏標點一類的東西，斷行斷句。那暗示像深淵一樣，扔一座山下去，也悄無聲息地沉了底。那暗裏還像是藏著許多礁石，一不小心就會翻了船的。上海的幾點幾線的光，全是叫那暗托住的，一托便是幾十年。這東方巴黎的璀璨，是以那暗作底鋪陳開。一鋪便是幾十年。如今，什麼都好像舊了似的，一點一點露出了眞跡。〔註45〕

「皴法」是中國畫的一種畫法，是爲塗出山石的紋理和陰陽差異效果而採用的技巧。作者用「皴法」的眼光看上海，是要展示這座大都市弄堂世界的豐富層次和立體感。王安憶不熟悉上海的花園樓房和公寓，所以喜歡在她生活多年且十分熟悉的弄堂裏做文章。這一點與張愛玲恰好相反。但即使她過去描寫上海弄堂階層生活的小說，例如《誰是未來的中隊長》、《雨，沙沙沙》、《命運》、《本次列車終點》和《牆基》等，描寫重心仍不是弄堂建築、飲食起居、習俗和人間煙火，而是傷痕和知青文學的那種社會矛盾衝突。這「東

〔註44〕許紀霖、羅崗：《城市的記憶——上海文化的多元歷史傳統》，上海：上海書店出版社 2011 年，第 5～9 頁。

〔註45〕王安憶：《長恨歌》，北京：作家出版社，1996 年，第 3、4 頁。

方巴黎的崔璨」的感歎，確實有王曉明所說「時光倒流」的歷史重構的敘述企圖。就連剛從插隊的淮北農村返回上海的女知青米尼，也知道站在南京路呆呆地欣賞這「昔日的洋場情調」：

> 平頭的摩托在南京路東亞大飯店門前停住了，她就隨了他上樓，有穿了制服的年輕朋友給他們開門。電子音樂如旋風一般襲來，燈光變幻著顏色，光影如水，有紅男綠女在舞蹈。米尼茫茫地跟在平頭後面，繞過舞池，她感覺到燈光在她身上五彩地流淌過去，心想：這是什麼地方啊！她險些兒在鋪了地毯的臺階上絆倒，然後就在窗下的座位裏坐上了。窗外是一條靜河般的南京路，路燈平和地照耀著，梧桐的樹影顯得神秘而動人。米尼驚慌地發現，上海原來還有這樣美麗的圖畫，她在此度過了三十餘年卻剛剛領略。〔註46〕

這不單是女知青米尼的歷史感覺，也是王安憶的歷史感覺。她曾在社會主義的上海生活了三十餘年，還沒有為舊上海的歸來做好心理準備。你看她在寫米尼的歷史惶惑，或者真不如說，她寫小說時也是與米尼一起站在南京路上「見證歷史」。所以，她一直在訪談中否認自己創作與上海懷舊思潮的必然聯繫，也情有可原。你不能說這是她未卜先知。但這是優秀小說家的本領，當歷史正翻開新的一頁時，他們總能及時地將這一巨變的宏圖概括出來。因此，出於歷史敏感，王安憶像文學前輩張愛玲那樣，照樣能把對舊上海光彩斑斕的想像搬到寫香港的《香港的情與愛》當中，從而演繹出一個上海與香港的「雙城記」：「香港是一個大邂逅，是一個奇蹟性的大相遇，它是自己同自己熱戀的男人或者女人，每個夜晚都在舉行約會和定婚禮，盡情拋撒它的熱情和音樂。它的音樂是二十年代的爵士樂，強烈，即興，還有點憂傷。這憂傷是熱鬧裏的寂靜，快樂裏的不快樂的那種，有點甜蜜的，它的燈光是通宵達旦的，也在演奏著爵士樂，誇張地表現切分音符，使它帶有一股難言的激動。」連她熟悉的上海街景，也被移植到了作品中：「香港的燈光映在窗簾上，有電車馳過的『當當』聲。」與其在寫香港，不如說更為充分地寫出了作家對於舊上海種種萬象的驚訝感。

從這個角度看，即使王安憶不同意王曉明說她小說這時湧進了舊上海光怪陸離的「空間背景」，她小說的轉變也恰恰巧遇上了這場歷史的巨變。她對張新穎聊起過《長恨歌》受歡迎的歷史命運：「人們談《長恨歌》總是談到懷

〔註46〕王安憶：《米尼》，北京：作家出版社，1996年，第112頁。

舊二十年代，其實我在第一部分寫的上海根本不是二十年代也不是三十年代，而是四十年代；其次，這完全是我虛構的，我沒經歷過那個年代，因此也無從懷舊。事實上，這又是我的小說裏面最不好的一部分。我覺得陳村的話很對，他說第一部分裏面都是想當然的事情，到第二第三部裏面才有意外發生。然而這個想當然是最對市民的口味了。所以《長恨歌》是一個特別容易引起誤會的東西，偏偏它又是在這個時候——上海成為一個話題，懷舊也成了一個話題。」〔註47〕眾所周知，一個作家總喜歡強調自己創作軌道的「獨特性」的，他們總不樂意被隨便地安排到文學史的某個章節中去；然而文學史——也可以說是歷史的規劃，卻往往是不以作家的主觀意識為轉移的。因為如果完成這種歷史定位，研究者對所有作家的縱深性研究也就將無從談起。王曉明的評論，恰逢其時地指出了王安憶小說的歷史位置。

第三節　進入「地域小說家」的行列

不妨從以上的敘述中得出一個結論：「上海」就是作家王安憶創作中鮮明而獨特的「地域性」。沒有這種獨特的「地域性」，王安憶是不可能進入「地域小說家」的行列，也就是最近三十年來最重要的小說家名單之中的。正如前面所述，推動她小說轉變的主要動力是強調「文化地域性」的尋根文學思潮，而實際上，在尋根文學沒有興起的八十年代初，「越是民族的，越是世界的」的文學口號已經響徹於全國上下。「沈從文熱」、「老舍熱」和「汪曾祺熱」是其最鮮明的例證。正是響應著這種從上而下的「地域文學熱」，嚴家炎主編的《二十世紀中國文學與區域文化叢書》由湖南教育出版社出版。其中有朱曉進的《山藥蛋派與三晉文化》、吳福輝的《都市旋流中的海派小說》、費振鍾的《江南士風與江蘇文學》、逄增玉的《黑土地文化與東北作家群》、魏建、賈振勇的《齊魯文化與山東新文學》、彭曉豐、舒建華的《S 會館與五四新文學的起源》、李繼凱的《秦地小說與三秦文化》、李怡的《現代四川文學的巴蜀文化闡釋》、劉洪濤的《湖南鄉土文學與湘楚文化》和馬麗華的《雪域文化與西藏文學》，共十種。這是中國現代文學研究中第一套集中研究地域文化與中國現代文學關係的學術叢書，這些作者從不同地域文化的視角，介入對中

〔註47〕王安憶、張新穎：《談話錄》，桂林：廣西師範大學出版社，2008 年，第 295頁。

國現代文學不同流派的興起、風格演變、作家創作個性等層面的闡釋，呈現出現代文學歷史過程的豐富性和複雜性，是對這一領域研究的新推進。文學創作和文學史研究的內外呼應，構築起我們重新認識王安憶作爲優秀的「地域小說家」的一個重要窗口。因此可以想到，嚴家炎對「地域小說家」身份特徵的界定，正是從「歷史地理」的理論角度來完成的。他在該叢書的「總序」中說：唐代魏徵很早就注意到地理環境在文學風格形成中的作用，這一看法對後世文論家影響甚大。十九世紀法國的文學史家丹納在《英國文學史》中，明確將「地理環境與種族、時代並列，認作決定文學的三大因素」。而中國是一個幅員遼闊地域複雜多元的古國，因地理環境、歷史沿革和諸種人文因素的殊異，單純以物理地理環境來解釋文學的生成顯然不夠。因此，區域文化不單隱蔽有時又是顯著地影響著作家的「性格氣質、審美情趣、藝術思維方式」，而且會在具體作家身上顯示出不同的差異，例如魯迅所喜愛的紹興目蓮戲中「女弔」，這種帶有「復仇性的比別的一切鬼魂更美更強的鬼魂」，就深刻潛入到他的思想和文學世界之中，對他的小說創作發生了極大的影響。借用這種地域文化視角，朱曉進認爲「山藥蛋」流派的形成很大程度是來自三晉文化的薰陶和浸染。吳福輝也認爲「海派小說」的出現，與上海大都市的崛起所帶動的文化消費、讀者閱讀接受，也有千絲萬縷的聯繫。逄增玉則從黑土地文化狂放野性的角度，解釋東北作家群興起的內外原因。

1.3.1　對「地域小說」的定義

　　嚴家炎以魯迅爲例證來彰顯「地域小說家」的意義，一定程度上反映出學術界在界定「成熟小說家」問題上的標準。他引用丹納「地理環境與種族、時代並列」是決定文學的三大因素的理論，藉以強調作家在形成「性格氣質、審美情趣、藝術思維方式」過程中「區域文化」所發揮的關鍵作用。也就是說，在他心目中，中國現代文學史上的成熟作家多半都是有著「地域小說家」的獨特身份的，例如魯迅、沈從文、老舍和張愛玲等等。受這種「地域文化熱」的影響，南帆認爲王安憶 1995 年的《長恨歌》是她進入「成熟期」的作品，而這部長篇小說最醒目的標誌就是它自覺的地域性色彩。他發現，九十年代後「越來越多的作家他們的小說託付於一個固定的空間」，他們所有的故事都發生在一個獨立王國裏面。南帆的獨特發現不無道理。賈平凹從 1982 年的「商州系列」開始，而莫言、余華則在九十年代，明確宣佈將返回自己熟

悉的「高密東北鄉」和「海鹽小鎮」等地域中，作家都在有意識地把「固定空間」經營爲文學的「獨立王國」，已成不言自明的事實。南帆也指出，與賈平凹、莫言和余華傾向於將「人物相互認識」、「有著形形色色的親緣關係」的一個村落和小鎮的宗族、風俗、禮儀等，看做「這個獨立王國的固定資產」不同，王安憶獨特的「地域性」視角是：她「更樂於爲她的小說選擇城市──一個開放而又繁鬧的空間。」他把王安憶對上海這個「固定空間」的藝術經營歸納爲這幾個方面：一是她的「女性立場」；二是作家不僅企圖「繪製城市的圖像」，小說敘述「還竭力誘使這些城市圖像浮現出種種隱而不彰的意義」；另外爲凸現上海的地域特色，「《長恨歌》具有一種堅實的風格」，非常注重「世俗細節的密集堆積」，更願意「從小處落筆」。南帆認爲王安憶的創作曾經歷過一段與文學思潮、流派相伴隨的藝術實驗期，直到《長恨歌》，她才擺脫了文學思潮的影響，作者對上海都市題材的熟練拿捏，是一個明顯的標誌。他進一步分析道：上海被稱作「冒險家的樂園」，這裡居住的三教九流演出過各種傳奇故事。從租界、碼頭到要員政客、金融投機者和黑幫首領，都表明這是一個男人的「雄性世界」。這種男性化的地域特徵，在茅盾的《子夜》裏表露無遺。然而《長恨歌》的女性視角，卻在與這「波瀾壯闊的主流歷史」有意識疏離。《長恨歌》「保持了另一種溫婉的語調。小說的每一個角落都迴旋著種種女性對於這個世界的小感覺。這些小感覺是女性對於這個城市細部津津有味的咀嚼和反芻：旗袍的式樣，點心的花樣，咖啡的香味，繡花的帳幔和桌圍，紫羅蘭香型的香水，各種各樣的髮髻，化妝的粉盒，照相的姿態，燃了一半的衛生香，一扇扇後門之間傳遞的流言，大伏天打開衣服箱子曬黴，舌頭靈巧地嗑開五香瓜子，略微下墜的眼瞼和不易覺察的皺紋」，這座都市「就是在這些小感覺之中緩緩地浮現出來，肌理細密，紋路精緻」，人們可以細膩地品味它的「一筆一畫」。〔註48〕南帆企圖證明，王安憶作爲小說家的「地域性」，在這部長篇裏更是通過女性小感覺的「地域性」來實現的。

1.3.2　王安憶尋找的「地域性」

　　顯而易見，雖受益於「尋根文學」思潮和上海重新崛起等因素，王安憶對「地域視角」的發現和主動調整，最終目標是建立一個創作的「根據地」。像魯迅在紹興「魯鎮」、沈從文在「湘西」找到自己的「根據地」一樣，這種

〔註48〕南帆：《城市的肖像──讀王安憶的〈長恨歌〉》，《小說評論》1998 年第 1 期。

自我完成對她來說，並不是一蹴而就的，而是經歷了一個從模糊到清晰、再由清晰到模糊，最後才轉向清晰的這樣一個起伏周折的過程。誠如前面論文曾經分析過的：她希望找到自己的「地域性」，又發現並不喜歡自己插隊的安徽省五河縣大劉莊這個地方。插隊生活對她來說就像一場噩夢。她曾設想在生活過六年的江蘇徐州建構這種「地域性」。在一篇文章中，王安憶是這樣將自己當時的努力劃分為兩個階段的：「第一個階段，我是從隔膜走向熟悉的生活。這是個很痛苦的階段，因為我不知怎麼說好。我插隊兩年，在我一生中待得比較久的地方時徐州地區文工團」，「而且對我影響比較深。正好是十八歲到二十四歲，度過了我的少女時代。」「我一開始就很想寫徐州，因為我覺得徐州是個很有意義的城市，很多題材可以寫。」為此，她曾花費很多精力去瞭解淮海大戰，只寫出一篇四千字的小說，但很快知道個人氣質和生活經歷「是非常不適合寫戰爭的。」「放棄後，我就回到我自己所熟悉的一段生活，這就是文工團。」於是有了中篇《尾聲》，短篇《舞臺小世界》，最著名的是《文工團》、《荒山之戀》、《小城之戀》和《錦繡谷之戀》等。而「第二個階段就是要從自己熟悉的生活中走出來，把那隔膜走通。就是走通自己的生活與外界更宏大、更複雜的生活的一種隔膜。每個作家，都應該有能力把它走通，這樣創作之路才可愈拓愈寬。」「沒有外面一種大的生活作為參照的話，你自己的生活，也缺乏說服力。」〔註49〕這實際已預示著，王安憶可能會在「更宏大、更複雜的生活」世界，也就是上海，最後構築起自己小說世界的「地域性」來。但我們必須說，如果這位作者不滿意「大劉莊」和「徐州這些地方的「小地域性」，而要追求一個「大地域性」的目標的話；那麼上海的「地域性」，就必須與作為大歷史一部分的上海結合起來，將今天的上海與二三十到四十年代上海這個相互的歷史參照結合在一起，這種「地域性」視角才能彰顯出魯迅和沈從文小說那種深刻和弘闊的意義。由此可知，王安憶建立創作「根據地」的過程，確實有這樣一個由「大劉莊」──「徐州」到「上海」的不斷上升的臺階。人們相信，只有當她明確將創作聚焦在「上海」這個最大最穩固的「根據地」的時候，作為優秀的「地域小說家」的地位才最終被確立起來。

對之，我們不妨做一個統計：《紀實與虛構》（五六十年代的上海）、《逐鹿中街》（七十年代的上海）、《歌星日本來》（八十年代的上海）、《傷心太平

〔註49〕 王安憶：《生活與小說》，《西湖》1985 年第 9 期。

洋》（三十年代的上海）、《好婆和李同志》（五六十年代的上海）、《「文革」軼事》（七十年代的上海）、《長恨歌》（四十年代的上海）、《我愛比爾》（八九十年代的上海）、《富萍》（九十年代的上海）、《遍地梟雄》（九十年代上海周邊縣市）、《啓蒙時代》（六十年代的上海）、《天香》（明清時期的上海地區）等，這還不包括王安憶眾多的中短篇小說。令人驚異的是，上海在王安憶的作品中如此密集地出現，而且橫跨了四十到九十年代這五十年的時間長度。就像一幅關於上海的歷史畫卷，它負載著這座現代大都市的動盪性變遷，類似一部內容極其豐富的百科全書。這種情景不禁使人聯想起巴爾扎克勾畫十七和十八世紀法國社會全景觀的《人間喜劇》，當然更容易想到魯迅筆下的魯鎮、沈從文的湘西、老舍的北京和張愛玲的上海。因爲正是這幅宏大的畫卷，構築起了王安憶完整的「文學世界」。這也是她一直屹立於中國當代文學史之中而備受關注的理由。我們不妨說，在張愛玲之後，王安憶創造了一個以她自己名字命名的「上海都市題材的王安憶時代」。正如陳思和所看到的，王安憶實際在做一個「整體性」的工作，他稱其爲是在「營造精神之塔」：「九十年代以來，王安憶總是用一些比較特別的詞來解釋小說創作：抽象、虛構、心靈世界，似乎急於把她的小說與具體、紀實、現實世界區別開來；同時，她又一再重申，自己正從事著『世界觀重建的工作』，並聲稱自己的小說爲『創造世界方法之一種』」，這顯示，「她的世界觀、人生觀和藝術觀已經很成熟了。」
〔註50〕

1.3.3　與金宇澄小說「地域性」之比較

　　但是王安憶所要尋找的「地域性」，與同爲上海作家的金宇澄是不同的。

　　2013 年，《上海文學》執行主編金宇澄因新著長篇小說《繁花》一炮打響，幾乎拿下「茅盾文學獎」、「華語傳媒文學獎」等國內的所有大獎，對獨佔上海文壇文學老將王安憶形成前所未有的衝擊。這樣一來，一個話題就出現了：同樣是書寫上海地域性的作家，金宇澄究竟與王安憶有什麼區別？他們之間的差異性在哪裏？進一步說，構成王安憶小說「地域性」的外部格局是什麼？

　　在《繁花‧跋》裏，金宇澄對自己的定位是非常清楚的，就是要用舊小說的話本形式來寫現代上海。他以十分欣賞的語氣說：「話本的樣式，一條舊

〔註50〕陳思和：《營造精神之塔——論王安憶九十年代初的小說創作》，《文學評論》1998 年第 6 期。

轍，今日之輪滑落進去，仍然順達，新異。」而「我的初衷，是做一個位置極低的說書人，『寧繁毋略，寧下毋高』，取悅我的讀者——舊時代每一位蘇州說書先生，都極為注意聽眾反應，先生在臺上說，發現有人打呵欠，心不在焉，回到船艙，或小客棧茉油燈下，連夜要改。我老父親說，這叫『改書』。是否能這樣說，小說作者的心裏，也應有自己的讀者群，真誠為他們服務，我心存敬畏。」因此，「我希望《繁花》帶給讀者的，是小說裏的人生，也是語言的活力」。令人佩服的金宇澄的創作態度如此坦率自然，毫無做作的氣味。他自願做一個「位置極低的說書人」，做「寧下毋高」的小說家。〔註51〕環顧中國當代文學史「後四十年」，還從沒有一個當代小說家直言自己是師法舊小說的，頂多是在吸收外國文學和五四新文學文學之餘，再兼顧一點民間文學。所以，金宇澄公開宣佈的「創作源流」極為大膽，重要在於，人們由此看到了他與王安憶之間的差異。

眾所周知，王安憶創作資源主要在幾個方面：十九世紀外國文學、西方現代派小說、五四新文學和張愛玲小說。除張愛玲小說外，這些資源所蘊含的文學主題、題材觀念和審美意識，決定了王安憶小說「地域性」的特點：第一，她作品的讀者是知識精英階層，即以大學生和城市知識青年為主體的讀者群體。所以，她傾向於以社會人生為主題，這與十九世紀以來的外國文學、五四新文學和當代文學主流是一脈相承的。第二，王安憶創作的是上海都市題材小說，有鮮明的地域性色彩，但使用的語言主要是普通話。這跟王安憶的「軍轉二代」和「外省二代」身份有一定的關係。雖然她生活的區域是上海「上隻角」的弄堂區，小學和中學也都是弄堂裏的學校，但與上海本地人之間仍然有一個明顯的界限。關於這一點，我們將在第二章和第三章詳細論述。第三，王安憶小說的「地域性」，是在 1985 年「尋根文學」思潮的刺激下形成的，這是一種「外來者」視角，而非清末海派小說和金宇澄小說那樣具有鮮明的「本土性」。因此，王安憶九十年代的創作可以說是「外省二代」寫的上海「地域性」小說。

〔註51〕金宇澄：《繁花‧跋》，上海：上海文藝出版社，2013 年。據說，金宇澄寫完這部長篇後，曾給《收穫》執行主編程永新和王安憶等人看，後者的反映都較平淡，似乎並不看好它的前景。因為原著是採用原汁原味的滬語，即上海地方方言創作的，因此它在上海報紙連載和在電臺播出後，反響非常熱烈，這大大增加了作者本人的自信心。但滬語小說會不會影響到上海以外的讀者閱讀呢？經過友人勸告，今天的定稿本即是刪掉大量滬語，改寫成普通話的結果。

　　金宇澄對上海地域色彩小說，有一套明確的創作理念：第一，把作品的受眾定位為「位置極低」的普羅大眾。因為這種定位，小說在上海報紙連載和電臺播出時，曾受到上海當地民眾的熱烈歡迎。上海聽眾顯然不把它當作「純文學」，而是當作「話本」、「說書」之類等娛樂節目來看待。這種傳播渠道，決定了它不同於王安憶的「為人生的文學」，而好像是大眾日常消遣的文化品——儘管從後來的效果看，主流文學界仍然對這部長篇小說好評如潮。其次，與王安憶小說的主體語言普通話不同，《繁花》初稿儘管刪掉了很多上海方言，但它仍然是經過改造過的滬語小說。例如，「不歡喜」、「軟腳蟹」、「曉得」、「悶聲不響」、「癟三」、「客氣啥」、「不響」、「十三點」、「嘴巴清爽點」、「攢石鎖」、「汰浴」和「捏了一記」等。另外，作品語言還吸收了許多舊小說「話本」、「說書」的句式，例如，「徐老師已脫了眼鏡，香氣四溢，春皺桃玉睏衣，揭了唇膏，皮膚粉嫩，換了一副面孔」等。這種語言特色，凸顯出作品的「本土化」色彩，形成與王安憶小說迥然有異的藝術效果。最後，有別於王安憶的「外來者」視角，金宇澄小說顯然是「本地人」的視角。這是因為，他雖在《上海文學》執編多年，與全國文壇的交往頻繁，其創作狀態卻是封閉的，有一種典型的自我姿態。之所以形成這種封閉性，一是由於其創作處在業餘的狀態，自信心並不充足；同時，也與他更願意師法於舊文學的心理有關。但這種與眾不同的創作姿態，卻塑造出金宇澄獨具一格的小說風貌。

　　對於王安憶來說，金宇澄小說是勘察她之「地域性」的一個有意思的參照。當然，這種參照系也包括八九十年代湧現的其他上海都市題材小說，例如陸星兒、陳村、孫甘露、王小鷹、陳丹燕、衛慧、路內和韓寒等作家的作品。在這個外部大格局中，人們可以清楚地看到王安憶「地域性」的獨特地位。不過，就創作的實際成就和影響力而言，王安憶和金宇澄在這些作家中具有代表性。如果說，王安憶小說是一種「向外轉」的地域性，那麼，可以說金宇澄小說的「向內轉」傾向是更加顯著的。從兩人作品的傳播渠道看，王安憶小說是面向全國讀者的，這是因為她使用普通話的小說創作能為不同地域的讀者所接受，而金宇澄這種滬語版話本小說，則阻礙了它與更多的讀者、尤其是北方地區的讀者的交流。如果這樣看，可以看到金宇澄更多繼承的是上海本土版的海派小說餘脈，是地地道道的上海本地人寫的小說；王安憶儘管受到張愛玲和蘇青的某些影響，但她的創作面向仍然是全國性的。

　　走進《繁花》的世界，讀者能夠感受到原汁原味的上海地域文化風味。主人公滬生、阿寶和小毛相識於七十年代，到九十年代，三人命運卻發生了逆天大翻轉。滬生原為南下軍隊幹部子弟，因家庭在「文革」中受衝擊而走了下坡路。他改革開放後做生意不順手，與女友梅瑞的戀情，又因後者情感異變而夭折，於是成為混跡於社會的灰溜溜的角色。阿寶出身於上海殷實人家，經歷過社會的劇烈震盪，但投身商海後，居然有了起色。他整天與一幫紅男綠女打成一片，是一個在上海灘拋頭露面的人物。小毛是弄堂普通人家的子弟，先在一家工廠做工，因工廠改制，又沒有文憑，完全墜入到社會底層。好在少年朋友滬生和阿寶不嫌棄，可在九十年代上海社會重構重組的大格局裏面，即使他們有心拉小毛一把，也無法將他從一塌糊塗的生活中拯救出來。小說折射出七十到九十年代上海這座大都市翻天覆地的歷史變化，以一幫小市民的命運為切入口，盡顯市井人生的林林種種，令人唏噓不已。與新時期文學以來「為人生文學」的最大不同點，通過揭示人物命運來彰顯社會批判性，不再是《繁花》作者關注的焦點。他相反倒像是說書人，對敘述這等人物的煙火人生，彰顯他們的男女情仇故事，以及九十年代商業社會的滾滾紅塵，則饒有興味。應該說，《繁花》最為鮮明的地域性，就是它的「說書人」角色。

　　《繁花》的地域性特點，還體現在這幫上海人的生活態度上。例如梅瑞這個人物。大約八十年代初，她與滬生是法律夜校的同學，吃過幾次咖啡，便談起了戀愛。八十年代男女見面，習慣坐私人小咖，地方暗，靜，但有蟑螂。一天夜裏，兩人坐進一家小咖啡館。梅瑞說，真想不到，滬生還有女朋友，腳踏兩隻船。滬生老實承認了，說叫白萍，長得一般，但有房子。梅瑞後來離開滬生不是他不老實，而是他太老實。她姿色出眾，覺得不能白白浪費，應該物有所得。於是便盯上了實力雄厚的老闆康總，但康總已有家室，梅瑞裝著不懂，繼續與他拍拖。當然兩人都是逢場作戲，都知道不會有什麼結果。一個禮拜天下午，兩人在「唐韻」二樓包廂約會。康總問，老公小囡呢。梅瑞回答，還住在虹口北四川路的老房子裏，我搬回娘家了。康總說，夫妻吵架，平常的。梅瑞說，全部是因為結婚太匆忙了。我以前，跟兩個老熟人談過戀愛，一是滬生，一是阿寶（小說裏稱「寶總」。）這兩個人同時追我。未成原因，一個是懷疑滬生生理有毛病，另一是懷疑阿寶心理上有毛病。在心情很差的情況下，朋友給介紹了四川北路的這個男人。第一次見面，發

現他襯衣領頭不乾淨，還歡喜抖腳，但有房子，因此匆忙結了婚。見康總不響，她說我大概準備換男人了，準備搞政變。康總又不響。梅瑞見他這樣，便挺直腰身說，其實我跟離了婚的女人基本是一樣了。一個人單過，就是孤獨。如果有男人對我好，不管對方是已婚、未婚，我全部理解，不會給對方任何麻煩。康總仍然不響。「不響」是上海土話，即不說話，有意沉默。這個詞用在這裡，既留下閱讀的空間，又表示了上海人的分寸。小說對這次見面的細緻描寫，透露出梅瑞相當實際和務實的婚姻態度。這也是上海人生活態度之投影。小說類似的描寫還有很多，例如汪小姐、陶陶和李李等人的故事逸聞。

　　由此可以看出，金宇澄立志做一個「位置極低的說書人」和「寧下毋高」的小說家，他心目中是有明確的讀者定位的。這個讀者群，就是喜歡上海本幫文化，也即以娛樂為訴求的海派文化的普通群眾。滬生、阿寶和小毛，就是他們中的一員，是與他們朝夕相處的街坊鄰居。而梅瑞工於心計的婚姻觀，也不見得有什麼不雅。清末民初以來的上海灘，這一二十年來的上海灘，很多人都是這樣看社會和看人生的。這個層次的讀者群，大概不會對「為人生的文學」感興趣，他們最為熟悉的就是《繁花》裏家長里短的弄堂市井生活。在筆者看來，這種文學傳播及其接受方式，是最具有上海海派文化特色，具有上海地域性的特點的。正因為要為普羅大眾服務，小說十六章寫汪小姐、無錫徐總與女管家蘇安三個男女之間的情愛糾葛，就顯得極俗氣了。前些時候，汪小姐與一幫男女有一趟無錫之行，與徐總有了點眉眼之情。徐總乘上樓看望汪小姐之機，想有進一步進展，汪小姐也是來者有意自己有心，結果就那個了。小說暗示，安排這一切的女管家蘇安，原來也是與徐總有染的。這次大家齊聚上海，汪小姐真真假假便當眾有了要挾徐總的意思，這讓蘇安妒忌心大發。這天夜裏，蘇安進來，面對一桌客人，責令汪小姐立即去做人流手術，話說得輕悠悠，一字千鈞。汪小姐滴酒未沾，雲髮漆亮，面露三分假笑。徐總見狀立刻離座，拖了蘇安就走。蘇安不肯從命，兩人便推來搡去，場面頗為不堪。等大家散去，包房裏只剩下阿寶和汪小姐。關緊房門，汪小姐說，我觸了黴頭，碰到赤佬了。阿寶問，懷孕是真還是假？汪小姐發狠說，等徐總進來，我倒要問問他，蘇安有啥資格，對我指手畫腳。這是人們極為熟悉的生活畫面，在清末通俗小說《目睹二十年之怪現狀》、《官場現形記》、《海上花列傳》和《孽海花》等作品中，有很多相類似的描寫。當然，它面

對的不是知識精英讀者,而是市井社會的普羅大眾,是那些純粹把文學當作娛樂手段的讀者。

極俗氣也極生動的人物描寫,還有第十三章小毛、金妹跟師父練武術的一幕。作品使用的是上海底層社會的方言,也可能夾雜著從蘇白、寧波話轉化來的本地口語。這種地道的滬語,在王安憶小說中極少看到,而在金宇澄《繁花》中,則構成了主要語言特色。師父大概對女徒弟金妹有一點意思,金妹也是一個不管不顧的女漢子式的市井人物。練功之前,師父、金妹和小毛吃飯,都多喝了幾杯酒。接下來,師徒倆有一番對話:金妹問,三車間的老師傅,一直講「玉蟹,玉蟹」,啥意思呀?師父說,「玉蟹」指女人,這「玉」就是好的意思。金妹說,男人看女人,看得膩了罷,我覺得看不膩,看一躺就想看兩趟,想三趟。師父說,這是男人的想法了,良家女子懂啥。見識多的是堂子裏的女人,最懂男人,花樣經也最多。金妹突然說,我師父,真是腳盆女人教出來的,怪不得剛剛要我汰浴呢,正正經經的人,哪裏做得出來?師父一捏金妹手心說,其實,樣樣已經想過了。金妹腰身一扭,媚聲說,死腔,天氣真是熱呀,老酒一吃,再講下去,汗就出好幾身了。如果將《繁花》全部讀完,會看到作品確實是有這海派通俗小說極俗氣的一面的,這是因為,作者是要照著上海原汁原味的地域特色去創作。然而真正讀到作品裏面去,會發現並不盡然,它仍然殘留著某些純文學的審美趣味。比如,對人間悲歡所傾注的同情,對亂世男女不能自拔命運的精細描寫,都與我們看到的主流化的當代文學作品,並沒有什麼不同。

通過比較可以看出,兩位作家看待上海「地域性」的想法和角度是不一樣的。這種差異性,既與他們的人生經歷有關係,也與文學觀念有關係。總的來說,王安憶屬於當代文學的主流性作家,她的文學觀念和創作與新時期文學潮流的關係更為密切一些;而金宇澄,則與中國傳統小說的歷史有更多的淵源,尤其是清末民初盛行於上海的海派小說,具有天然的師承的關係。這些因素,決定了他們「地域小說」迥然不同的風貌,也決定了他們不同的思想和藝術趨向。

1.3.4 《海上花列傳》的參照意義

為進一步理解王安憶小說的「地域性」,我們還不妨以清末韓邦慶的著名小說《海上花列傳》作為參照系。

　　胡適認爲：「《海上花》的作者的最大貢獻還在於他的採用蘇州土話」，它「是蘇州土語的文學的第一部傑作」。蘇白的文學起於明代，但無論傳奇中的說白，還是彈詞中的唱與白，都只能居於附屬的地位，不能構成獨立的方言文學。因此，「蘇州土白的文學的證實成立，要從《海上花》算起。」〔註52〕胡適之所以對這部小說評價很高，是因爲上海方言是以蘇白和寧波話爲基礎的。《海上花列傳》純粹以蘇州土話，即蘇白爲小說語言，這是成爲上海的第一部傑出的地域小說的根據。文學史家夏志清也認爲，《海上花》對張愛玲小說創作影響之深，是自不待言的。張愛玲去美國之後，除教書和創作，花費最大精力的，就是翻譯《海上花》這部作品。因此，《海上花》是可以看做是張愛玲小說的一個小小「傳統」的。〔註53〕

　　儘管現在還不能說，從《海上花》到張愛玲再到王安憶，是小說創作上一脈相承的關係；但至少可以說，假如說前者是上海地域小說的上游，那麼這種豐富的水資源一定是滋養了王安憶的小說創作的。它們的文學觀念、審美意識和語言特色等，已潛入到這位後輩作家的文學世界中，深刻影響了她看人生看文學的視野。正是在這個角度上，《海上花》構成了認識王安憶九十年代創作的參照性意義。從這部長篇小說的內容看，是難以登上大雅之堂的：無非是一幫上海灘的商人、官僚和失意文人，比如洪善卿、羅子富、王蓮生、朱靄人和陳小雲等，狎邪戲妓和喝酒的故事。這幫人聲色犬馬，隨意消遣人生，從中折射近代上海的繁華世界，弄堂深處的蠅營狗苟，當然也帶出了一批絕色美人，儘管後者早已墜入風塵，對愛情深懷種種美好期望和嚮往。

　　劉半農認爲，《海上花》的藝術價值極高，是眞正的傳世之作。那麼，它的好處究竟在哪裏呢？他說，作者曾在《例言》中宣稱，全書的筆法，是從《儒林外史》裏脫化而來，凡是讀過《儒林》的人，都證明這句話是不錯的。但《儒林》只將這種筆法用了一小點，而到了此書，便爲之而大放光彩。「本書中可把它使用得千變萬化，神出鬼沒。」小說的敘述技巧，雖不能說句句精彩，但確實是句句眞實。另外，它講故事時的穿插藏閃，極其簡潔的白描手段，都極爲從容，令人一目了然。〔註54〕從上述評價中，已略微見出這部長篇小說對王

〔註52〕 胡適：《〈海上花列傳〉序》，（清）韓邦慶《海上花列傳》，長沙：嶽麓書社，2014 年，第 420 頁。

〔註53〕 夏志清：《張愛玲給我的信件》，武漢：長江文藝出版社 2014 年，第 21、22 頁。

〔註54〕 劉半農：《讀〈海上花列傳〉》，韓邦慶《海上花列傳》，長沙：嶽麓書社 2014 年版，第 428～435 頁。

安憶研究的參考意義。舉例來說，作者韓邦慶在看上海光怪離陸人生時，所用的既認同又諷刺的筆法，不能說沒有影響到王安憶在塑造她的市民世界時，那種既認同又諷喻的敘述態度。它乾淨且有力度的敘述能力，也在王安憶小說中看到某種影子，這些話題，可以在以後再做展開和進一步研究。

如果說參照意義，它的最大特點，首先是與筆下人物「等距離」的敘述手法。所謂「等距離」的敘述手法，是指作者在寫小說時，與人物和讀者都保持著相等的距離。他（她）不輕易把自己的主觀感情投射到作品當中去，試圖去影響讀者自己的欣賞和判斷。讀《海上花》這部小說，沒有發現作者韓邦慶有影響讀者判斷的意圖，相反，他一直採取客觀敘述，讓故事和人物自己來呈現。作品人物的悲歡離合，似乎經過了作者冷淡的處理，像一個被放入玻璃罩中的大千世界。這種敘述效果，在作品中隨處可見，例如洪善卿與外甥趙樸齋的關係。洪是上海灘的富商，經營有多家店鋪，家道殷實。外甥趙樸齋是外省世家子弟，如不來上海投奔舅舅，也可以過著十分優渥的生活。他到上海後，起初洪善卿也肯幫助，並教導如何應付世道人生。但趙有紈絝子弟之風，卻無經營事業的能力，還學會偷偷狹邪暗娼。最後因無錢償付房錢，被旅館老闆趕了出來，混跡於街上拉洋車之流當中。洪善卿痛心疾首，給他船錢，限他立即登船還鄉。未承想，趙樸齋竟附逆其意，躲在其他街上不見舅舅。這本是一段令人傷心故事，可韓邦慶在敘述其中情節時，完全是一付事不關己的超然姿態。第三十一回「長輩埋冤親情斷絕　方家貽笑臭味差池」，寫洪善卿妹妹一行，從家鄉來上海遊玩，得知了兒子趙樸齋的敗家行為。一天，洪善卿來旅館看望妹妹，說起樸齋事體，突然大怒，指責妹妹沒有教好兒子，令洪家丟臉蒙羞。這一節，夾帶寫到樸齋怕見舅舅，又自知做事理虧，「一覺醒來，樸齋慌的爬起。相幫給他舀盆水洗過臉，阿巧及來說道：『請耐樓浪去呀。』樸齋跟阿巧道樓浪秀英房裏，施瑞生正吸鴉片煙，雖未抬身，也點首招呼。」一個落難公子，竟要巴結旅館僕人，連暴發戶施瑞生也沒把他放在眼裏：「未抬身，也點首招呼。」難怪剛才洪善卿要向妹妹發那麼大的光火了。這一節結束時，洪善卿催妹妹趕緊打點行李回鄉，妹妹訴苦，此次來滬，家裏財產已花去大半，可能以後連柴米油鹽都成問題。但洪善卿的反應卻是：「說畢起身，絕不回頭，昂藏徑去。」對這段敘述，可以理解是洪善卿對外甥趙樸齋已絕望，氣急之間不想再做搭救。也可能是情斷義絕，所以才「昂藏徑去。」

　　如果從人情世態的方面講，趙樸齋這個世家子弟的「上海冒險記」雖然以失敗而告終，卻是十分令人同情的。他起初並不想如此，但一旦黏上上海這個物欲橫流的大染缸，便不能自拔地跟舅舅等人學會了抽煙片、狹妓女和吃喝玩樂。如果說，劇本按照「爲人生」的主旨去寫作，它更足以賺取讀者的眼淚。這個辦法，五四新文學以來的作家們曾屢試不爽，也有很多成功的事例。筆者認爲，作品之所以要貫徹這種「等距離」的敘述效果，一個是由通俗海派小說本身的功能所決定的；也應該理解，這實際是「等距離」敘述手法必然的結果。因此，這種「等距離」敘述就像德國戲劇家布萊希特「間離效果」的理論，其目的是，作者不對作品人生直接發表判斷，而是讓讀者自己去判斷；作者也無意讓讀者陷進劇情裏去，而是與作品保持著適當的觀察和分析的距離。其實，作品不光趙樸齋的這段描寫，寫沈小紅因情人老闆王蓮生移情別戀，而大鬧酒樓的精彩描寫，也足以證明作者韓邦慶小說敘事的態度，該是多麼的超然。

　　其次，《海上花》的語言特色還表現在對蘇白的熟練運用上。這部小說的敘述有某些國語痕跡，但對話則純粹是蘇白。我們在比較金宇澄與王安憶小說語言的不同時已經說過，《繁花》運用了大量蘇白、寧波話和蘇北話，王安憶始終則將普通話作爲作品的主要語言形式。假如說，金宇澄之所以在成書時刪掉許多上海方言，是考慮到現代讀者閱讀的問題。那麼韓邦慶在清末寫作時，上海的讀者，大概更願意將蘇白和寧波話作爲社會交流的語言載體。由此可知，上海都市題材小說創作最早的源流，是上海方言爲特色的，而並非今天這種國語。這種文學史背景，進一步彰顯出王安憶更重視北方讀者的創作傾向。同時讓人想到，中國現代文學興起之後，鑒於受現代教育的大眾日益成爲文學的主要受眾，晚清時期以一個地方的方言爲特色，並以一個地方的讀者爲對象的地方語言小說開始走向式微，用普通話創作小說，已經成爲一股不可阻擋的歷史潮流。但顯然更應相信，地方語言是最能彰顯地域文化特色的文體形式，一個作家「地域視角」的形成，一定離不開地方語言這個要素。我們先看《海上花列傳》這種蘇白式的語言特色。作品六十三回有這樣一段描寫：

　　　……雙玉近前，與淑人並坐床沿。雙玉略略欠身，雙手都搭著淑人左右肩膀，教淑人把右手勾著雙玉脖頸，把左手按著雙玉心窩，臉對臉問道：「倪七月裏來裏一笠園，也像故歇實概樣式一淘坐來浪說個閒話，耐阿記得？」

假如把雙玉的話翻譯成普通話，就是：「我們七月裏在一笠園，也像現在這樣子坐在一塊說的話，你記得嗎？」意思固然也可以，但語言的神韻卻大大減色，失去了當地方言嫵媚婉轉的情致。所謂吳地軟語，由此可見一斑。又例如本書第二十三回衛霞仙對姚奶奶說的一段話：

> 耐個家主公未，該應到耐府浪去尋碗。耐啥辰光交代撥倪，故歇到該搭來尋耐家主公？倪堂子裏倒勿曾到耐府浪來請客人，耐倒先到倪堂子裏來尋主公，阿要笑話！倪開仔堂子做生意，走得進來，總是客人，阿管俚是啥人個家主公！……

姚奶奶見丈夫幾天都宿在外面，懷疑是在衛霞仙的堂子裏，便氣勢洶洶打上門來興師問罪。沒想到衛霞仙不僅不退縮，反而理直氣壯地教訓起了正房夫人。這段話的意思是：你找老公應該到自己府上去啊，怎麼跑到別人家的堂子裏來了？豈有此理！我開堂子是做生意，走進門來的都是客人，願打願挨，自家情願。你管的是哪門子的事體？這段輕靈痛快的蘇白口語，如果翻譯成普通話，就會失去它原來的神氣，損害了人物性格的光彩。衛霞仙所以這麼硬氣，一是晚清時期的上海社會，開堂子是登記執照的，具有一定的社會合法性；第二，她認為自己雖然低賤，但也不應當被人隨便欺負，因此勢頭反而比姚奶奶更加囂張。韓慶邦在《例言》中說：蘇州土白彈詞中所載多係俗字；但通行已久，人所共知，故仍用之。蓋演義小說不必沾沾於考據也。這是說，這種語言習慣由來已久，流行於吳語區域已經幾百年，甚至於更久，通過考據無法一一坐實。剛才衛霞仙的口語，用的都是俗字，即是這個原因。胡適對蘇白運用在文學創作中的歷史，也持相類似的看法。他認為，在中國各地的方言中，有三種方言產生了很多文學作品。第一是北京話，第二是蘇州話（吳語），第三是廣州方言（粵語）。北京話的文學之所以最多，傳播最遠，是因為它做了幾百年的都城，加上京劇的流行，也起了推波助瀾的作用。粵語文學流傳不大，遠不如蘇州話文學影響之大，成就顯著。因為論地域，蘇、松、常、太、杭、嘉、湖都是吳語方言區。論歷史，則有三百年之久。這使它在北京話文學之後，成為了最有勢力的方言文學。〔註55〕

再來看王安憶小說的語言。儘管說它主要是普通話，但因為地域文化影響的緣故，其中也夾雜著上海的方言（包括蘇白和寧波話）。她固然從事的是

〔註55〕胡適：《〈海上花列傳〉序》，（清）韓邦慶《海上花列傳》，長沙：嶽麓書社，2014年，第421、422頁。

純文學創作，然而一個「俗」字，也是經常出現在一些作品中的。例如，《妹頭》裏寫妹頭結婚生子後與小白外婆（阿娘）吵架，雙方說的是普通話，偶而也會跳出幾個蘇白或寧波話來。加上阿娘又是寧波老太太，因而頗有語言特色。妹頭仗著生了兒子，就挑剔起阿娘燒的一個湯來。阿娘一聽就火了，心想，婆太太燒給你吃，哪怕是一隻鹹菜，也是你做小輩的福氣，還有調派我的！為發洩怨氣，阿娘出去便說：「男追女，隔座山，女追男，隔張紙」。明顯是在諷刺妹頭。妹頭一氣就帶孩子跑回了娘家，偏偏不讓阿娘看到小毛頭。這個「女追男」的諺語大概就是刻薄的寧波話。王安憶小說裏的「俗氣」，多半取自於張愛玲小說，但與上海地域文化裏的俗氣性格，與文學上的老祖宗《海上花》，也恐怕都不無關係。例如《金鎖記》的《思飯》一出裏，有這樣一段說白：

（丑）阿呀，我個兒子，弗要說哉。羅裏去借點鐵得來活活命嘿好噴？

（付）叫我到囉裏去借介？

（丑）耍介朋友是多個耶。

（付）我張大官人介朋友是實在多勾，才不拉我頂穿哉。

《長恨歌》寫王琦瑤給李主任做外室，住在愛麗絲公寓裏，像一隻被圈著的金絲鳥。雖是不堪的外室身份，可女人的心，卻是嚮往著做一個明媒正娶的正房太太的。當時十八九歲的王琦瑤，也是這樣的婚姻觀念。一日，好友吳佩珍來告訴當新娘子的消息，娘姨恰恰說了一句不得體的話，這就讓王琦瑤乘機發起脾氣來。吳佩珍紅著臉說，我結婚了。王琦瑤嘴裏說「恭喜」，卻自己坐下來，也沒給吳佩珍讓座。這時，娘姨送茶來，說聲：小姐請用茶。王琦瑤屬聲道：分明是太太，卻叫人家小姐，耳朵聽不見，眼睛也看不見嗎？這段描寫沒有用蘇白，卻是可以當蘇白來讀的。這段被改造成普通話的人物對話，透露著王琦瑤這個上海女孩子渾身上下的俗氣勁，是顯而易見的。假如人們把《妹頭》和《長恨歌》裏的對白都翻譯成地道的蘇白和寧波話，那就會大有趣味了。上海地域文化在語言上所體現的這種趣味性，顯然被王安憶運用得非常的嫻熟。

金宇澄小說和《海上花列傳》對於王安憶創作的參照意義，恰恰在於前者與後者文學資源的不同。如果說，金宇澄作品和《海上花》是從中國傳統

小說資源裏化出來的一種小說樣式，那麼王安憶雖受到上海地域文化的影響，但更多是汲取了五四新文學和外國文學精神和藝術的營養。這決定了她九十年代反映上海都市生活的小說，雖然有一定的市井氣，但是在根本上，她所取的路徑及文學訴求，依然是與金宇澄和《海上花》有著很大的區別的。其中一些原因，我們將在下面各章中做進一步的分析。

第二章　弄堂經驗與上海書寫

　　在小說《紀實與虛構》的「跋」裏，王安憶描繪了自己出生地和初到上海的朦朧印象：「我出生在南京一個叫做馬標的地方，那時清代的一個養馬場，後來作了我們解放軍的大軍區所在地。」「在南京的一年時間，我沒有一點記憶，據說許多『同志』抱過我。」「那時我過著軍營一樣的生活，我隨著我的奶媽，和十幾個奶媽貫孩子住一間大房子裏。早上，奶媽們抱著我們看戰士出操，站在操場邊的太陽，一人懷裏一個肉球，然後一起餵奶。」〔註1〕她在《尋找上海》說：我在上海淮海中路的「那條街上長大。自從我能夠獨立地出門，就在這條街上走來走去，用我的有限的零用錢，在沿街的小煙紙點裏買些零食。這些零食放在一個個小玻璃瓶裏，包成小小的三角包。那些零食，無論是蘿蔔條，還是橄欖，或者桃板，芒果乾，一無例外地都沾著甘草，甘草帶著咳嗽藥水的甜味。我實在吃不出有什麼好的，可是我還是要去買來吃。這好像是這條街上的女孩子的生活方式」。〔註2〕

　　這段話透露出兩個信息：一是出生在軍人「同志」家庭（軍轉二代），二是在上海淮海中路一個弄堂裏長大。弄堂經驗，一定意義上是王安憶小說創作的「地域性」之體現。這種地域性，因此成為了作家「上海文學書寫」的前提。但是這種身份的兩重性或說矛盾性，又與上海的「本地人」作家是明顯不同的。有學者則進一步指出，在她早期《本次列車終點》和《流逝》中已顯露，而到後來創作中愈加明顯和自覺的這種「地域性」書寫中，有一個

〔註1〕 王安憶：《紀實與虛構‧跋》，《王安憶自選集之五‧長篇小說卷》，北京：作家出版社，1996年。
〔註2〕 王安憶：《尋找上海》，《尋找上海》，上海：學林出版社，2001年，第5頁。

值得注意的文學史現象。這就是：「這些作品相比於那些直接表現改革的作品更具可讀性和藝術性，也預示了新時期文學『向內轉』的敘事傾向。」〔註3〕對九十年代爲什麼會花如此大精力和筆墨去寫這座城市，王安憶有自己的解釋：「我最早想叫它爲『上海故事』，這是個具有通俗意味的名稱。取『上海』這兩個字，是因爲它是個眞實的城市，是我拿來作背景的地名，但我其實賦予它抽象的廣闊含義。」她之所以要選這個題材，是與自己這種獨特的身世身份有直接關聯的：「我能以什麼詞來概括這東西呢？我想到『尋根』二字，可『尋根』這詞令人想起的也只是縱向的世界，雖然橫向的世界其實於我們人生也具有『根』的意義。」〔註4〕這就是說，她的取材不僅是出於一個作家的需要，更重要的也出於重審自己「人生」問題的需要。因爲，除去南京的兩年，淮北和徐州的八年之外，她大半輩子都是在上海這座現代大都市裏度過的，這裡有太多太多的記憶和感情，也有太多的茫然和思考。上海，毫無疑義正是她自己的「第二故鄉」，這種深刻且深沉的「地域性」成爲她創作中最重要的資源，應在意料之中。

　　本章擬通過王安憶弄堂生活經歷的詳細史料，剖析弄堂這種地域性對小說審美意識和人物塑造的再改造過程，以及王安憶筆下的「上海人形象」與她過去小說描寫的異同點。

第一節　王安憶的弄堂生活經驗

　　據王安憶回憶，父親王嘯平 1919 年生，祖籍福建，新加坡南洋華僑子弟，抗戰爆後回國投身救亡。他先在上海，繼而轉到蘇北新四軍根據地，是戰地劇團的導演。解放後在南京軍區劇團擔任導演，1957 年被打成右派，後轉業到上海人民劇院繼續做導演。〔註5〕母親茹志鵑 1925 年生於浙江紹興，因家

〔註3〕 喬以鋼、林丹婭主編：《女性文學教程》，石家莊：河北教育出版社，2007 年，第 108 頁。

〔註4〕 王安憶：《紀實與虛構‧跋》，《王安憶自選集之五‧長篇小說卷》，北京：作家出版社，1996 年。

〔註5〕 王嘯平，著名導演。1919 年出生在新加坡的一個小康之家，祖籍福建同安，很早就在當地新加坡投身抗日救亡活動，並經常在當地的華文報刊上發表進步文藝作品。1940 年回國，繼續從事抗戰宣傳工作。新中國成立後，他曾在華東軍區政治部劇院、總政駐南京話劇團、南京軍區政治部話劇團、南京軍區前線話劇團及江蘇電影製片廠、江蘇省話劇團等單位擔任編導與領導工

道中落遷居上海跟隨親戚生活和讀書，失業後，又隨大哥到抗日根據地參加革命。1954 年從南京軍區轉業到上海作家協會《文藝月刊》任編輯，後因創作短篇小說《百合花》等出名。﹝註6﹞王安憶說，上海剛解放，父母在街頭演出大型歌劇《白毛女》。「據說當時我父親是《白毛女》的導演，我母親則扮演其中的配角張二嬸，這就促成了他們的戀愛關係。」在談到自己隨母親從南京遷居上海的經歷時，王安憶回憶道：我是「坐在一個痰盂上到了這城市，我們起先住在一家飯店，地處熱鬧的市中心，霓虹燈徹夜不滅」，「母親到這城市當說是故地重歸」，但「我很激動，它使我感覺到自己和這城市的親緣關係。」﹝註7﹞

2.1.1　從軍區大院到弄堂

茹志鵑一家在組織分配的上海淮海中路附近的一個弄堂裏，居住了 19 年。這是上海人所說的「上隻角」地區。由於子女增多，後來搬至愚園路的一個弄堂。結婚後，王安憶再從母親家搬出，住到愚園路往西的弄堂裏。散文《搬家》之所以被作者編入各種散文隨筆集中，是它詳細記述了王安憶在淮海中路、愚園路和分家獨住的弄堂生活經歷。著名作家茹志鵑恐怕不曾想到，她從部隊轉業並舉家從南京遷居上海的淮海中路、愚園路一帶，意味著是為女兒王安憶準備了後半生小說創作的「根據地」。在《搬家》中，王安憶詳細描繪了她家周圍的環境：

作：1962 年，調入上海人民藝術劇院任導演，直至 1982 年離休。他曾獲得三級獨立自由勳章、三級解放勳章和多次先進工作者稱號，並被授少校軍銜。

﹝註6﹞茹志鵑，著名小說家。1925 年生於上海。3 歲時亡母，幼年隨祖母做手工活為生。11 歲進上海私立普志小學讀書，一年後輟學。1938 年祖母逝世，曾被送入上海基督會所辦的孤兒院。後經補習插班入浙江武康中學。1943 年畢業後，在上海做家庭教師維持生計，此時在《申報》副刊發表作品《生活》。1944 年隨兄參加新四軍，發表小說《一個女學生的遭遇》。先後任文工團組長、分隊長、創作組副組長。1947 年加入中國共產黨。1951 年創作的話劇《不拿槍的戰士》獲南京軍區 55 年文藝創作二等獎。1955 年轉業到上海，任《文藝月報》編輯。出版小說集《關大媽》、《黎明前的故事》。1958 年發表短篇小說《百合花》（《延河》1958 年 3 期），以細膩的筆觸、清新的文風受到茅盾的讚賞，聲譽鵲起。1960 年起從事專業創作，出版了小說集《靜靜的產院》。「文革」中創作中斷。後來復出，成為上海作家協會的領導。

﹝註7﹞關於王安憶的家世，可參考她的《紀實與虛構・跋》，《王安憶自選集之五・長篇小說卷》，北京：作家出版社，1996 年；《我的大舅舅》，《王安憶散文》，北京：人民文學出版社，2008 年，第 17～25 頁。以及相關的材料。

> 我們家住在淮海中路上最繁華的一段，我們弄堂的左右有著益民百貨商店、百樂照相館、長春食品商店、大方綢布商店、世界皮鞋店、上海西餐館、鳳凰食品商店、新世界服裝商店——這裡的服裝，可說是領導著上海服裝時代新潮流。再拐個彎，便是錦江飯店，那一條林蔭道，奇蹟般地在這擁擠的鬧市鋪下了一路寧靜。弄堂口是一個小學，我的母校。前邊是一大片街道花園。弄堂直對著思南路，路口是一個有著售票機的郵局。

在作家描述中，這是上海最繁華最重要的商業中心，四周密佈著百貨商店和傳統招牌專業店鋪，社會時尚在這裡興起和衰落，成為領導全上海新潮流和時髦生活最主要的「風向標」。這當然也是「舊上海」地標性的都市景觀。王安憶接著敘述自己家優越的石庫門住房，言談話語間也頗為自得：「這條弄堂有前後兩排房子，總共是十幢」，「這種房子叫新式里弄房子，規格是鋼窗、蠟地。每幢房子還有一個不大不小的花園。」這弄堂是解放前的「中產階級社區」，解放後變成了「國家幹部社區」。與隔壁那些破舊嘈雜的市民弄堂相比，就連少年王安憶也覺得是有天壤之別的：「從那弄堂裏傳來許多故事，那是與我們的故事很不一樣的故事」。比如一對夫妻為幾張肉票吵架，那女人為此夜裏上弔自殺。又比如因為那弄堂太擁擠和狹窄，男孩子把球踢到這裡弄堂，會爬牆過來撿球。」她還用略帶緊張的筆調回憶道：「有一次，家裏沒人，只有我一個人躺在床上午睡，一個小男孩便推門進來了。看到沙發上有許多小書，他便坐下來看書，我叫他出去，他說：『等一等，讓我再看一本。』而我如臨大敵般地大叫起來，尖叫聲把樓上的阿婆，隔壁的阿娘都引來了，最後大家合力把他攆了出去。」〔註8〕

1974 年，王安憶從淮海中路搬到愚園路靠近靜安寺的這個家，由原來的一大一小兩間房，變成了一個單開間（可能是客廳），一個大房間和一個亭子間。雖房子寬敞不少，但這房的「木門木窗」，卻比原來的「鋼窗蠟地」規格要低一檔。這個大弄堂一頭同愚園路相連，另一頭與南京西路接壤，可與淮海中路比，既落後數十年，也明顯嘈雜了許多。但從淮海中路向愚園路的搬家，對作家王安憶卻有著非同尋常的意義。與淮海中路比較，這是一個最接近於「市民社會」的弄堂——其實它已經被包圍在「市民社會」之中。這等

〔註 8〕王安憶：《搬家》，《空間在時間裏流淌》，北京：新星出版社，2012 年，第 91～94 頁。

於是為以後的作家準備好了一個瞭解進入真正「弄堂世界」的觀望鏡。這是一個頗為理想的寫上海都市題材小說的「地域視角」。因此，筆者發現王安憶是這樣敘述自己的左鄰右捨的：我們住二樓。三樓是一對老夫妻帶著三個女兒生活。一樓住著一個老太太，兒女都在外地。因為住房問題，這裡房客還搬來搬去；有的家私自加蓋曬臺和小院子等違章建築；「時常有兄弟姐妹為了房子爭吵不休。」而另一個門牌裏，上下住了五戶人家，為廚房為廁所為走道也為水，也吵架不斷。一戶人家決定退出戰爭，在自家院子裏打一口機井，自裝水龍頭，企圖以此劃清界限。她又說：「我們的緊隔壁那家人，一家數口，擠擠地住了一屋。樓梯口的五平米小間，住著他們從外地回來長期病休的兒子。」「我的小屋正好和他的小間隔著牆。我常常把耳朵貼在牆上，妄想聽出一點什麼。我對牆那邊充滿了好奇，全力窺探著那兒的動靜。可是什麼聲音都沒有。」她還發現，從自家大房間窗戶前，可看見一家人除冬天外，「他們的活動都是在弄堂裏進行的。早早地起來坐在弄堂裏大聲聊天，呵責孩子，揀菜、燒飯。吵得人也只得陪他們早早地起床。」而自家亭子間的窗戶對面，有一個少年要考大學，「曾對著我外甥拳頭呵斥：『你再吵，我打死你。』」因弄堂擁擠，各家相距太近容易發生矛盾，等那少年考上大學後，王安憶緊張的心理才得以放鬆。〔註9〕

王安憶的觀望鏡從左鄰右捨，在向弄堂的深處一點點移動。顯然，這是不同於她自己家庭的另一個市民社會，其中夾雜著外省流入農民的社會。因每天都要經過弄堂口去上學，或是從插隊農村回上海，或是後來在上海兒童基金會及上海作家協會上班回家等緣故，這些弄堂口自然成了王安憶的必經之地。在她隨筆的記述裏，弄堂口有老虎灶，老闆是一個乾瘦多病的老頭，可能患有肺結核或風濕病，他長年佝僂著背，卻昂著頭，兩條胳膊向後伸著搖晃著走路。他孫子在我們班上讀書，是出名的皮大王。爺孫二人住在老虎灶一個黑乎乎的破房裏。弄堂前是繁華似錦的淮海中路，霓虹燈在夜幕下閃爍不停。這弄堂卻曲曲折折，坑窪不平，房屋破舊。放學後，她經常去小學同學董小平家，「我們做完了功課，就到樓頂曬臺去玩，望著樓下破陋的弄堂，就像是另一個遙遠的世界。那時候我們無憂無慮，從來沒有想到這樣的差別

〔註9〕王安憶：《搬家》，《空間在時間裏流淌》，北京：新星出版社 2012 年，第 91 ～94 頁。王安憶說，她後來參觀魯迅大陸新村的故事，「發現魯迅先生的房子和我們的房子格式是一模一樣的。」

會帶給我們什麼樣的厄運。」〔註10〕她接著又寫老虎灶。不少外地農民操的都是弄堂生涯,這種老虎灶的正式名稱是「熱水站」。老虎灶燒的是煙煤,於是弄口便被薰得漆黑,好像是一個黑洞。冬天的季節,暖和的星期天的午後,就有人來喊水,他挑了一擔熱水跟著送去。熱水在木桶裏蕩來蕩去,滴滴嗒嗒地一路灑出。浴室一般在二樓,甚至三樓,他就擔著水走上樓梯,將水倒進已經擦洗乾淨的白瓷浴盆中。他孫子這時正趴在老虎灶頂上的隔板上,是在過街樓的底下,只有半人高的地方,在枕頭上做作業。另外兩類人物也是她經常見到的。一個是街面上的小煙紙店的女店主。這種小煙紙店,是把自家的街面房打一個洞出來開的張。「這條街就奇怪在這裡,豪華的商店間著居民,在商家背後,就連著深長的人口龐雜的弄堂。這些小煙紙店擠在繁華的街市裏,卻一點不顯得寒磣,相反,它們很坦然。」店面後面可能是閣樓,「便是他們的居室。他們常常在店堂裏開飯」。而且她們畢竟「見過世面,但有著偏見,涉足社會,又守著規矩。」第二,是弄堂口出租小書攤的老闆。「他很精明地將他的小人書,一本拆成兩本,甚至三本。因為借回家看要比當場看貴,所以在他的木頭打的書架底下,兩排矮凳上,便坐滿了看書的人,大多是些孩子和年輕的保姆奶媽。他的形象還要粗魯一些,帶著些北風,穿著就好像一個拳師的行頭。黑色對襟的褂子,勉檔褲,園口鞋。」〔註11〕

在上海,有的優等社區集中在一條街道,例如衡山路。大多數則與這種偏街陋巷的弄堂混合在一起。即使是那些優渥體面的家庭,其中的流言軼事也是起伏跌宕的,尤其是在各種政治運動和「文革」的風暴之中。王安憶還記得五十年代末到六十年代初,她家住在淮海中路的情景:只見那裡「梧桐樹冠覆頂,尤其是夏天,濃蔭遍地。一些細碎的陽光從葉間均勻地遺漏下來,落到一半便化作了滿地的蟬鳴。」「但在我的印象中,這排樓房裏的居民都是深居簡出,我們很少看到他們的身影。」在她家的弄底,住的是滬上有名的兒科醫生的一家。老先生解放前開的是私人診所,解放後是一家兒童醫院的院長。老先生有時候會向王安憶母親茹志鵑打聽一些事情,他很信賴她的政策水平。他向來稱王安憶父母為「同志」,前面還冠以兩人的姓。不過,他很少在弄堂露面,上下班都是小車接送,因此這個家庭在這條普通的弄堂裏顯

〔註10〕王安憶:《我的同學董小平》,《尋找上海》,上海:學林出版社,2001年,第63頁。

〔註11〕王安憶:《尋找上海》,《尋找上海》,上海:學林出版社,2001年版,第7頁。

得很神秘。比起老先生的謹小慎微，他的兒女有點張揚。老大長得高大俊朗，仲夏時穿一件雪白的襯衫，西式短褲緊緊包著臀部，經常騎一輛自行車從弄堂裏翩然而過。「文革」當中，這家人受到很大衝擊，然而危難之中那位美麗高貴的兒媳婦，卻表現出驚人的承受力。每逢召集有問題的家庭在弄堂學習，她便提了一個小板凳坐在那裡，「雙手放在膝上，臉色很平靜」，「並不膽怯地接受人們好奇的注視。」王安憶家的另一邊，一整幢三層樓住著一個著名綢布行業主的大家庭。老先生有幾房太太，平日與二房太太及子女生活。這家人雖然極其富有，但倒顯得平常，門戶也不森嚴。二房太太的外孫女與王安憶是幼時的玩伴。突然有一天，一群紅衛兵衝擊並抄了他們的家。「我永遠難忘在那綢布行業主的家中，進駐了整整一星期紅衛兵，有一日我走過後弄，從廚房的後窗裏，看見阿大母親的情景。她正在紅衛兵的監視下淘米。這已經使我很驚訝了，在這樣的日子裏，他們竟然還正常地進行一日三餐。更叫人意外的，是她安詳的態度。她一邊淘米一邊回答著紅衛兵的提問，不慌不忙，不卑不亢。」再過一段，這樓房大部分被沒收，底層被分配給來自棚戶區的兩個江北人家庭。不過，最讓王安憶難忘的，還是「文革」中紅衛兵向兒科醫生子女追問老先生夫婦的下落，老大、老二、大媳婦和懷有身孕的兒媳婦抵擋著這一局面。因為雙方吵鬧聲音太大，又剛吃過晚飯，於是走廊裏擠滿了看熱鬧的鄰居。她發現，那些無產者對這些有產者，天生地懷有強烈的仇恨，即使是面對這些無辜醫生家庭的年輕人，也是如此。這位女作家接著記述道，一個決定立即被付諸行動，「那就是，在隔壁中學的操場上，批鬥這家四個子媳。中學的操場很快被布好了燈光，拉起了橫幅，人們剎那間擁進了操場，革命實在像是大眾的節日，但充滿了血腥氣。一切就緒，這家的子媳們終於在押送下走出家門。壅塞在弄堂裏的人們讓開了一條道，讓他們走過去。」〔註12〕

2.1.2　作家與社會學家所觀察的弄堂

　　如果說上海的弄堂裏居住著上、中、下三種人家的話，那麼王安憶最熟悉還是中等人家。她對另外兩種人家，大多是通過觀望、流言和傳說得以瞭解的。朱曉明、祝東海的著作《勃艮第之城——上海老弄堂生活空間

〔註12〕王安憶：《死生契闊，與子相悅》，《尋找上海》，上海：學林出版社，2001 年，
　　第 36～61 頁。

的歷史圖景》，從社會學的角度比較分析了這些有差別的社會階層形成之原因。他們以著名的中產階級社區步高里弄堂爲例，介紹了這種「階層聚集」的大致情況：1931 年 1 月 20 日至 2 月 1 日，步高里弄堂開始在《申報》上隔日刊登租賃廣告。「西里和步高裏的租金爲單幢單開間每月 35 元，雙幢雙開間每月 80 元，而當時的普通工人月平均工資僅爲 14～15 元。這麼看來，其面向的租戶均爲富足的中產階級，而非普通大眾。」〔註 13〕能住得起這種舒適寬敞弄堂公寓的，自然是社會中上層的人士，例如醫師、企業股東、煙葉商、廠長、公司經理、會計主任等一色人物。張偉群的《四明別墅對照記——上海一條弄堂諸史》這本書，提供了 1932～1952 年全弄一戶一幢房客們的詳細圖表：

戶　　主	門牌號碼	遷入時間	家庭類型	從事職業
林元英	580	1946 年前	家	林元英西醫診所醫師
羅象禹	3	1945 年前	一家門	金業交易所
尤君實	5	1939 年從靜安寺路精藝術器店樓上遷來	家	通匯信託公司會計主任
廖通聲	9	1945 年前	自家人	南翔寶康醬園股東
朱金波	15	1938 年前	一家門	南京路哈同大樓朱永吉商行東主、煙葉商
陳爾昌	17	1939 年由重慶北路成益裏遷來	家	大中華橡膠公司會計所主任
林海籌	19	1945 年前	一家門	開源水電工程行進貨部主任
DAVID（戴維）俄羅斯猶太人	21	1948 年前	家	大華繡品廠廠主
李塾齋	25	1938 年從長寧路花園村 52 號遷來	家	上海鼎康錢莊任資方協理、後副經理

〔註 13〕 朱曉明、祝東海：《勃艮第之城——上海老弄堂生活空間的歷史圖景》，北京：中國建築工業出版社，2012 年，第 36～38 頁。該書附有步高裏石庫門建築的多幅圖片，以及報紙上「召租「介紹「房金特點」和「交通情況」的商業廣告，令人有身臨其境之感。

戶　主	門牌號碼	遷入時間	家庭類型	從事職業
吳智海	27	1938 年從陝西北路慈惠裏 25 號遷來	家	大千化工廠化學師兼廠長
余春華	29	1937 年	一家門	合記新營造廠東主、四明別墅建築大包築頭
俞靜盦		1948 年 5 月 31 日從江寧路 931 號內七號遷來	家	揚子股份有限公司副經理

據作者介紹，出租方四明銀行苛刻的租賃條件是：「由於四明銀行方面此時堅持要以整幢住宅租賃，承租方自感經濟力量不夠或者認爲不必整幢租賃，往往邀約親朋好友聯手出面。」然而「能否租得起整幢房子，有時並不是絕對的經濟能力問題，而是相對的。例如，丙字號 5 幢上海華洋德律風公司副工程師陳保穌，月薪爲 230 元，他和在光華大學任教授的胡先佺一家合住，即出於『一家五口（夫婦及二子一女）量入爲出，收入可以平衡的考慮。』」「另以在同一條愚園路上住過的明星周璇爲例，1936 年農曆中秋時，周璇與養母還只能住愚園路的亭子間；稍後周拍完《喜臨門》，周與嚴華訂婚，這才改租愚谷村三樓前樓加亭子間共兩間。之前周在『友聯』、『利利』、『福星』等電臺接任幾檔歌舞節目，已被譽爲『金嗓子』。到 1938 年周嚴結婚，兩人月薪加起來 450 元，外加灌唱片收入女演員 200 元，男演員 150 元，此時周璇接一部電影的片酬是 2000 元，按此條件，周嚴婚後搬到姚主教路（今太平路）戀齡村，租下洋房三樓一個層面，也並非整幢獨住。」〔註 14〕連大明星都不能獨住一整幢樓，可見出租方四明銀行的租賃條件確實苛刻。不過，也能想到龐大的上海中產階級群體正在崛起過程中，他們多聚集在淮海中路、愚園路以及四明別墅和姚主教路等中高檔弄堂公寓中。對長期居住在這一帶的王安憶來說，這原是她最熟悉不過的地段和都市景觀了。

誠如朱曉明、祝東海所研究的，夾雜在弄堂中階層稍低的「市民社會」，自近代上海開埠之後就存在。而解放後外省大量人口的流入，以及 1958 年政府推行的「無階層化」和去市場化去商業化等激進政策，加之 1960 年代

〔註 14〕張偉群：《四明別墅對照記——上海一條弄堂諸史》，北京：中央編譯出版社，2013 年，第 50、51、58、59 頁。

連續三年的自然災害，淮海中路、愚園路及周邊地區弄堂的「髒亂差」現象，已大量存在。這與同一部著作所描繪的步高裏那種「高大上」的乾淨整潔，也形成天壤之別。他們描述的情形，證明前面王安憶關於「老虎灶」、「小煙紙店」和「小書攤」的雜亂現象確實是存在的：「從嘈雜的城市道路進入相對封閉的里弄，展現在眼前的是完全不同於外邊的充滿生活氣息的場所，居民們曬被、種花、遛狗、揀菜、嬉戲、聊天、孵太陽、修自行車，各得其所，亦各得其樂。」「於是乎，步高裏小廣場不多的幾根晾衣杆，竟然成了居民們互相博弈、角力的地方」，鄰里間經常爆發矛盾和爭吵。〔註 15〕三四十年代步高裏原先業主們，如果想到這個安靜、幽雅的社區空間被糟蹋成這個模樣，大概也要長籲短歎了。這不光是由「白天鵝」落魄到「醜小鴨」的歷史命運，也是半個多世紀上海之巨大歷史變遷的一個縮影。王安憶九十年代的隨筆和小說，對這個弄堂一角的描寫真可謂精彩絕倫，絲絲入扣。她在隨筆《遍地民工》中寫道：「就是這樣，我們這座城市裏，四處都是民工，空氣中挾裏著他們的汗氣和異鄉的口音。他們在勞作中練成的著地紮實的步態；穿行在車流之間，肆無忌憚又驚恐的身型；還有，大街小巷牆根下小便的背影，改變了這個城市布爾喬亞的風韻，變得粗糲起來。」小說《悲慟之地》寫一個山東青年農民劉德生到上海賣薑的故事。在上海老火車站北站，這個鏡頭雖然只是弄堂世界之延伸，但也可看到，未來的日子，傳統的上海弄堂將是這些外鄉人的落腳之地：「他們一人挑倆一擔薑，走在熙熙攘攘的上海車站廣場。萬頭攢動，汽車鳴著喇叭一往無前地馳來。他們好幾次沖散了，又聚攏在一處，驚魂未定地發現，他們走了一個圓圈，又回到了原處。」這些慌裏慌張的外省農民工，顯然正在源源不斷地補充著弄堂裏階層稍低的「市民社會」。對上海這個移民社會來說，這大概也是它經常可以窺見的都市景觀之一斑。

從以上材料看，弄堂上、下層社會只是王安憶弄堂經驗世界的外圍和延展，她最熟悉的還是夾在中間的中產階層。解放前，這個階層是醫師、教授、會計主任、公司經理、工程師、煙葉商、成功的演員、建築業包工頭、股東等構成。解放後，住在這種弄堂公寓裏的，是國家幹部、文藝界人士、醫生、國企中上層管理人員，也包括王安憶父母這樣的「南下幹部」等。對於人來

〔註 15〕朱曉明、祝東海：《勃艮第之城》，北京：中國建築工業出版社，2012 年，第127、128 頁。

說，最熟悉的自然是自己所處階層的社會意識、思想觀念、生活習俗和交往方式，經過長時期的沉澱發酵，形成了他們的世界觀人生觀和觀察社會的特殊視角。而從這一階層中走出去的作家，則將這種社會意識、思想觀念和生活習俗轉換爲栩栩如生的文學作品，從而創造出一系列文學形象。這些文學作品和文學形象，成爲廣大讀者瞭解現代都市的重要窗口，例如人們正是通過茅盾的《子夜》、張愛玲的《金鎖記》、《傾城之戀》、老舍的《老張的哲學》、《離婚》和《駱駝祥子》等小說，藉以熟悉上世紀二十至四十年代的上海和北京的。作爲中國現代都市題材小說的「傳人」，王安憶的弄堂經驗給了她源源不斷的創作資源和靈感，也造就了這位優秀的作家。

就王安憶的創作而言，她的「弄堂經驗」可以歸納爲三點：一是這種經驗使她轉型後的小說與中國現代文學中的都市題材發生了最密切的聯繫，決定了她創作的取材、視角和表現手法；二是弄堂經驗經過審美提煉被沉澱爲王安憶非常個人化的生活感覺和文學語言，這是她深入觸摸和揭示上海弄堂人物的最直接的途徑。一定意義上可以說，王安憶小說那種半方言半普通話的語言方式形成的過程和結果，正是這種深厚的弄堂經驗之結晶；第三，在此基礎上構成了她小說的敍述風格。王安憶個人的敍述風格可以概括爲一種「弄堂講述者」的講故事風格。

這顯然是一種細膩、世俗、寫實和充滿生活實感的藝術風格。它有些嘮叨、拐彎抹角，然而有著體貼入微和世故老到。她通常喜歡用這種講述來掌控人物命運，乃至作品的結構。雖然表面上她非常尊重人物性格的發展邏輯，注意揣測時代的脈動規律，但我們分明看到，這種氣場是一種貫穿其作品始終的支配性的力量。這是因爲，王安憶的思想觀念和小說理念中沒有張愛玲那種「宿命論」，而是通篇充斥著雨果、巴爾扎克和托爾斯泰那種必然性的力量氣質。她在與人談到自己七八十年代的讀書情形時說：「我的整個古典文學的閱讀都是在那時候完成的，比如托爾斯泰、屠格涅夫」，以及普希金、巴爾扎克、雨果、羅曼‧羅蘭、託斯託耶夫、大仲馬和小仲馬等等。她聲稱一向喜歡看翻譯過來的西方小說，而不是當時男孩子普遍在看的《三國演義》、《水滸傳》和《兒女英雄傳》這樣的作品。所以，她認爲自己的文學觀念總體上傾向於「古典主義」的或者說是「十九世紀文學」的，與八九十年代中國的很多先鋒小說家有所不同。「古典作家，就像托爾斯泰，俄羅斯那批，他們有個好處，他們人道主義的立場是非常明確的：我眞的同情你們，你們眞的很

可憐」，「但是我不因爲你們可憐就同意你們苟且」，「我不能和你們同流合污，我還是要批評你。我覺得人還是應該崇高的，不應放棄崇高的概念。我覺得二十世紀以後，人道主義都是同流合污，尤其是現代小說」。她認同余華對卡夫卡、托爾斯泰兩位作家的比較分析。余華說：「托爾斯泰好像是一個銀行，也就是說他可以是取之不盡的，可以再生的」，「而卡夫卡就只是一筆貸款」，對於具體小說創作來說，就是一個「方法」。「古典作家」給你的是教養，「是整個教養。」〔註16〕綜上所述，王安憶的弄堂經驗與她的個人生活史，與張愛玲的影響都有一定關係，但只有回到西方十九世紀小說這個思想層面，才能理解她對弄堂世界的認識和再評價。

2.1.3　對弄堂的認同與疏離

　　因此，筆者發現王安憶對她筆下的「弄堂世界」在生活習俗方面是認同的，但是在思想意識方面則是保持距離和批判性的。1990 年 6 月 11 日，王安憶寫過一篇題爲《上海的故事——讀〈歇浦潮〉》的文章。《歇浦潮》這部小說，是由晚清民初小說家朱瘦菊、筆名「海上說夢人」創作的作品。該小說一百回，內容都是人間醜態，其中有上海的老爺、姨太太、嫖客、妓女、股東、革命黨人和戲子等等。發生在公館和里弄裏的林林總總，是這部小說的主要場景。作家寫這篇文章，表面上是介紹，可能與她當時小說轉型有絲絲縷縷的聯繫。如果仔細閱讀，則可以看出她上述所說的那種「雙重性矛盾」：對市民務實生活及其細節的欣賞和認同，與此同時，則夾帶著分明的諷刺、嘲笑和批評態度。在《歇浦潮》裏，「一個大上海的人生，全被濃縮與簡化爲一個實利的目標，手段則是拆白黨式的。一大群男女拆白黨中，寥寥幾個有情有義的，下場皆很悲慘。一對小兒女翠姐和鈴蓀，硬是被勢利眼父親拆散，因此常人多了一點眞情，便病的病、死的死；再是妓女賈寶玉和媚月閣，比常人多了一分骨氣，結果一個慘死，一個敗走；還有湖南鄉巴佬倪伯和與寧波鄉巴佬吳筱山，雖是受了色欲的誘惑，但色欲畢竟還是自然的本性，不像『錢』那樣遠離人性，是十足的異化的產品，終還留有一些人心，結果也都不善，都落下個始亂終棄的結局。」這是因爲，「《歇浦潮》開首便言：『據說春申江畔，自辛亥光復以來，便換了一番氣象，表面上似乎進化，暗地裏卻

〔註16〕王安憶、張新穎：《談話錄》，桂林：廣西師範大學出版社，2008 年，第 26、27、129、31 頁。

更腐敗。上自官神學界，下至販夫走卒，人人蒙著一副假面具。』」〔註17〕

　　不過，正像上海知名作家陳村所指出的，王安憶即使對弄堂人生有批判，這種批判仍然是溫情的、有餘地的，不是一棒子打死的。她筆下很少出現絕對的壞人與好人。「她在日常的生活場景中找尋失落的美麗和意義。我想，她大概也是最後的小說家了，以後沒人這樣做小說了。」〔註18〕陳村的評價恰好給我們一個提示：一方面應該注意王安憶與「弄堂階層」的這種辯證性的關係；另一方面也應注意，她雖與這個階層有距離感，有批判性，卻始終是有溫情和分寸感的。

　　我們不妨看看作家散文中的文字：這位小書攤老闆的「眼囊還要臃腫一些，嘴唇也更厚，推著平頭，一看就知道出自路邊剃頭挑子之手。他斤斤計較，決不允許你在書架上挑揀過久，要就租，要就不租，要想在挑揀時偷偷看完一本，沒門！收攤的時間一到，他便飛快從人手中抽走小書，不管你看完還是沒看完，想再看，要就借回家，要就明天再來。他清點小人書的樣子，就像一個水果販子在清點他的桃子或者梨。他有時甚至會為了一本借閱過久的小人書追到小孩子的課堂上。他的口音裏帶著鼻音，但他決不屬於上海那些來自山東的南下幹部，風範大異。說起來，和那開煙紙店的婦女也是小異，可不知道怎麼的，他們就是一路的臉相，一種小私營者的臉相。」〔註19〕這種距離感和溫情，展現出這位小書攤老闆生活的原生態，吝嗇而精明的舉止裏，折射著他經營人生的艱難。

　　在創作中，王安憶對弄堂生活的認同與疏離交錯的呈現。在《髮廊情話》裏，作者惟妙惟肖描寫了兩位打工妹暗明不定的心理活動，她以一種試水溫式的體貼筆觸，用心品味兩位女孩充滿上海都市體溫的世俗情境。在髮廊，她們一邊一個，挺直身子站在客人身後，先擠上洗髮水，一隻手猶如和麵團般將頭髮揉成一對白沫，再將兩手一起插進去，抓、撓、拉。顯然是同一個師傅教出來的，兩人抬肩、懸臂的動作一模一樣，程序步調完全一致。她們

〔註17〕王安憶：《上海的故事——讀〈歌浦潮〉》，《我讀我看》，上海：上海人民出版社，2001年，第34、35頁。
〔註18〕見王安憶小說集《文工團》「封底」陳村「推薦語」，文化藝術出版社2001年版。
〔註19〕王安憶：《尋找上海》，《海上》，上海：華東師大出版社，2008年，第8、9頁。這篇文章在王安憶多本散文隨筆集裏都出現過，這說明作家重複選用的情況，同時可以看到她對該文章的重視。

還喜歡一邊抓撓頭髮，直視著鏡子裏客人的眼睛，帶有一點直逼的味道，彷彿是要看破客人心中的秘密。她們不像初到上海，反而坦然大方，且還大聲說笑，表明已熟悉融入了這座城市的正常生活。當然作品略微有點挖苦的語調，不妨礙作者其中又包含的些許欣賞。王安憶描寫兩個打工妹，是在認可經過上海弄堂經驗的訓練，她們身上逐漸露出的這個城市的生活氣質，乃至認可她們與後者打成一片的生活態度。但在閱讀中你發現，作品在寫這些生活細節時，經常保持著某種距離感，那是一個觀察的角度。這種距離感，在她另一篇小說《51／52 次列車》中表現就更為明顯了。作品有王安憶插隊生活的痕跡，寫的是七十年代往返於上海／烏魯木齊之間火車上的旅客生活。作者大概多次乘坐過這兩趟火車往返上海與蚌埠（她插隊的地方），有豐富的生活積累，雖然小說使用的是速寫手法，火車上旅客豐富複雜的心理，卻都被一一的呈現。在敘述過程中，作者自覺克制著感情，似乎要把自己過去的記憶屏蔽，這就使作品突顯出一個隨車記者的視角。在我看來，這種筆調可以稱之為帶著「距離感」的筆調。作品裏寫一個新疆建設兵團的上海男知青，每次從上海乘車到烏魯木齊後，因為距所在連隊還有幾個小時的車程，所以只能住店等車。運氣好時正好趕上一趟班車回去。如運氣不好，就得在小旅店裏等上幾天。生活困厄之際，這個男孩顯示出了上海人的精明。為應付住店和吃飯花費，他事先把在上海買好的大米、辣醬、醃肉、鹹魚、豬油、年糕、餅乾、綠豆糕、肥皂和毛巾，一股腦搬到行李架上，下車之後，再賣給當地居民。但他不覺得這樣有失身份，反倒有一種奮不顧身的興奮和勇氣。作品在寫到這些情境時，表露出無動於衷的客觀態度，像是一個隨車記者在冷靜地敘述他親見的故事。八十年代初，作家們傾向於把這種素材寫成一篇命運坎坷的知青小說；但在九十年代，他們大概會認為作品不過是在講述「火車上的上海市民生活」。這種觀念變化，是作家與過去生活之間出現疏離感的主要原因。

　　從上面所舉的例子來看，王安憶在為清末小說《歇浦潮》寫的評論文章裏，對濫觴於上海一兩百年的城市市民生活表露出明顯認同的態度，雖然這種生活充滿煙火氣，並不是知識精英所認可的精神生活，但王安憶卻認為這也是一種誠實的生活態度。這種認同在之後的兩篇小說中反映了出來，作者顯然不是為寫小說，同時也對小說人物的一舉一動給予了肯定。不過，她同時也有意保持了疏離的姿態。有意思的是，為什麼在同一篇作品，在同一個

作家身上有如此顯著的矛盾呢？我認爲這是因爲兩種視角造成的：一種是王安憶生活中的視角，另一種是王安憶作爲作家的視角。在生活中，王安憶與大多數的上海人一樣過得是充滿濃厚生活氣息的日常生活。然而作爲一個作家，她就得研究這種生活，分析這種生活，這就自然地與原生態的生活之間出現了一種距離感，或者叫一個作家的疏離感。而我們認爲這就在上海生活與王安憶的寫作之間，出現了一個認識的張力和藝術的張力，出現了作家王安憶深度觀察上海這座都市的作家的視角。這是這種帶有作者主觀性同時葆有鮮明地域性的作家的視角，使王安憶九十年代的上海都市題材小說顯得不同凡響。

我們可以說這就是王安憶。一方面是在弄堂裏生活過五十年的上海人；另一方面是對這個地域既有愛也有恨的作家。某種意義上，「弄堂」既是王安憶小說創作的「根據地」，同時也是她安身立命的地方。她的小說學，正是這環境的給予。但我們也可以說，這是一種來自弄堂又高於弄堂的王安憶個人的小說學。

第二節　小說對弄堂的加工和改寫

即使王安憶是從上海弄堂裏走出去的作家，她筆下的弄堂人物也不會照搬生活，而要經過小說的藝術加工改造的過程。簡而言之，上海物質意義上的地域性，只有借助文學的虛構才能煥發出獨特而異樣的光彩。1988 年 1 月，處在創作調整中的王安憶在《我看長篇小說》一文中，對小說這種虛構能力有所論析，她借亞里斯多德的話說：「一切藝術的任務都在生產，這就是設法籌劃怎樣使一種可存在也可不存在的東西變爲存在的，這東西的來源在於創造者而不在所創造的對象本身；因爲藝術所管的既不是按照必然的道理既已存在的東西，也不是按照自然終須存在的東西——因爲這兩類東西在它們本身裏就具有它們所以存在的來源。」她說：由此「我們可得知的有兩點，第一點，藝術是爲了創造；第二點，藝術所創造的東西的徹底獨立性。」〔註20〕她強調「小說」應該獨立於「現實世界」。它使不可能存在的東西變爲現實。小說也許是更接近於現實的一種形式。幾年後，她在復旦大學講課時，又將

〔註20〕王安憶：《我看長篇小說》，《漂泊的語言》，北京：作家出版社，1996 年版，第 367 頁。

這個觀點進一步概括爲：「小說的情節是一種什麼情節？我稱之爲『邏輯性的情節』，它是來自後天製作的，帶有人工的痕跡，它可能也會使用經驗，但它必是將經驗加以嚴格的整理，使它具有著一種邏輯的推理性，可把一個很小的因，推至一個很大的果。」〔註21〕

2.2.1　弄堂是一種生命的形式

　　這就意味著，弄堂不只是純粹的物質性的建築，它還是一種生命的形式。而這些里弄的人們的生活歷史即使消失了，小說也仍然能夠通過藝術想像將其復原，並將「清末民初的上海」、「二三十年代的上海」和「四十年代的上海」重現眼前，在公眾視野裏建起一座永恆的歷史博物館。正因如此，在被問到應如何看待作家與表現對象之間的關係時，王安憶特別強調了前者對後者的獨立性和超越性作用：「我命名它爲『心靈世界』，很簡單。爲什麼叫它『心靈世界』呢？因爲我覺得它的產生是一個人的，絕對是一個人的。它不像別的東西，比如電影，結合了很多很多因素，如它是近代科學的產物，不可避免地要受到社會、大眾、市場等的要求。我覺得小說是一個絕對的心靈的世界，當然指的是好的小說，不是指那些差的小說。我是說小說絕對由一個人、一個對立的人他自己創造的，是他一個人的心靈景象。它完全是出於一個人的經驗，所以它一定是帶有片面性。這是它的重要特徵」。〔註22〕

　　也正因爲如此，王安憶小說加工和改寫弄堂的第一步，就是如何利用自己的弄堂經驗，將這個世界提升到歷史和審美的境界上去。所謂歷史和審美的境界，即指作家要考慮如何使表現對象擺脫它原屬的物質性和煙火氣的生存層次，而用歷史眼光和審美意識重新觀照它。比如說，《長恨歌》創作的緣起，是作家在一家小報上看到一則當年的上海小姐自殺的消息，假如這部長篇受制於這個故事，那麼它就會變成類似晚清敘寫公案和黑幕的小說。當然，公案和黑幕小說的存在也無可厚非，因爲通俗小說一向承擔著愉悅大眾的消費功能。但王安憶是從傷痕小說、知青小說和尋根小說，一路轉進到上海都市題材小說創作的小說家，固有的精英意識和純文學意識，使得她必然會超

〔註21〕 王安憶：《小說的情節和語言》，《小說家的十三堂課》，上海：上海文藝出版社，2005 年。
〔註22〕 周新民、王安憶：《好的故事本身就是好的形式——王安憶訪談錄》，《小說評論》2003 年第 3 期。

越這種消費功能，而把這則尋常民間故事提升到大歷史的視野和審美觀照之中，也即是一般批評所指出的通過王琦瑤的命運再現上海歷史的變遷浮沉。然而，王安憶又在張愛玲小說裏獲得了都市小說的藝術真諦，即認爲日常生活敘事是小說賴以生存的基礎，是小說內部某種物質化的東西。這種啓示，使王安憶認爲精英文學與通俗文學的分野，不應該那麼涇渭分明。相反，她試圖在這種地帶的曖昧模糊性上尋找敘述的新的可能性。從這個角度講，市民階層的物質化的煙火氣，也許並非是對小說藝術的損害，它說不定還讓這種都市題材獲得更爲鮮明的上海的「地方性」，即我們所說成爲王安憶小說創作標誌的鮮明的「地域性」特徵。

由此可以想像到，王安憶小說加工和改寫弄堂的第二步，則是讓作品自覺退回到自己所熟悉的弄堂經驗之中，讓小說描寫變成一種接地氣的寫作，與筆下的人物生活觀念、習俗風尚同呼吸共命運。於是，讀者發現《長恨歌》對王琦瑤的生活細節投入了難以想像的精力，包括她與女友逛電影片廠時的服飾裝束，精細入微的對話，也包括她戲劇化地陪朋友去玩，突然被導演相中，使她得以喧賓奪主後的心理活動：「回去的電車上，兩人就有些懶得說話，聽那電車的當當聲。電車上有些空，下班的人都到了家，過夜生活的人又還沒有出門。」「吳佩珍本來對片廠沒有多少準備，她的嚮往是因王琦瑤而生的嚮往，她自然是希望片廠越精彩越好，可究竟是什麼樣的精彩，心中卻是沒數的，所以她是要看王琦瑤的態度再決定她的意見。片廠給王琦瑤的感想卻有些複雜。它是不如她想像中的那樣神奇，可正因爲它的平常，便給她一個唾手可得的印象，唾手可得的是什麼？她還不知道。原先的期待有些落空，但那期待裏的緊張卻釋然了。從片廠回來幾天，她都沒什麼表示，這使得吳佩珍沮喪，以爲王琦瑤其實是不喜歡片廠這地方，去片廠全是她多此一舉。有一日，她用做懺悔一樣的口氣對王琦瑤說，表哥又請她們去片廠玩，她拒絕了。王琦瑤卻轉過臉，說：你怎麼能這樣不懂道理，人家是一片誠心。吳佩珍瞪大了眼睛，不相信地看著她，王琦瑤被她看得不自在，就轉回頭說：我的意思是不該不給人家面子，這是你們家的親戚呀！這一回，連吳佩珍都看出王琦瑤想去又不說的意思了」。與吳佩珍的天真懵懂比，王琦瑤的不露聲色，反而是弄堂女孩的世故精明。但她又有著上海人的分寸感，一寸一寸地，做得也不會露骨難看。

　　王安憶認為弄堂生活是一種生命形式的看法，在表現中小學生活的中篇小說《乘公共汽車旅行》中有所表現。小說用一個小標題寫一個生活段落，詳細敘述了主人公校園生涯的點點滴滴。「刻紙英雄」一節寫這所小學男女同學中，有一個時期蔓延著刻紙的風氣。無論男生還是女生，到了課餘時間，一律伏在桌上，用刀片刻著紙。辦法是，將紙樣鋪平，上面再覆一張紙，然後用鉛筆畫出自己希望的圖案來。這一道工序需要耐心，要注意均勻、細緻。刻紙通常用的紙，是一種有顏色的紙，是做告示用的。它們分紅、黃、藍幾種。而刀，則是四分錢一片的鉛筆刀，一分長兩分寬，背上嵌著鐵皮做刀把。這種刀很鋒利，兩頭都是銳利的直角，可用於刻紙工藝中的「挖」和「掏」。學生們一般刻的都是《三國》裏的人與物，最常見的是人物盔甲、兵器、令旗、戰馬、鞍具、坐騎等等，線條密密地鋪陳開來，極盡華麗之色彩。弄堂小學的一幕，在作家精細的筆觸下栩栩如生，孩子們埋頭刻紙的情形恍然盡現紙上。由此可知，這是作家對弄堂生活瑣事的審美觀照，她是想把城市的體溫帶到這幅畫面當中去。王安憶相信這其實是一種生活的情趣，其中所展露的生命形式和生命感，則是她最為傾心的方面。

　　需要注意到，研究上海弄堂史的社會學家與作家的視角是有較大差別的。根據朱曉明等人的研究：「步高里共有 79 個門號，北部 3 幢 11 戶（1～11號）為東西向單開間；南部 8 幢共 68 戶則為南北向布置，排列整齊。作為晚期石庫門里弄的典型，步高里的主弄支弄分工有序。3.5 米寬的主弄和 3 米寬的支弄構成了清晰的路網結構。從城市街道到住宅內部，形成『街面——主弄——支弄——天井——室內』的空間序列。主支弄相交處有跨越支弄的單片磚發券門，更強化了兩者公共與半公共的空間分界。」〔註 23〕另一個研究者朱偉群對四明別墅 1932 年至 1952 年之間的居民分佈情況，做過詳細的考證和敘述，他認為在較大的人口遷徙潮還沒到來之前，像四明別墅這種較高級的上海弄堂，居民的居住條件是相當寬敞的。儘管其間也有相對擁擠的弄堂，但總的還算體面整潔。為此，他以第一條橫弄堂即沿馬路四幢甲字號住宅為例，來說明這種情況。四幢甲字號房子，首尾兩幢的林家、鄧家完全獨用。起首的林元英醫生全家遷入四明別墅時，已經是上海有名的婦產科醫師。他 1903 年生，福建龍溪人，畢業於北京協和醫學院。林家不僅有寬敞的住房，

〔註23〕 朱曉明、祝東海：《勃艮第之城——上海老弄堂生活空間的歷史圖景》，北京：中國建築工業出版社，2012 年，第 27 頁。

還有當時罕見的汽車間，他的汽車是藍色的斯坦培克，實力明顯擺在那裡。因與周圍居民分住，相互處於隔離狀態。「林家基本不跟本弄堂居民建立親匿關係，包括我們這樣一牆之隔的鄰居，也素不往來。」但身處這種深宅之中，「林太太還是蠻肯幫人的」，一次病患亟待生產，而燈泡已壞，林太太還是讓林醫生靠別人打著手電筒趕去接生。這位社會學家臨末還不忘對喜歡在弄堂世界的刻畫中添油加醋的文藝家們諷刺一筆：「刻意強調舊上海弄堂居住的擁擠困厄，文藝作品這一表達建構和不同地區的客觀弄堂現實之間存在著不一致，最著名的像滑稽戲《七十二家房客》，它被選擇用來表現對舊社會黑暗現象的鞭笞而長演不衰。」〔註24〕

我們從社會學家與作家敘述弄堂視角的差別中看到，在前者那裡，他們關注的是弄堂建築的格局和形式，人是這建築的陪襯；在後者那裡，人變成這弄堂的中心，而建築則成為人的陪襯。建築構成人物活動的空間、環境和氛圍。誠如前述，王安憶在小說轉型過程中，曾閱讀過上海這座大都市的地方志、建築史、風俗民情方面的史料文獻，對社會學著作關於弄堂建築和歷史掌故的介紹，可以說瞭如指掌。顯然，她在有意識地借用這些史料，並且是非常用心地利用了這一點。從這個角度看，如果沒有對王琦瑤這種弄堂女孩生活空間、環境和氛圍的精準把握，沒有作家自身豐富的弄堂生活經驗加以調配，小說中王琦瑤與吳佩珍從電影廠回家後，耐心等待重回片廠時世故精明的精彩描寫，就不會發生。拿前面王安憶的話說，王琦瑤這種等待女友提議再回片廠前後的微妙心理和行為，實際是這人物的一個「邏輯性的情節」，但它要靠作家「絕對一個人的創造」，也才能最後完成。這正是兩個女孩關係敘述的前提和基礎。

2.2.2　改寫與藝術加工

不光是《長恨歌》，實際上，小說《「文革」軼事》也明顯是對朱曉明等人筆下步高里弄堂的有「添油加醋」嫌疑的藝術加工和改寫。七十年代某天，當等待分配的女大學生張思葉把學校工宣隊員——現男友趙志國（青年工人）帶進自己家的時候，後者驚訝地看到了這座隱藏在弄堂深處的整幢獨棟公館：

〔註24〕張偉群：《四明別墅對照記——上海一條弄堂諸史》，北京：中央編譯出版社，2013 年，第 61～64、58 頁。

　　　　趙志國踏進張思葉家中，有點像賈寶玉踏進了大觀園。他不曾
　　想到，在這暗淡無光的時日裏，還藏有著這樣鮮豔活潑的一個世界。
　　這帶有一種後花園的景象，還有一種暖房的景象。這情景將方才走
　　進弄堂走上樓梯的淒涼氣氛一掃而空。這房子是這條大門緊鎖悄無
　　人聲的弄堂裏到底的一幢，夾竹桃在牆頭盛開，青枇杷落滿了地，
　　使趙志國想起一行「門前冷落車馬稀」的通俗的舊句。張思葉是帶
　　他從後門進去的，樓道裏一片漆黑，門上都貼了封條，二樓房門也
　　貼了封條，然後就到三樓。趙志國永遠忘不了走過樓梯拐彎處亭子
　　間時的情景。張思葉停住腳步，對著敞開的門裏說了聲什麼，便有
　　許多雙眼睛撲面而來，它們一律是緩緩的，盈盈的，舒回慢轉的，
　　都帶了點驚愕的表情，這使它們全有了些孩子氣。然後他便跟張思
　　葉去了她在三層閣上的閨房。〔註25〕

趙志國的驚訝感是對社會巨大變遷的一種本能性反應。他是居住在「下隻角」
街區的青年工人，這裡與他分屬於兩個世界。更令他驚訝的是，原來這公館
裏正藏著一幫《紅樓夢》裏大家族的女兒們——現在則是被打倒了的資本家
的女兒、兒媳和孫女們。而他的女朋友張思葉就是其中一員。他沒想到會真
的走進這樣的大家庭。這棟樓的外部建築風格，與朱曉明等描述的林元英醫
生的豪華公館頗為相似，代表著奢侈和神秘。但與冷冰冰的林公館相反，這
房子裏住著一幫栩栩如生的文學作品的人物。王安憶對弄堂公館做了藝術加
工，這就是趙志國微妙幽暗的心理活動：

　　　　沒有人像趙志國這樣領會生活的精華了，無論這精華是如何深
　　藏不露，他都能一針見血地將它發掘出來。他只一眼，便從張思葉
　　家那些身穿藍布罩衫，梳著齊耳短髮的女人身上看出超凡出眾的氣
　　質。這是一種養尊處優的氣質，雖然經歷了這些年的顛沛流離，卻
　　依然存在，只不過是如受驚的鳥雀，藏進了深處。他從她們的短髮
　　上看出「柏林情話」式的端倪，還從中式罩衫上看出復古的摩登，
　　她們無論年長年幼，都含有一種貴婦的儀態，這儀態不是任何人都
　　能領略的，它們往往是有一種樸拙的表面。她們長的各有差異，可
　　是細部卻一律經得起推敲。牙齒整齊，皮膚細膩，指甲潤澤，表現

〔註25〕王安憶：《香港的情與愛》，王安憶自選集之三（中篇小說卷），北京：作家出
　　　　版社，1996年，第427頁。

出後天的精緻調養。趙志國甚至對張思葉也有了新的看法。張思葉
在那亂紛紛的校園裏，實在是被埋沒了。〔註26〕

小說精彩的描寫，明顯取得了將「存在也可不存在的東西變爲存在的」的藝
術功效，達到了王安憶前面所謂「小說絕對由一個人、一個對立的人他自己
創造的，是他一個人的心靈景象」的作品效果。

　　在人與弄堂的關係中，能夠看到弄堂內部深處的審美性變化。雖然弄堂
是物質存在，不管多少人生生死死，它都矗立在那裡靜止不動。但是在不動
中的動感，卻又是經過文學化所放大的審美效果，王安憶2003年寫的長篇小
說《桃之夭夭》，敘述在上海弄堂的深處，一個叫郁曉秋的女子半生的人生歷
程。這個上海女子本可以像雯雯、妹頭和胡迪菁一樣，在上海的屋簷下過著
平淡無奇、煩惱卻熱鬧的生活。可她偏偏是一個異數。明明是一個弄堂女孩，
卻不認命，這樣命運就難免大起大落了。她母親年輕時候是個滑稽戲演員，
人老珠黃後只能跑跑龍套。她父親一年半以前因爲貪污和玩弄女性，進了班
房。郁曉秋的生存環境也不理想。由於社會動盪和情場失意，母親便把冷漠
和怨恨轉嫁給她，兄姐也對她頗爲鄙夷和憎惡。而鄰居和同學更是對她側目
而視，她的身世，於是成爲市井群眾流言蜚語的話題。但就是這個在上海弄
堂裏深陷困境，又有潑辣而旺盛生命力的女子，卻堅持要過不一樣的人生。

　　假如說趙志國是從火坑走進公館的，那麼郁曉秋反而從正常人家跳到了
火坑之中。正因爲前後反差太大，以前靜謐幽深的弄堂記憶，便時時泛上郁
曉秋的心頭，令她倍感世間冷暖。小說第60頁到67頁寫到家庭變故前的生
活，那是孩子眼裏上海普通的弄堂：街道靜謐，偶而有人走過。弄堂口有幾
家商鋪和買零食的小店，還有孩子在穿梭玩耍。幼時的郁曉秋看到，這一條
後弄的前排房屋，底層是店鋪，從後門望進去，可看到前面的店堂。這有一
種偷窺的快感。但這個年齡的孩子總是膽怯覥腆的，大人一個阻止的眼神，
就能頃刻間摧毀他們所有的計劃。她還看到，臨近中午時，幾家店鋪的店員
都去附近一個小學校搭夥，有人負責將大家已洗好大米的飯盒或茶缸帶進
去，上蒸籠，然後再取回來。

　　有時候，母親也會帶她去劇場。她們早早吃了晚飯，下午三四點便離家
了。後弄裏滿是陽光，她被打扮整理了一番，十分清潔，母親牽著她的手，

〔註26〕王安憶：《香港的情與愛》，王安憶自選集之三（中篇小說卷），北京：作家出
　　　　版社，1996年，第427頁。

兩人表情持重地走過弄堂，感覺是在接受人們的檢閱，當然，也有好奇的眼睛一直跟著她們。她們走出弄口，去搭公共汽車。方向是正好路過她們樓下，店員的視線便跟著她們母女倆，太陽西斜，衣著鮮亮，很是絢麗奪目。那小姑娘跟著母親，有一種倚仗的安靜踏實兼鄭重。所乘汽車從梧桐樹間駛出，她有一次竟看到了自家臨街的窗戶，還有一家店鋪，一個店員正朝外張望，她幾乎要喊出他的名字來。〔註27〕

王安憶小説，會經常情不自禁地寫到這種往昔對比。她筆調冷靜，但總令讀者浮想聯翩。她筆下人物無可避免地經歷著人生的大起大落，有的則是毫無意義的循環往復。趙志國從棚戶區弄堂忽然到了大公館，而郁曉秋小時候還是溫飽人家，可一轉眼，卻一落千丈。動盪的社會人生，使他們看弄堂的眼光發生根本性的變化，然而幼時記憶的弄堂總是這般美好，令人不敢回憶。作品裏，寫店員去小學校搭夥，場面是幽靜的，沒有人的動作，沒有對話，只是敘述的語言，三言兩語帶過。這場面類似一副速寫，街景和人物都是粗線條的，還有比較空廖的空間感。作品再轉到母親和她去劇場一路上的情景，作者用了「陽光」、「衣著鮮亮」、「安靜」、「鄭重」等語言修辭，社會動盪之前人們日常生活的有序和穩定，就在詞語裏閃現。小説的這種倒敘手法，起到加工和藝術改寫上海弄堂今昔生活的特殊作用，用夢幻般的情景來襯托現實，或暗示夢幻般的童年可能不會再來。

在此將王安憶與朱曉明等敘述弄堂視角的差別相比較，並不是在做優劣對錯的價值判斷。而是意在指出，王安憶在創作中所進行的藝術加工和改寫，使得被收藏於各種博物館圖書館裏的「三四十年代的上海弄堂」，以文學的形式再現於讀者面前。與那些冷冰冰的介紹文字和照片相比，《「文革」軼事》和《桃之夭夭》的小説語言充滿生活氣息，作為「三四十年代的上海弄堂」歷史之尾聲，它們被濃縮在張思葉公館亭子間的一角。這大概就是小説藝術的魅力。而根據本章第一節的「王安憶的弄堂生活經驗」，讀者大概可以猜測到，《「文革」軼事》的故事原型，可能來自她家的附近那個著名小兒科醫生家庭。歷史對這個家庭的大破壞，構成這篇小説的一個潛背景：「『文革』中紅衛兵向兒科醫生子女追問老先生夫婦的下落，老大、老二、大媳婦和懷有身孕的兒媳婦抵擋著這一局面。因為雙方吵鬧聲音太大，又剛吃過晚飯，於是走廊裏擠滿了看熱鬧的鄰居。她發現，那些無產者對這些有產者，天生地

〔註27〕王安憶：《桃之夭夭》，上海：上海文藝出版社，2003年，第60～67頁。

懷有強烈的仇恨，即使是面對這些無辜的醫生家裏的年輕人，也是如此。」
這位女作家記述道：一個決定立即被付諸行動，「那就是，在隔壁中學的操場
上，批鬥這家四個子媳。中學的操場很快被布好了燈光，拉起了橫幅，人們
剎那間擁進了操場，革命實在像是大眾的節日，但充滿了血腥氣。一切就緒，
這家的子媳們終於在押送下走出家門。壅塞在弄堂裏的人們讓開了一條道，
讓他們走過去。」〔註 28〕這篇記述這家庭悲慘遭遇的文章，用《死生契闊，
與子相悅》的題目來形容歷史動盪中全家人生離死別的情景，可以說恰到好
處。讀者又看到，驚心動魄的現實故事，在《「文革」軼事》中被藝術加工處
理成平靜如水的日常敘事，於是更加驚見作者對現實生活弄堂改寫所體現的
精湛功力。

2.2.3 「小弄堂裏的精英」

上面談到作家對物質化弄堂世界超越性的藝術加工，接下來看這篇小說
對不同「弄堂階層」內部生活場景的改寫。通過讀小說可看到，男主人公趙
志國和張思葉的大嫂胡迪菁都是那種「小弄堂裏的精英」。他們的觀念意識與
這座公館裏的大小姐們是有天然之別的，既有羨慕、往上爬的心態，也時時
暗含著嫉恨的情緒。兩者之間的社會位置，分明是含著等級秩序的，因此便
有了一種「對照」性的觀察視角。剛才趙志國走進張家的一幕，正是由此延
伸而出的「對照」眼光；而趙志國在亭子間給大家講車間裏的粗俗笑話，一
下子讓胡迪菁意識到她與趙是同一類人。她從笑話裏依稀看到了自己過去生
活的影子：

> 大嫂嫂胡迪菁被打動了心，她不由回想起她的少女時代。那時
> 候，她是一個中學生，提著花布的書包，穿陰丹士林藍旗袍。她們
> 上課前就約好了，下課後去看電影。她們還買來赫本、費雯麗的照
> 片，夾在書本裏。她們正是那種做夢的年紀，好萊塢電影爲她們提
> 供了最好的摹本。……明星生涯在她們看來猶如天上人間。……胡
> 迪菁她有時回娘家，走在彎彎曲曲的弄堂，過街樓上的濕衣衫滴下
> 冰涼的水珠。胡迪菁忽然會有一種夢醒時分的悲哀。她想：人生多
> 麼像一場夢啊！……趙志國的笑話她都明白，心裏暗暗驚訝，他看

〔註 28〕王安憶：《死生契闊，與子相悅》，《尋找上海》，上海：學林出版社，2001 年，
　　　第 36～61 頁。

上去像一個大少爺，骨子裏卻原來是個下等人啊！她為張思葉委
屈，又有點稱心如意的快感。憑她的聰慧和敏感，她一進張家便覺
察到了張思葉對她的鄙夷。她想，尊貴的張思葉最終也不過如此。
〔註29〕

王安憶仍不滿足，她不僅將張思葉這家「大弄堂裏的精英」與趙志國、胡迪
菁這種「小弄堂裏的精英」做明確區分，還把這改寫後的敘述通過階層區分
進一步放大和強化了。大嫂迪菁身處這種優渥的生活環境，在一般人眼裏，
擁有了尊貴的公館長媳的身份。但一旦碰上趙志國，仍然能喚醒她原有的社
會身份，而且是非常具體細緻的感覺，所以這公館生活又像是在夢中。不過，
我們需要注意王安憶還寫到胡迪菁這種處境的尷尬：一個是她常常在這個家
庭面前，比如在小姑子張思葉面前遭遇的鄙夷感，經常品味到一種無法言傳
的屈辱感；另一個點是在驚魂未定的趙志國面前，她則有先來後到的優越意
識，是自覺是大家庭長媳的那種尊貴身份。所以，她很容易從趙志國的驚慌
中捕捉到這家人發現不了的「小弄堂精英」的氣息，看到他的漏洞和笑話。
這使她既能與趙志國打成一片，也能夠保持著距離。這種貓捉老鼠的人際關
係的遊戲性，恰恰成為這篇小說的戲劇性中心，是最好看的片段之一。否則，
「亭子間聚會」將是寡然無味的，而讀者對這座公館在大時代中的落敗和狼
狽，也就觀察不到了。

　　不同於趙志國胡迪菁在公館裏的明爭暗鬥，《妹頭》中的妹頭是在弄堂世
界獨來獨往、毫無阻攔的。這是她的世界。弄堂街景因為她的存在，而煥發
出濃鬱的市井氣息，當然也是上海人日常生活的氣息。妹頭個性很強，精明
能幹，善於跟人打交道，幹什麼都不輸給別人，包括交女友、吃零食、穿衣
服、排隊買油條，處處爭先，當然也吃過一些苦頭。她即使要強，階層背景
還是限制了她，比如最終只能去工廠做工，交男友也不會高出這個階層多少。
柴米油鹽醬醋，就是她的人生，是她命中注定的人生。作品對她要強性格的
塑造，一個典型例子的是早晨排隊賣油條的描寫。她認識後來的丈夫小白，
也是在油條攤上。星期天那天早上，小白去買油條，油條在這一帶弄堂是最
熱門的。剛去時，油鍋前已經排了一長一短兩個隊伍。他先排短隊買了籌子，
接著又去排長隊領油條。正等得不耐煩，出現一點麻木狀態的時候，隊伍裏

〔註29〕王安憶：《香港的情與愛》，王安憶自選集之三（中篇小說卷），北京：作家出
　　　　版社，1996 年版，第 431 頁。

有一個人，很靈巧地一轉身，從他手裏奪去籌子。這人就是妹頭。妹頭拿過他的籌子，也不看他，若無其事地繼續排隊。當妹頭身後的兩人發現她的加塞勾當，正要發作時，只見她手腳利落地迅速買了兩人的油條，轉身就走了。小白當然也跟了過去，妹頭手裏有一份是幫他買的。在這個片斷中，小白既是人物，也是小說的敘述者。他是在幫助讀者來評價妹頭的精明，分析這種精明：「可是妹頭，手腳那麼利落，沒有人看見這一瞬間她做什麼勾當。他不敢站在那裡，慢慢地裝作去要排隊的樣子，踅到隊伍後面，在一棵行道樹底下站著，心卻激烈地跳蕩著。他認出了這個女生，正是他們班的，平時幾乎沒有注意過的，沒想到，她竟也認得他呢！」〔註30〕

　　這就是妹頭。她不像趙志國和胡迪菁，要跟公館裏的人鬥爭才能在弄堂社會生存。弄堂就是她的世界，彷彿是為她準備的。她如魚得水，在人與事上游刃有餘。看得出來，這是作者對妹頭與弄堂關係的特殊安排，與趙志國胡迪菁明顯不同，也與郁曉秋不同。她逞強是為自己，不像趙志國是與公館逞強，郁曉秋是與周圍人逞強，妹頭逞強就是她存在的形式。正是在這一點上，顯示了妹頭在弄堂社會的獨立性。而寫獨立性，就是王安憶創作《妹頭》這部長篇小說的獨特用心。她深刻揭示了妹頭性格中的獨立性，這種獨立性實際就是弄堂世界自身的完整性。它是由地域文化特質所種植和培育的，對王安憶來說，作家的任務就是根據這種文化特質去發現自己的人物。從這個角度看，王安憶是借用上海弄堂由來已久的歷史品質去寫小弄堂精英的。她的加工改寫意味著是守舊求新，或者說是以舊換新。看起來與眾不同，然而卻是典型的古為今用的小說筆法。

　　但王安憶筆下的小弄堂精英也不盡然是趙志國、胡迪菁和妹頭等性情強悍的類型。很多人都是安分守己的。他們（她們）的「精明」不是與人鬥爭，與環境博弈，而是順應自身的自然條件，比如階層、收入和居住環境等，在一種既定生活空間裏設計和安排自己的生活。它照樣是過得有滋有味的，而且還更加滋潤和自由。《閨中》寫一對普通的母女，母親在區飲食公司做出納，薪金相對微薄。在女兒小時候，能做到一個人的工資兩個人花，不覺得有什麼負擔。生活中也沒有斤斤計較的痕跡，一切都那麼自然和妥帖。在細微處，雖處處計算，家庭的收支也都還恰到好處。她們是精打細算地過好每一天的：比如，母親一開始就把女兒朝淑女的方向打扮，

〔註30〕王安憶：《妹頭》，海口：南海出版公司，2000年，第54、55頁。

留長頭髮，挽起來，用蝴蝶結繫成一個很自然的垂髻的樣子。上身穿織錦緞面裝盤鈕的駱駝毛棉襖，外人一看很簇新，其實這是用母親裁下的零頭料做成的。下身是母親穿舊的舍味呢西褲，經過掉頭翻身改製成長褲，再將褲口收緊，蓋一點黑牛皮，就儼然是剛從商店裏新購買的了。等她長到十三四歲光景，身材和母親一樣高，就有了更巧妙的節省辦法。例如，母女倆一同上綢布店剪衣料，七算八算，買回來套裁，即省去了不少。再看她們十二三平米的房間，應該是很局促的。但在上海六七十年代，兩人平均六平米，也算還過得去。即使這樣，母女倆並不感到沮喪，矮別人半截，照樣歡喜自在地過日子。這間房子看上去，牆皮斑駁脫落，門和窗都腐朽得有點散架的意思。然而卻被經營成一個生趣盎然的小天地：先看兩人睡的床。床是雙人床，四尺半寬。兩人都是小巧的個子，占不了多少地方。由於用得簡省，這幾十年來，連棕繃都沒有鬆。在她記憶裏，大概只有一兩次，母親喊來一個從門前過去的修棕繃的鄉下人，上來添了幾根棕繩，略緊了緊。床罩原先是那種泡泡紗，紅藍黃條紋的，後來換成白府綢底的。這家人的歲月好像沒有向前走，而是倒回去，或總是一成不變的樣子。因定期給家具打蠟，這套花梨木家什還跟新的一樣，散發著幽暗的光亮。由於要跟上時代的步伐，她們也會在五斗櫥上蓋上一副鏤花紗巾。再在牆角安排放一個電冰箱，在把手上套一個豆綠色、紅莓花的布飾，這樣就讓女人氣的房間，又添了一股閨閣風。經過一番精細的刻畫，王安憶感歎地寫道：生活，就像溫和的水流一樣，從她們身上滑過過了，所有的帶有衝擊力的漩渦、暗流都繞開她們。母女倆做完事情，比如吃過晚飯，收拾過碗筷，就坐下來一集一集地看電視劇。也歎息，也流淚，可終歸是隔岸觀火。她們的生活，始終那般節制，消耗極少，所以也就沒有什麼損缺。

《閨中》母女的人生觀，不同於趙志國和胡迪菁，也有別於妹頭。她們對人對社會沒有怨氣，也不羨慕別人物質生活的豐裕，當然更不像妹頭要處處與人攀比，一定要做一個弄堂裏的弄潮兒。這對母女，更像是千百萬個上海普通人的縮影，她們腳踏實地的生活觀，反映的是這座大都市最深厚的文化沉澱，即使在經歷兩百年風雨的沖刷，也不會變更它最本質的地域特色。許紀霖、羅崗對這種上海弄堂性格做過理性分析，認為這與上海文化的重要組成部分「江浙文化」——或說是與城市文化傳統中的「江南」有直接的關聯：

　　　　海派文化繁根於日常生活之中，海派是世俗的，也是務實的。
上海人像英國人一樣，不喜歡高談闊論，不喜好抽象的理念教條，
他們從生活中來，更相信經驗，相信日常生活昇華出來的理性。上
海人永遠做的比說得多，信奉的是拿實實在在的「貨色」出來，而
不是在話語上搶得優勢。上海人是實在的，靠得住的，他們不輕易
許諾，一旦許諾，會認真地去兌現。……上海不是一個走偏鋒的城
市，上海時尚，但不前衛；上海叛逆，又不偏激。上海城市精神的
中庸性格和中道哲學，淘洗了那些偏激的傳統，留下了中間的市民
文化和小資文化，市民階級是務實的，小資文化是浪漫的，而這兩
種城市精神在上海又沒有絕對的界限，在最典型的上海人之中，務
實與浪漫，兼而有之，相得益彰。〔註31〕

讓・波德里亞認為「消費文化」是一種最成熟的城市文化的特徵。在消費文
化歷史基礎上培育的是人們的理性精神，實實在在的生活態度，不好高騖遠、
腳踏實地的人生的理念。「這是一種決定消費的神奇的思想，是一種決定日常
生活的奇蹟心態」。〔註32〕小說中母女生活中的社會動盪，於是就這樣被作品
屏蔽掉了。這是王安憶有意的過濾，她無意把它們寫成一種「社會問題小說」。
而對於趙志國、胡迪菁和妹頭來說，她是把他們作為「藝術典型」來塑造的，
因此便有潛在的誇張，更傾向於那種藝術的渲染。對這部作品的母女，則使
用了相對平易的敘述風格，是貼著她們生活的邏輯，貼著這座城市的精神來
描寫的。而在我看來，王安憶似乎更傾心於這種人物類型。因為無論寫人還
是敘述故事要做到平易，這是創作的難度，是在考驗作者的敘述功底。作品
組織豐沛的生活細節，還要敘述母女日常生活的點滴，它對藝術想像難度和
技巧的要求就會非常高。

　　如果說，《「文革」軼事》和《妹頭》運用了小說的戲劇性手段，那麼《閨
中》則放棄了這種戲劇性的書寫。因為弄堂精彩紛呈的生活毋須過度渲染，
王安憶有時候也追求平淡敘述的小說境界。她會根據不同人物，在敘述上採
用有差別的方法。

〔註31〕　許紀霖、羅崗：《城市的記憶——上海文化的多元歷史傳統》，上海：上海書
　　　　　店出版社，2011 年，第 25 頁。
〔註32〕　（法國）讓・波德里亞：《消費社會》，劉成富等譯，南京：南京大學出版社，
　　　　　2001 年，第 9 頁。

2.2.4　小弄堂精英身上的「地域性」

我們說弄堂經驗建構了王安憶小說的「地域性」特徵，指的是由人們弄堂階層差異中產生的「居住意識形態」，才是最隱蔽的這種地域性特徵之深化。上海這地方，一向有以居住地域來看人，把人分為三六九等的根深蒂固的地方觀念意識。甚至在什麼街區吃飯，在哪裏跑堂服務，都被看作象徵著不同的身份。在九十年代一度熱銷的關於上海的通俗讀物中，這種仔細入微的比較鑒別是很常見的。一本書寫道：八十年代在上海紅房子西餐館當跑堂的，都是些見多識廣的人，他們見過許多上海來這裡吃西餐的各種高級人物。有的有根底的大戶人家的後裔，到這裡來，都很莊嚴地對待這頓飯。因為由此可以享受一點舊生活的方式，並獲得甄別同類的差異感，優越感。因為一坐下去，就是 250 元，還要加 15%的服務費，如果昂貴的消費水平，這在改革開放之初的上海，都會讓一般人吃驚得跳起來──但還是看到這裡絡繹不絕的人流和傳說。目光銳利的跑堂的人一定能注意到，這些客人多半都來自淮海中路、衡山路，至少也是不遠的街區。因為這些人都會將餐巾──正確地鋪在自己的腿上，接著，一個一個地，比較嫻熟地在菜單上點出自己要吃的東西。例如紅房子的看家菜：烙蛤蜊，紅酒雞，紅燴小牛肉，牛尾湯，以及火燒冰激凌等。作者還發現，儘管這些人身上有風雨飄搖的痕跡，但比一般客人耐看。〔註33〕

在前面多次提到的隨筆《搬家》中，也可以看到王安憶在「搬家史」中對不同地段之間差異的敘述。比如，作家說到淮海中路最早居住的弄堂公寓，對室內景觀用的是「鋼窗蠟地」的措辭，而描寫後來搬遷的愚園路弄堂，則變成「是一條很大的弄堂」的說法了。再待她結婚從愚園路往西搬家的那個弄堂，口氣中鄙夷已經比較明顯。例如，弄堂兩邊都是「自家的私房」，「有的是矮矮的平房」，來往的大卡車把路面壓得「坑坑窪窪」等描述，也可以看出這位作家情不自禁的沮喪的心情：「兩次搬家，一次比一次遠地離開了市中心，一次比一次近地伸向了城市的邊緣。離開住熟慣了的市中心，未免有點遺憾。」但她馬上安慰自己道：「在那邊緣的地方管我們這裡叫『上海』，似乎他們並不是在上海。不過想想也沒什麼奇怪，上海本是由一塊不是上海的

〔註33〕陳丹燕：《永不拓寬的街道》，南京：南京大學出版社，2014 年，第 65〜67 頁。

地方變作的。」〔註34〕而在《長恨歌》「流言」這一節，上海人以地段劃分身份的固有觀念更是暴露無遺：「西區高尚的公寓弄堂裏，這空氣也是高朗的，比較爽身，比較明徹，就像秋日的天，天高雲淡的」，而「再下些的新式弄堂裏，這空氣便要混濁一些，也要波動一些，就像風一樣，吹來吹去；更低一籌的石窟門老實弄堂裏的是非空氣，就又不是風了，而是回潮天裏的水汽，四處可見污跡的；到了棚戶的老弄，就是大霧天裏的霧，不是霧開日出的霧」，「五步開外就不見人的。」雖說作為作家的王安憶，遠要比一般上海市民擁有超越性眼光和胸懷，但我們也應指出，她還是未能免俗的普通上海人，「地段」、「居住環境」在她心目中，固執地佔據著重要的地位，這就遑論一般和普通的上海市民了。

也就是說，在上海，「市中心」／「邊緣」、「淮海中路」／普通弄堂，是一種社會身份的顯示。這可能不是政治身份的鑒定標準，卻明顯是都市身份的鑒定。狹窄擁擠的居住空間，早已經稀釋了政治身份的存在基礎，而把以市場經濟意識形態為核心的都市觀念，在上海建構現代化都市的一兩百年間，滲透到社會的每一個角落。各個街區、地段和階層之間涇渭分明，井水不犯河水，社會大眾都遵守這種規矩，形成了中國城市最為成熟自律的一種都市意識。因此，上海人的都市認同，也可以稱之為階層身份認同。在這個意義上，我們進一步認識到了上海的「地域性」特徵，理解了王安憶的小說創作。

正因如此，胡迪菁與趙志國在公館形成了某種「聯盟」關係。他們在「亭子間派對」的調情和默契感，是這聯盟一張無形的契約。與這家人的大小成員都天真懵懂缺少世故精明相比，胡趙的世故練達自然與他們所居「更低一籌」的弄堂有關。張思葉去安徽後，亭子間的派對便開始了。剛開始，趙志國總擔心會說錯話，胡迪菁明知他說錯也不馬上糾正，事情過後，再漫不經心地重新說一遍。對此，趙志國是充滿感激、但同時又有點惱怒的，感激在於她沒讓他當眾出醜，惱怒則是居然被她窺出了破綻。但當趙志國產生一種失敗的心情時，胡迪菁立即又做出讓步，給他留下足夠的存在空間。他們經常為一些雞毛蒜皮的瑣事各執一詞：例如吃西餐最後喝湯，是將湯盆向外還是向內傾斜的問題；比如襯衣袖口，是要比西裝袖子長出半寸還是四分的問

〔註34〕王安憶：《搬家》，《空間在時間裏流淌》，北京：新星出版社，2012 年。

題；又比如嘉寶是瑞典人，英格里・褒曼是丹麥人，還是嘉寶是丹麥人，褒曼是瑞典人，或者嘉寶和褒曼都是瑞典人的問題。他們確實有過一番勾心鬥角，也不排除彼此的相互嫉妒。每當念及各自在這家的處境，念及張思葉對胡迪菁，張思蕊對趙志國，明裏暗裏的歧視，兩個聰明人便自我說服，迅速走到一起。他們想到的是，如想在這冷漠公館裏生存，必須相互抱團取暖，一致對外。第一個高潮，是兩人在亭子間當眾跳起了交誼舞。在寂寞灰色的年代，社會上正常的娛樂活動已被禁止，這就使退回到上海家庭的各種「地下舞廳」死灰復燃：「這一日，不知由誰起頭，說起了交誼舞，這是個新題目，大家的情緒為之一振。胡迪菁和趙志國就像比賽接口令似的，一人一個地報出各種舞名：探戈、倫巴、勃魯斯、華爾茲，直聽得大妹小妹口瞪目呆，心曠神怡。單是這舞曲的名字聽起來就已是那樣羅曼蒂克，又恍若隔世。趙志國忽然站起身，將桌子往牆邊一推，說，大嫂嫂，我請你跳個舞。他屈膝做了個很紳士的姿態。胡迪菁有些吃驚，卻立刻站了起來，將手搭在他的肩上。這時，大妹小妹便瘋狂般大笑起來。趙志國嘴裏哼著舞曲，腳下走著舞步。地方狹小，他們就只能原地走步。他們的腳雖然沒有大動作，可他們的肩、背、腰，整個身體卻流露出微妙的動感和韻律。他們一上來就配合默契，看上去絲絲入扣。大妹小妹止住笑，臉上浮現出驚異和羨慕的表情。張思蕊漸漸不自在起來，她沉著臉說，不要得意忘形，叫人家看見大家倒楣。他們這才停下來，胡迪菁微紅了臉，說她原以為全部忘光了，豈不知一動起來都回來了。『什麼都回來了』……」。

王安憶自然知道，要加工改寫這弄堂，就離不開趙志國這個在公館女人群中突然出現的「賈寶玉」。她不熟悉這種人物，所以得充分調動小說的藝術虛構能力。讀者注意到，她在這個人物的性格層次上投入了很大的工夫。說作者對這個形象近於精雕細刻，也比較符合事實。先看趙志國在那個時代精於計算的生存能力。他長得高大英俊，但出身卑微，是棚戶區人家的子弟，一個青年工人。在張思葉的大學做工宣隊員時，認識了這位公館大小姐。照理說他不會喜歡上這個相貌平平的女學生的。可張思葉想借趙志國畢業時留在上海，而趙志國則借這段姻緣攀附社會上層的心理，即在這個荒廢年代裏相得益彰。好在婚後兩人感情不錯，也算是這種巨大差異婚戀中的萬幸。張思葉分配至安徽軍用農場勞動後，彷彿變成女兒國的張公館，便顯示出趙志國的性別優勢來。最初他還是小心翼翼的，先是極

力討好張思蕊、大妹和小妹，對胡迪菁防範，也有團結利用。再看他與二小姐張思蕊的糾纏。這個17歲的中學生性格驕橫，且嫉妒心強。她看趙志國與胡迪菁眉來眼去，便愚蠢地破壞，也不給他們面子。然而等她漸漸對趙志國生出非分之想的時候，趙志國卻能守住應有本分，既不得罪這位二小姐，又在她畢業分配時伸出援助之手，反顯出棚戶區子弟的樸素與溫暖來。王安憶知道，要想深刻表現弄堂階層差異中的「居住意識形態」，揭示上海弄堂深處這個最為隱蔽的地域性，就應先利用小說的敘述手段分出人物的性格層次來。因為人物性格是否豐滿並富有層次感，才是實現這一目的之基礎。通過細讀作品可以看到，在小說中，胡迪菁、張思蕊和張思葉，是揭示趙志國不同性格層次的三個人物。在胡迪菁面前，趙志國是精明狡猾的，有著非同一般的頑強的生存適應能力；在張思蕊面前，他則是淳樸、溫暖和遵守倫理規則的；而在張思葉面前，他既有世故精明的一面，同時又有作為男人和丈夫的那種出自本能的保護意識。不能不承認，他對張思葉這位公館大小姐的感情是認真負責的。在小說第六節，作品對趙志國去安徽農場看張思葉的描寫，以十分飽滿的筆墨和精細刻畫，展現了這個人物性格世界中這個最為結實和豐富的部分。這個上海青年工人的心靈此時已被強烈的感懷同情充滿：他在張思葉農場的夜間緊急集合的一幕中，領略了這個大時代很多人不應該經受的苦難感。跟隨著這支大學生的隊伍，他才知道張思葉和她的同齡人是不容易的：「不知多少時間過去，簡直一整夜都已經過去，前面的方陣突然刷地升起，好像平地而出。屏幕暗了，樂曲停了，卻聽口令聲響起。方陣開始變化形狀，走成數人一排的隊伍。趙志國趕緊站起來，腳已經麻了。他一拐一拐走著，隊伍小跑著從他身邊過去，他的腳恢復了直覺，卻酸痛得支持不住，他扭歪著臉走在隊伍的旁邊。許多陌生的臉從他面前過去，還有些熟悉的臉也從他面前過去。他忽然想哭，心被什麼打擊著似地發痛。他想，這真是一個悲慘的夜晚，這一個夜晚真是慘得沒法說。」與上海那座寂寞而置身於動亂年代之外的張公館相比，趙志國意識到，這農場與人間地獄是沒有區別的。在小說結尾，作者又像她很多作品所處理的那樣，讓趙志國的道德水平再次退回到他那個破陋的棚戶弄堂裏去，不過，他與張思葉脆弱的婚姻關係卻最終維持住了。王安憶總是有本事用一種折衷的辦法，讓她筆下人物的命運不至於那麼慘烈和充滿了匪夷所思的戲劇性。趙志國又是一個例子。

然而小弄堂精英身上的「地域性」，不只是趙志國這一條路子。它有自身五光十色和豐富的內涵。《好婆和李同志》中的好婆，就是一個典型。在她固執的人生觀念中，「上海人」／「外地人」儼然是兩個不同的人種。在與李同志這個「南下幹部」家庭的對照中，她隱隱感覺到了自己作為「上海人」的優越感。小說使用了一種比較性的敘述視角，展現樓上樓下「上海人」與「外地人」生活中的種種差異，而它的敘述者，就是好婆本人。作品用的是近乎諷刺的筆調：「自從李同志搬來樓下之後，樓上的好婆的生活便有了內容。每天早上，她收拾了房間，將買來的菜蔬整理一番，就下到李同志家門口去望一望。」這成為老上海好婆生活最有趣的內容。她對李同志的一舉一動都充滿好奇，也是關注的。她瞭解到，李同志是一個長相甜美的年輕女人，老家在膠東，跟父兄參加新四軍，在文工團唱歌、演劇、打腰鼓，然後跟著大軍來到上海，轉業到一個歌劇院當歌唱演員。李同志愛穿一身灰色的雙排扣列寧裝，褲襠很肥大，寬寬的褲腳一直蓋到腳上，走起路來一蕩一蕩的，不過腰身相當好看。在飯桌上，好婆就把它當笑料說給女兒和女婿，比如沒有換洗的床單，還推測李同志出生在山東一個貧窮的鄉村，然後才會到軍隊去打仗。她還注意到，當李同志夫婦與軍隊戰友在樓上聚餐時，喜歡吃大蒜，「他們幾乎頓頓少不了大蒜，無論吃什麼飯菜，都需要幾瓣生蒜佐食，其他所有的甜酸無味就都不復存在了。」李同志夫婦還是軍隊作風，工資雖不少，但不注意存錢和用度。發工資就風掃殘雲地花，花光了事。好婆通過李同志家裏娘姨說服她。結果，李同志終於積攢了錢，買了一臺縫紉機。縫紉機雖然買了，卻不知道如何做。一個星期天的下午，李同志練習縫製一條被裏，她將買來的布對齊，正中裁開，然後再對縫起來。可是對得正好的兩塊布，當機器踏到頭的時候，發現卻不一般長短了，相差有二寸多。正苦惱著，好婆就下樓來幫助解決了問題。隨著李同志的歌唱表演通過上海電臺播出後，她的名氣越來越大了，有了點明星派頭。每逢演出有轎車接送，平時就不太在弄堂裏露面了。這又使好婆心生妒忌。一日，好婆在樓上窗口看到黑色轎車駛出弄堂，沉默很久，忽然又笑了。下班剛進門的女兒問她笑什麼，她才慢慢說：方才見「下面」的出門，穿了西裝，樣樣都好，只可惜腳上那雙玻璃絲襪大概穿得匆忙，後跟的縫沒有對齊，歪到一邊去了。

王安憶借助好婆的上海人視角，講述了軍轉幹部李同志頗有特色的生活。作品是在暗示，這個視角裏有上海人的好心腸，也有他們的局促與狹隘。上海傳統的市民，其實都是很俗氣的。這種俗氣也是上海「地域性」的一部

分。並不盡然都像許紀霖、羅崗說得那麼好：「他們從生活中來，更相信經驗，相信日常生活昇華出來的理性。上海人永遠做的比說得多，信奉的是拿實實在在的「貨色」出來，而不是在話語上搶得優勢。」〔註35〕讀者已經注意到，好婆看到以前不如自己的李同志，居然乘著黑色小轎車在弄堂進出的時候，心理就不平衡了，一定要在對方身上找出一些不如自己的破綻來。結果，那雙後跟沒對齊的「玻璃絲襪」，就被她一雙敏銳的眼睛捕捉到了。正如我已經指出的那樣，上海人是習慣在居住地段、穿著飲食和舉手投足上將人化爲三六九等的。一個與生俱來的「社會階層意識」，成爲他們看世界的一個特殊視角，這是很流行的社會評價標準。趙志國看到自己不如這公館的女人們，就想辦法跟她們暗暗較勁，想與她們看齊。好婆意識到李同志的「鄉下人」、「山東人」身份時，心裏不免會有優越感。然而，當李同志在上海這座城市的地位逐漸穩固，已明顯超越這個弄堂大部分上海人的時候，好婆的妒忌心便愈發強烈和不可收拾了。換言之，王安憶對上海「地域性」的認識，是融匯了自己的切身體驗的。然而作爲一個作家，她又非常注意在表現這種地域性時，保持自己對藝術對象的超越性，以及一個敘述者的距離感。

綜上所述，王安憶的藝術加工改寫是能工巧匠般的，是充滿上海鮮明地域特色的，更符合人物性格特點及人物與周邊環境的關係邏輯，充分調動了她自己豐富生活經驗的積累。正如她在前面所說，在小說推進當中，應該設計一個「邏輯性的情節」，這種邏輯性情節應該是對作家生活經驗進一步地加工、提煉和提升。因此，如果沒有爲趙志國這個小人物設計一個符合他性格特點的「邏輯性的情節」，即與張公館媳婦和女兒們的關係的對應點，並展現他自己性格的幾個層次，那麼這種藝術加工和改寫能否最後順利完成，也是不能想像的。進一步說，這個「邏輯性的情節」，就像斯塔爾夫人所概括的是一種「社會制度與文學的關係」：「在政治制度合乎理性的國家，應該嘲笑的東西就是應該蔑視的東西。應該對道貌岸然的惡行、對含蓄謹慎的惡行、對巧妙老練的惡行，都一律報之以辛辣的嘲諷。這是對罪惡的淵藪的唯一懲罰」，這是因爲，「戲劇是崇高的生活，可是它應該是生活。」〔註36〕

〔註35〕　許紀霖、羅崗：《城市的記憶——上海文化的多元歷史傳統》，上海書店出版社 2011 年版，第 25 頁。

〔註36〕　（法）斯塔爾夫人：《從社會制度與文學的關係論文學》，徐繼曾譯。伍蠡甫、胡經之主編：《西方文藝理論名著選編》（中卷），北京大學出版社 1986 年版，第 26、30 頁。

第三節　出現在弄堂裏的兒女們

經過王安憶藝術加工改寫的弄堂人物，出現了這四類形象：一是西區高尚弄堂公寓人物；二是新式里弄人物；三是棚戶弄堂人物；第四類則是外省來滬農民。今天看來，這種劃分就小說寫作而言是卓有成效的。但這種劃分也需要在比較分析中才能夠看到。因為上海歷來人多地少，自建城以來人與屋的尖銳矛盾就一直存在，所以社區、地段不僅是物理意義上的，更是人生感受意義上的，人們對居住空間的爭奪、妥協和重組，即是這座城市地域文化最為重要的一個部分。否則，1982 年王安憶的小說《本次列車終點》一問世就引起了轟動，表面上看是它深刻觸及了「知青返城」這個歷史命題，而實際上，是上海城市居住尖銳矛盾之歷史深化在某一時間點上的總爆發而已。

2.3.1　弄堂的社會階層

上海百分之八十的建築物是弄堂。「上海是弄堂包圍大街的城市。」李歐梵在文章中將弄堂世界視為上海人「內在的世界」、「家庭的世界」，是和「中國人家的感覺、歸宿的感覺聯在一起的」。〔註37〕在這個意義上，弄堂作為上海人特殊的生存空間，映現著這座大都市最突出的地域特色，揭示出這裡人物思想和生活觀念的地域屬性。窺探不同的弄堂，就等於分析了不同的社會階層和家庭的細胞。如果說《雨，沙沙沙》中雯雯、《流逝》中歐陽端麗和《本次列車終點》中陳信等人身上的大時代痕跡，更多的是社會歷史激烈衝突的產物；王安憶九十年代小說中的弄堂人物，則來自日常生活的敘事，他們的庸常故事表徵著傳統社會的回歸。在她文學轉型後的作品中，社會歷史衝突似乎成為很遙遠的風景，反而是日常生活邏輯與弄堂人物的命運緊密相連，例如「命運無常」、「善惡報倫理」和「投胎效應」等等。

在一些研究者看來，上海弄堂世界之所以會出現不同的社會階層，這是由近代以來的多次移民潮及移民文化所決定的：「開埠以後，從本地人的上海，演變為中國的上海，世界的上海。成千上萬的外來移民來到黃埔江畔，實現自己的人生夢想，試圖改變命運。絕大多數的上海人，祖籍來自江浙、安徽、江西、福建、廣東以及北方，這些新移民形成了新上海人。新上海人

〔註37〕李歐梵：《重繪上海的心理地圖——在華東師大的講演》，《開放時代》2002年第 5 期。

一開始還是支流，很快便成為了主流。原來的上海人不再被認為是上海人，而被稱之為本地人。」〔註38〕從這個角度看，王安憶可以說是為後世繪製了一幅數十年上海社會的「清明上河圖」，這幾類弄堂人物即是這幅圖畫中一群群活生生的演員。

2.3.2　作品中的四類人物

王安憶在《長恨歌》「弄堂」部分描繪了第一類人物的生存環境，作者將「西區高尚公寓弄堂」稱作「石窟門弄堂」：「那種石窟門弄堂是上海弄堂裏最有權勢之氣的一種，它們帶有一些深宅大院的遺傳，有一副官邸的臉面，它們將森嚴壁壘全做在一扇門和一堵牆上。一旦開進門去，院子是淺的，客堂也是淺的，三步兩步便走穿過去，一道木樓梯在了頭頂。木樓梯是不打彎的，直抵樓上的閨閣，那二樓的臨了街的窗戶便流露出了風情。」在「上隻角」，這個上海人心目中的上流社會地段，這種獨門獨戶與普通弄堂相隔絕的闊綽環境，容易滋生出大戶人家子女的冷傲自持來，在新時代儘管成了破落戶，關起大門來仍然是自成一統的。這種秩序不會因社會劇變而改變。在《「文革」軼事》裏，17 歲的二小姐張思蕊對工人姐夫趙志國的態度，即可見出一斑。有一晚，趙志國在廚房一邊拔鬍子，一邊等壺裏水燒開，下唇使勁包著牙齒，模樣有點古怪：「張思蕊忽然湧起一股厭惡的心情，她想，這個趙志國就像是另一個趙志國了。可她還是推門進去，倒把趙志國嚇了一跳，但立即鎮定下來，臉也恢復了原狀。他微笑道，這麼晚還沒睡？心裏卻盼著水快開了好趁早脫身。」張思蕊不回答，卻偏偏要提市民出身的大嫂嫂剛才說的故事。「一個富家小姐和下等人好，話說到這裡，心裏不由一緊，才覺得張思蕊並非沒話找話，而是大有道理。」生悶氣的趙志國一夜沒睡好，他躺在床上，「在心裏冷笑著想：這個世界不革命真是不行的。想到革命他又不禁黯然神傷。他發現這世界怎麼樣都沒有他趙志國的一個位置。」小說是在說，作為大學工宣隊成員的趙志國，是因偶然的機會娶到這所學校的女學生張思葉，才投機到這個石窟門弄堂的。「文革」爆發，這家資本家老爺和大兒子進了學習班，公館實際變成了非常不堪的破落戶，然而它「森嚴壁壘」的等級秩序卻沒絲毫改變。張思蕊之所以敢對趙志國使橫，正是以這種等級秩序做後盾

〔註38〕許紀霖、羅崗：《城市的記憶——上海文化的多元歷史傳統》，上海：上海書店出版社，2011 年，第 6 頁。

的。就是說，「文革」雖然在大道理上打倒了張公館的資本家及其兒女們，但是在這個封閉的小環境裏，趙志國們仍然在被這種傳統的權力所壓制，所鄙夷。隱藏在上海這座都市深處的弄堂公館，依然在堅守著「傳統社會」而非「革命社會」的習慣力量和秩序。二小姐的無意識行為，大概就是傳統上海針對革命上海的最無聲和最激烈的反抗罷。換句話說，王安憶並不真正熟悉「石窟門弄堂」裏的生活情形，她往往對裏面景觀、建築、飲食和人們行為舉止採取一種虛擬模糊化的處理，以此來遮掩她的短處和缺點。但她對這種破落戶家庭內外生活邏輯的推演和分析，恰恰又是非常犀利準確的。包括她還使用了某種譏諷的手法和技巧，讓這種推演和分析更加立體化。這都要依賴一個傑出作家的非凡的藝術想像力。正是這種藝術想像力，才能夠讓讀者在一個非同尋常的年代，走進「石窟門弄堂」的世界裏來，對石窟門弄堂兒女們的思想觀念及命運悲歡有了更透徹的瞭解。

在此我們想進一步指出，在這篇小說中，作者不僅不熟悉公館裏面的物質性的東西，事實上也並不熟悉那些兒女們的思想行為。所以，她對這種弄堂人家主人公（大弄堂裏的精英）的正面描寫，是通過「側寫」——也即是通過趙志國和胡迪菁這種「小弄堂裏的精英」的視角來實現的。我們看到，在張思葉到安徽軍用農場鍛鍊，張思蕊到吉林插隊後，胡迪菁雖身為公館的大媳婦，卻仍覺得自己還是一個洗衣做飯的「下等人」，類似這種家庭的保姆和娘姨。「她既不像張思葉生活在夢裏，也不像張思蕊會去犧牲自己創造幻夢，她是要創造現實的人。」「她的正餐是不折不扣的現實。」她即使做夢也不是為了逃避現實，而是為培養迎接現實的韌勁和勇氣。恰恰在這一點上，胡迪菁不像公館大小姐和二小姐的那樣脆弱，她身上充滿了「小弄堂精英」的堅韌和爆發力。

王安憶雖是上海人，卻不熟悉這種石窟門弄堂，尤其是那些幽深神秘的舊式公館裏的生活。她早期中篇小說《流逝》裏的歐陽端麗，就是這種吃政府利息的資本家的兒媳。不過，即使她將筆伸向這個陌生世界，歐陽端麗家裏的家具布置、吃穿飲用等生活細節，也都被匆匆帶過，這與人們熟悉的《紅樓夢》、《金鎖記》等描寫貴族生活的小說形成了鮮明對照。也可能是這層原因，作家之後很多年都沒再嘗試過創作這一類題材。但九十年代王安憶重返並紮根上海，這塊領地難免會重新燃起創作的火焰，前面提到的《長恨歌》、《「文革」軼事》就是典型的例子。在通讀王安憶作品過程中，筆者偶然發現

她以描寫知青探親旅途爲底色的中篇小說《51／52列車》，實際記錄了石庫門弄堂人家的生活片斷。不過，她將它轉移到從北方返回上海的列車上。在一一敘述了插隊知青、隨軍的小學教師、普通旅客等人物之後，小說的鏡頭，最後停留在一對中途上車、年齡大約四十歲上下的夫婦身上。與《「文革」軼事》裏頤指氣使的二小姐張思蕊不同，這對夫婦身上殘存著那時代的痕跡，也知道世事艱難。所以，他們一上車，作者就認出了上海「上隻角」的氣息和特殊身份，但夫婦倆不想站在列車普羅大眾的對立面。然而，他們的做派和衣著，依舊彰顯出公館生活的濃厚印記。只見他們穿著體面，不是那種身份的體面，而是講究而保守的風格。他們身上的中式棉襖，是駝毛或者絲綿的膽，明顯出自精作的裁縫的手。那女的，應當是很漂亮，一雙眉毛如同修過，鼻樑挺而直，嘴唇薄削。她有一種特殊的女人味，卻是舊式的，與列車上革命時代的粗糲風格截然不同。筆走至此，作者不由得暗中發出某種感歎。七十年代中期，這條鐵路上經常見到的通常是到全國各地插隊的上海知青，這個女人早過了出門遠行的年齡。離開上海「上隻角」地區，這種人物很少能在陌生的列車上看到。因此，這就不免再令王安憶產生好奇。她精細地寫道，車行駛了一段時間後，發現那女人指派男人拿這拿那。比如，將已安置後的行李再拖下來，打開，取出一件略薄的夾襖，換下身上的駝毛棉襖，但脫下的棉襖並不收好，而是鋪在膝蓋，護著一雙腿。這個不經意的動作，就與火車上大多數人的粗枝大葉明顯不同。筆者不知王安憶爲什麼要這樣處理，她究竟是要彌補當年描寫歐陽端麗生活細節的遺憾，還是不知覺地流露出對「上隻角」人家的羨慕心緒，一時還難看出頭緒。

王安憶對「新式里弄」生活的描寫，明顯帶有「自傳體」成分。這是她最熟悉的人與事，因此自傳體式的寫作風格便情不自禁地流露了出來。最明顯的是《憂傷的年代》和《冬天的聚會》這兩篇小說。在《憂傷的年代》一開局，筆者就注意到了作者在描寫自己生活故事時所流露的優越感：

> 這個電影院的名字叫「國泰」，在我們所居住的街道的西邊。在東邊也有一個電影院，叫做「淮海電影院」。這兩個電影院雖然只相距兩條橫馬路，情形卻大不相同，它們各自代表了兩種不同階層的市民生活。「國泰電影院」在 1949 年以前，是一家專放外國原版片的電影院。在那時，它就有冷氣設施。它有著華麗的門廳，大理石鋪地，懸掛著電影明星的裝了鏡框的大照片。走過門廳，上兩級臺

階，便是用紅絲絨穿在金屬立架頂的銅球裏攔起的檢票口。檢票口內還有一個廳，是栗色的打蠟地板，四周是皮沙發。日光照不太進來，就有些幽暗，但就是這種幽暗的情調，使它顯得高貴。來早的人們坐在沙發上，等待著放映廳內亮起燈光，然後拉開紫紅絲絨的簾幕，可以進場了。在這裡，人們總是靜靜的，斂著聲息。而「淮海電影院」就要嘈雜多了，它的門廳很淺，檢票口離馬路一步之遙，看電影時可聽見馬路上的汽車聲和人聲。門廳裏也懸掛著明星的照片，可那照片似有些過時的。沒有冷氣，盛暑時就在檢票口放一筐紙扇，檢了票拾一把進去，出來時再扔回筐裏。紙扇是用顏色俗豔的電影廣告裱糊在竹片上，大都已殘破不全。一場電影從頭至尾，都伴隨著紙扇劃動空氣的沙沙聲，就像蠶吃桑葉的聲音。〔註39〕

《冬天的聚會》還寫到幾位軍人帶著兒女和保姆，到設施完備的招待所洗澡聚會的情景。一天晚上，幾個家庭相約將換洗衣服、毛巾、零食和玩具裝成幾個包，雇了兩輛三輪車，興沖沖往招待所去了。馬路的路面，在路燈的映照下十分光滑。多天的馬路，因為人少，顯得安寧和幽靜。這是新時代中產階級的感覺。因為在棚戶區弄堂，人們只能從老虎灶打來熱水在家裏洗澡，不會有這種享受夜遊風景的怡然自得。招待所所屬的建築群夾在殖民風格的舊建築之間，格外嚴肅，大廳裏是精神抖擻的軍人。這是一個套房，大人在房間中央拼成一個大桌子，擺上吃喝的東西，孩子們在地毯上打滾，爬行，追逐。幾個孩子被捉到洗澡間洗完澡後，按在椅子上讓他們玩牌。大人、保姆分別洗澡後，幾個家庭一邊吃，一邊閒適舒服地聊天。他們雖然住在新式里弄，條件不及西區高尚弄堂公寓優越，卻可以享受體制的好處，身份也明顯高於西區那些逐漸沒落的階級。「我們幾個」伏在窗臺上看夜景時，望到了不遠處的中蘇友好大廈，頂上是一顆紅星，大廈就像童話裏的宮殿，有寬闊的基座，一排羅馬廊柱，噴泉四周由寬大的大理石護欄，巍峨華麗。作品寫道：「有了這座宮殿，四周都變得不平常了，有一股偉大而神奇的氣息籠罩在上空。街道上，靜靜地駛過車輛，在方才說過的，弧度的街面上，燈光聚集的帶子裏行駛，車身發亮。我們感受到靜謐的氣氛」，「心底格外地安寧。」

作者帶著我們回到了五六十年代的上海。腐朽的統治已經結束，新時代的朝氣蓬勃隨處可見，一種百年不遇的城市的安寧也轉移到幾個孩子的內心

〔註39〕王安憶：《隱居的時代》，上海：上海文藝出版社，1999年，第322～323頁。

世界。當然嶄新的等級秩序也在構築，從新式里弄延伸到軍人服務社大樓和附近的中蘇友好大廈。這種階層正在對棚戶弄堂，包括西區高尚弄堂公寓，構成新的壓抑的力量，也不必在這裡隱諱。我們發現，《憂傷的年代》裏兩位軍人女兒因為電影票的爭風吃醋，與一牆之隔的棚戶弄堂簡陋的窘迫歲月相比，顯得多麼地奢侈。敘述者對國泰電影院旁邊淮海電影院的鄙夷和蔑視，這種等級觀念已悄悄在她們幼小的心裏紮下根。與作者描寫外省來滬農民速寫式的短篇小說不同，這些寫新式里弄兒女的作品，人物形象真的格外清晰生動，有某種工筆劃的精細入微。作品裏存儲著作者本人最熟悉的生活記憶，記錄著她的世界觀人生觀，也有她成長中的茫然和迷失。這一份材料，是我們重新理解這些進城幹部及其子弟在這座城市中的位置，找到他們自己的歷史感覺的佐證：「國家幹部身份更為重要的意義在其政治待遇」，與所有國家幹部一樣，從公私合營那天起，在文匯、新民兩家報社取得國家幹部身份的人，可以開始累積自己「參加革命」的「工齡」。自然，作者提醒上海可能從未出現過的這一新變化的原因是：「顯然，具有國家幹部身份的報人所享有的種種待遇均來自國家權力」，執政者正是通過權力運作，進一步凸現管理國家和城市的體制優勢，不斷增強社會普通民眾對這種新格局的認同度和向心力。〔註40〕但《憂傷的年代》裏軍人的兒女們，卻已經開始沾染大都市沉澱深厚的奢侈風習和小資情調了。「這一次，一星期前就收到了電影票。然而，無濟於事，時間帶來的是不安和焦慮。由於這是那個，一場招待會性質的電影，在放映電影之前，還要演出幾齣小歌舞」，「姐姐班上有兩個女生是少年宮舞蹈隊的隊員，平時腰裏繫著黑色的寬腰帶，夏天人家穿裙子，她們則穿人造棉的練功褲般的長褲」，「這兩個女生是姐姐崇拜的人，她們練功，排練，演出的細節，都使姐姐羨慕不已。」

　　王安憶 16 歲插隊離家，再返上海時已是歷經滄桑的知青。她對自己「新式里弄」的記憶，因此多半停留在 16 歲以前。像上面提到的《冬天的聚會》和《憂傷的年代》一樣，她在中篇《乘公共汽車旅行》中，也使用了這種將年代倒敘的敘事鏡頭。小說表面寫她小學和初中生活，更多是對「新式里弄」社會的回憶。「豬」一節寫生活優越的上海小學生，對弄堂小學老師為解決困難時期吃肉而偷偷養豬細節的好奇。「阿爾及利亞少女」一節，寫主人公經常

〔註40〕張濟順：《遠去的都市——1950 年代的上海》，北京：社會科學文獻出版社，2015 年，第 184、185 頁。

被派到上海機場，作為歡迎群眾一員迎接亞非拉世界友人的情景。「冰」一節寫中產階級家庭一對夏天貪吃冰激凌的姐妹，母親同事特地送來自作冰塊的時候，歡天喜地的場面。作者每念於此，有一種津津樂道，無法收筆的激動。這可能是她幾十年來最為平靜幸福的一段生活，心潮起伏在所難免。但作家也有她的不足，即敘述中難以掩飾的自我炫耀成分，甚至還有一點地域的誇張和自戀。上海人與生俱來的優越感，優渥生活的自我滿足，難免會對小說帶來某種損傷，對此我們也不必隱諱。例如這篇小說，對弄堂裏「優等中學」和「一般中學」過分介意，連帶到對這兩種中學男女同學衣著、舉止和家庭背景的略帶歧視性的比對等，就不見得十分合適。令人激賞的倒是作品對一個少女成長心理的描寫，心理描寫又與六十年代末時代的動盪氣氛聯繫起來，則更見作者小說的功力確實與眾不同。從性別角度看，從「女童」到「少女」的驚人變化，不光是來自身體內部或外部的，還有「看男孩」視角的變化。「男生們」一節寫到對中學男生的注意，寫到很多男生長得像小草雞，毛糙且硬，大多沒有長整齊。又由於油脂分泌不均衡，就顯得更加毛雜而枯瘦了，彷彿渾身長滿了觸角。鑒於女孩比男孩早熟，她們就更容易感知時代的不安動盪。這些少女成長過程的劇烈反應，又與當時社會的「大串聯」混雜在一起，在「乘公共汽車旅行」（一）和（二）中有淋漓盡致的描寫。這些膽大妄為的新式里弄女孩子，乘著上海的公共汽車在各個市區裏盲目地旅行。她們趴在車窗上觀察「上隻角」之外地區陌生的景色，傍晚時分疲勞地返回家中，這樣周而復始，直至到一個女孩因為尿急在汽車上大哭為止。這幾節小說透視了新式里弄女孩豐潤豐富的內心生活，與石窟門弄堂人家孩子相比，她們少有那種傲慢和矜持，然而面對普通上海人的時候，卻又是警覺和游離的。作者利用自己擅長心理描寫與外部狀貌刻畫相結合的手法，給文學史留下了一幅上海六十年代末新式里弄社會生活圖，描摹了那些鮮活生動的少男少女們。與《冬天的聚會》和《憂傷的年代》相比，後者寫出對時代生活的延伸性觀察，因此歷史容量也豐富了許多。

再往著下面的棚戶弄堂階層裏走，可以看到王安憶在用繪畫速寫式的筆法寫小說。通讀王安憶的作品，發現她是一個擅長寫中篇和長篇小說的行家，卻不一定是寫短篇的能手。她的敘述特點，是大體量、大場景和大視野的，有時還有點枝蔓絮叨，不善於畫龍點睛地挖掘一個人物的性格。由於作者對這種階層生活不熟悉，使用這種近於漫畫式的筆法，估計也是不得已而為之。

我們所謂「棚戶弄堂」，指的是在街道上亂搭亂建的臨時性建築，經年累月後，它們成了正式的但彎彎曲曲的另一種弄堂。與上海弄堂不同在於，如果說後者是歷史的遺跡，前者則是八十年代新一波人口遷徙浪潮的必然的產物。如果能對上海的弄堂建築史，從文學史的角度列一個「年表」，大概就能給出更充分的解釋。《伴你同行》這樣描繪棚戶弄堂的情景：「這裡是一片棚戶，擠在西區的街心裏。外表看不出來，走進去，嚇一跳，好像是到了舊電影裏，剛開埠時，無產無業的閒散勞力聚集的地方。低矮，歪斜的板壁房，碎磚疊的小天井。也能看出歷史沿革，主弄的路面，鋪了水泥，柴爿門上，釘著鐵皮門牌，標著路名，弄名，號碼。枝蔓般的支弄雖然多而且曲折，也還是有秩序的，分而注明，一支弄，二支弄，三支弄甲巷，乙巷。岔道的中央，有給水站，集糞站，公廁，煙紙店，公用電話，還有居委會。顯見得，已經成熟了一套自治的系統。看起來，他們不怎麼入流的，其實，他們倒是這城市的老住戶了。」這表明，與「西區高尚弄堂公寓」、「新式里弄」比較，這是再低一級的弄堂階層，然而已經是「這城市的老住戶」了。他們又是高於外省來滬農民這一檔的。他們有的有固定職業，有的以擺攤謀生，但多少享受一些城市居民的福利制度，如果說邊緣，還不是最邊緣的階層。這樣一來，他們的話題就是低俗的了，屬於民俗類的閒話流言之類。在《角落》裏，布店的幾個店員，頗為悠閒。冬天的時候，女店員懷抱著熱水袋，在櫃檯邊走來走去。勤快的上了歲數的老店員，啪啪啪翻著布匹，裏緊了再插回到布架上，那聲音很是清脆。也有隔壁弄堂的女人在撥弄是非，也會來剪點布料。一個保姆帶著孩子在布上爬來爬去，尿了一泡尿，女店員便與保姆擋住老店員視線，把布匹翻了一個個兒，也不管慢慢焐乾帶著尿騷味的布料，會買到誰的手裏。

　　棚戶弄堂人物充滿煙火氣的經商場面及生活情形，也一目了然。《喪家犬》敘述幾家艱難的營生，也寫到他們作為上海本地人的自信。一條支弄的弄口，設有兩個攤位，一個是攤雞蛋餅的，一個修自行車。蛋餅攤一早一晚擺出來，所謂攤位實際就是一口鐵皮鍋，放在一部木製的小推車上。男的專司攤餅，女的在一邊收錢。「他的一招一式很有節奏，一絲不亂。等著的人都耐心地看，帶有觀賞的意思。看的人多了，他也會興奮起來，動作的節拍變得輕快和鮮明，頭隨著一點一點，嘴唇抿緊」，可嘴角的形狀，「卻形成一個由衷的笑容。」那女的面貌潑辣，言語粗魯，渾身濺了麵條和餛飩的湯水，頭髮絲還帶有煙

火味。《閨中》是寫一對棚戶弄堂母女去跳舞的故事。她們同出同進，像一對姐妹，因身世不清，生活方式就有一點曖昧。母親打扮入時，又有點滬上女人的含蓄，身材嬌小，面目有幾分俏麗。她們雖住在一間十二三平米狹窄的房屋中，可依然「揩拭的纖塵不染」並「有些潔癖」。牆皮脫落，門窗幾乎散架，但能想到，那裡面還「嵌著一格小天地呢？夏天用的蒲扇，細麻繩滾的邊，又有劈薄劈細的篾條一圈一圈繞住扇柄，挽一截絲繩的那種，收拾好，掛在大衣櫥的櫥門後頭的鈎上」，「冬天的熱水袋，套了花零頭布縫的套子，收拾好了，收在五斗櫥最下面一格抽屜裏。」這是上海典型的棚戶弄堂人家生活的內景，是那種處處安排妥帖，仔細生活的情況。她們大概知道自己這輩子跟西區高尚弄堂公寓和新式里弄無緣，也不願攀枝僭越，於是選擇了這種一步一個腳印、踏踏實實的生存方式。這裡勤儉節約用度，雖然去跳舞也不逾距的得體和分寸，能見出上海棚戶弄堂居民的精心規劃。王安憶用筆精心，小心體會人物性格心理，是一種真正進入這種家庭內景的小說寫作。也就是說，她的用意是在力圖展現李歐梵所說的「上海人『內在的世界』和『家庭的世界』」。但我們也不能為她寫作的不足和局限護短。與第一類和第二類弄堂兒女的描寫比較，這方面的敘述不免有點露怯，是那種蜻蜓點水的漫畫手法，卻點不到實質方面。這些人物好像是浮在小說敘述上面的，落不到生活的實處，因此不能使讀者產生深刻印象。在《本次列車終點》、《「文革」軼事》和《我愛比爾》等作品中，人物形象豐滿，豐沛暢快的敘述效果，在這類短篇中實難見到。但這種速寫式的小說，又為王安憶弄堂兒女的人物長廊，劃分出了層次感，使得這長廊顯示出錯落有致的人物景致來。

作品用這種速寫手法描寫棚戶弄堂來歷不明的人物時，它不停移動著的鏡頭，反而能增加他們曖昧身世的神秘性，給人豐富的韻味。初看《髮廊情話》，讀者會把注意力集中到老闆和兩個洗髮妹身上，但是故事進行到下半截時，突然出來了一個外地來滬小老闆娘式的妖冶女子。安排這個人物出場，是要顯示棚戶弄堂人員的混雜多元，指出這裡低俗的環境。當然作者更願意指出，對於上海這個典型的移民城市來說，它至建市始，直到改革開放以來的數十年裏，都是人物龐雜且流動不居的。這個三十出頭的女人，不是常來店裏閒逛的本地居民，也不是洗頭客人。她總在一張鐵架折疊椅子上坐著，眼神有點惘然。有一天，洗頭妹工作時不耐煩，引起客人抗議。她忽然從椅子上站起來，說，我來吧。略一挽袖，抬起手臂，手指沿著客人髮際線熟練

地抓撓起來，立即就乾淨了。正當大家吃驚地看著這一幕時，她緩緩講起了一個「老法師」的故事，回憶初到上海受到他的幫助，開過不同店鋪，也開過這種髮廊的舊事。客人和洗髮妹都安靜下來，跟著她的故事一路前行。敘述像一個導遊，沒有人懷疑它純屬虛構。然而，在她講述的過程中，又進來了兩個客人，一個男客，一個女客。這就打亂了敘述節奏。這時客人和洗髮妹同時想到，這個所謂的「老法師」不就是這女人的丈夫嗎？她原來竟是小姐出身？！《髮廊情話》的引人入勝之處，是它撲朔迷離的敘述手法，表面是描寫兩位洗髮妹的店內生活，其實是說，「髮廊」也是一個藏龍臥虎之地。不僅每天來往的各色客人，也包括這些身世神秘的髮廊開人。

　　在上海的各階層中，最為複雜的恐怕就是這些棚戶弄堂裏的人們。他們終生不可能向中上層社會流動，又因為來滬有一些歲月，有了些積累，也不像外省農民工那樣站不住腳跟，成為流民。他們中間，有的是上海勞工階層的後裔，因為沒有受什麼教育，勉強可以糊口。有的是來滬小老闆，機警的生意人，因資本積累，便逐漸紮下根來。有的可能就是《髮廊情話》那個神秘的女人，依靠非正常手段和頑強的生存能力，也立足在這座城市的邊緣上。但他們，都與上海「上隻角」的石窟門弄堂和新式里弄的社會隔著一層歷史的玻璃窗。相隔著一條界河。他們的生活觀念、人情世故和看世界的方式，注定是與前者截然不同的。他們這種自我封閉的生活觀念，也就把自己建構成上海的另一個與眾不同的歷史階層。因此在我看來，上海都市題材的「地域性」和「地域視角」是多方面的、參差不齊的，既有「上隻角」的地域性，也有棚戶弄堂的地域性。而這種多方面的參差不齊的地域性，則是上海地域性的最豐富的內涵。

　　第四類人物是王安憶經常寫到的外省來滬農民。這是最低一個層次的弄堂的兒女們。如前所述，自近代以來上海就是一個移民城市，人員構成複雜。醫師、律師、大學教授、商人買辦、成功明星和各種政客軍頭固化在社會中上層，而苦力、妓女、盜賊、商販等則流入下層，但經過五六十年代幾次社會改造運動，他們便被逐漸吸納進來，成為上海居有定所的居民。王安憶小說描寫的是八九十年代數量龐大的外省來滬農民，他們從事著各種低端卑賤的職業，其中以擺攤、開小商鋪、為人打工和做保姆等為主，值得注意的是《小飯店》、《悲慟之地》和《富萍》等作品。出於章節篇幅安排，《富萍》這部長篇將放在其他場合來討論。某種意義上，短篇《小飯店》像是速寫，或

攝相鏡頭，把這條街道林林總總的務工農民形象一一攝入：在小飯店所在的弄堂中，外地人經營著這幾種商店。一是福建人開的建築裝潢材料店，賣的都是水泥，黃沙，磚，油漆，膠水，門鎖，合頁和拉手。一副鉸鏈，十二元即可搞定，在大商場要一百二百元不等。這些福建人矮小精幹，面目黧黑，眼神機警，出手果斷。二是開飯鋪的山東人、安徽淮南人、蘇北人、浙江人。有的說是蘭州拉麵，實際是山東人在做山東麵條。他們早上一律供應豆漿、油條，糍飯，中午晚上是炒菜，麵條和盒飯。這是一種辛苦生意，憑的是勤快，手腳不停。早飯鋪還未收攤，已經開始揀菜，剁肉，淘米煮飯。乾淨是說不上了，洗肉洗菜，包括洗魚的血水，就倒進陰溝，來不及下去，就漫了半條街。此外，還有安徽黃山人的茶葉店，浙江寧波人的裁縫店，海門人的修鞋鋪，花圈紙紮鋪，電器修理鋪，糧食鋪，百貨鋪，做鐵門焊割的，配玻璃的等營生，一應俱全。作者稱這裡是「民工的天堂」。另外，這些作品不光是速寫和攝相，而且人物音容笑貌和心理也栩栩如生，躍然紙上。她寫新來初到的四川和湖北打工妹，「她們臉上還留著紫外線強烈照射印下的，特別深的腮紅」，「顯得有些遲鈍」；而小飯店裏的打工妹，雖然不過二十歲的年齡，但工作日久，經事已多，說鄉音很重的普通話和上海話，「卻要老道得多。她們不像通常小飯鋪的女孩子那樣殷切、勤勞」，但會向你推薦菜品。「她們給你打好盒飯，然後蓋嚴，扣上，套上塑料袋，最後再壓上一副一次性的木筷，帶上一種鄭重的表情交到你手上。」有的「則金口難開，懶得說話，」一副愛買不買的冷淡模樣。不過，與小飯店附近髮廊裏的女孩相比，「她們不知要老實多少」。「髮廊裏的女孩眼波都是靈動的，看著人時有著含義」，「她們戴的金首飾一律特別黃，成色特別足的樣子，顯示著她們不凡的收入和身份。」到了入夜時分，這條街上別的商鋪都黑了燈，下了捲簾，唯獨這些髮廊還亮著，「裏面包著些歡聲笑語，還有些動作」。小說見縫插針，還不忘把這麼一幕推到讀者面前。打工妹也許是老闆的鄉人，或者是純雇傭關係：「假如你正是這時候經過小飯店，你就可看見那輕佻怪異的一幕：小姐們在替他洗臉洗腳。這是老闆他最為活躍的時刻，他笑著，笑得十分天真。任那些小姐擺弄他的臉，手，和腳。小姐們，至少是兩個，在幫他張羅。他和她們嘻罵著，一張嘴對付她們兩張嘴，還有兩雙手。他的臉色越來越和悅，眉眼展得很開。」

假如說《小飯店》類似於速寫和攝相，而到《悲慟之地》這篇小說，則是農民進城命運故事的跌宕起伏了。在我看來，《悲慟之地》是王安憶寫外省

農民的最令人難忘的小說之一，也可說是她本時期最好的中篇小說之一。小說具有濃厚的悲劇氣質，筆調雄渾迭蕩，敘述則絲絲相扣。既有主人公精細的心理動作描寫，也有城市大場景的從容展開。而這幾個農民，就起伏沉落在大上海的萬頃波濤之上，像是幾片飄葉，又像是幾個歷史的幽靈。他們在某一時刻，注定要與「打工潮」這一大歷史相遇，遭遇兩手空空的命運。我覺得王安憶在寫這篇小說時，是帶有豐沛的歷史激情的，她顯然把自己插隊時候的生活體驗充分調動起來了。她在作品裏，有時候像一個敘述者，有時又變成了當事人，有時則是一個扛著架攝相機的新聞記者，緊緊跟在這幾個農民兄弟的身後，看他們的悲歡，觀察他們的遭遇。我認為整篇作品都是浸透了作者極大的同情的。這使作品的情緒自始至終都處在非常飽滿的狀態，而到最後故事的高潮時，差不多都快引爆了。這在王安憶的寫作經歷中，確實是一個很罕見的現象。與王安憶寫外省農民那種慣常的克制冷淡相比，這是一篇充滿了人性光輝和激情的小說。

在作品中，九十年代初尚處原始階段的生產形式展現眼前。人們剛學會以初級貿易的方式進城務工，不知道怎樣運用資本手段。對於農民來說，資本手段從來就不是專屬於他們階層的謀生方式。而且與最初搞長途運輸的農民不同，這幾個農民依賴的還是古老的肩扛手提的勞作方式。山東大和鄉麻劉莊青年農民劉德生，跟一個運輸個體戶跑了一趟上海，無意中發現市場上缺少生薑。於是回鄉動員四個同鄉，拿出本錢買了五擔薑，擠上火車一路辛辛苦苦地到了上海。當他們每人挑著一擔薑，走在熙熙攘攘的上海車站廣場時，才發現迷路了。實際上，由於沒事先踩點，他們也不知往哪裏落腳。紅燈和綠燈交替閃爍，身邊急速駛過的汽車和自行車，讓他們躲閃不及驚出一身冷汗。中午狠狠心，在一家「好吃來」小餐館點菜吃飯，當晚露宿在一個名叫建國路弄堂的空地。早晨他們走進一個僻靜的街心花園，感到口乾舌燥，吃著從家裏帶來的乾糧，想喝水，但發現街頭水龍頭被上了鎖。年紀稍大的九哥去四處市場探聽行情，劉德生幾人負責守著幾擔薑。連續兩天，神情疲乏的九哥終於打聽到，一個市場有山東老鄉擺攤，答應騰出一塊地方讓他們買薑。後來又瞭解，上海市場上並不缺薑。為彌補損失，九哥決定留人買薑，劉德生跟他另找一個營生，算是開源節流。小說的高潮出現在劉德生跟九哥離開擺攤地方，走到南京路一帶的敘述當中。他們來到人群如潮水般的百貨大樓的時候，發現自己被擠得亂七八糟。九哥叮囑劉德生，萬一他們走散，

到時就在這大樓門口見。小說敘述到這裡的時候，戲劇化的效果呈現了。這是王安憶小說中時常出現的「轉折點」，像《米尼》在蚌埠火車站，《妙妙》被電影演員欺騙，《長恨歌》的李主任墜機事變等等。作者如此處理，不光要增加作品的戲劇性，更主要是充分擴大生活的容量，緊緊抓住讀者的心靈。擔憂就在這一刻發生。就在他們走上步梯時，一股湍急的人流將他們沖散了。劉德生隨著人流被卷到大樓門口，發現九哥沒在。於是掉頭四處尋找，而這時九哥恰返回這裡，在門口等了多時，太陽已經偏西。在店堂間轉了十幾個圈，鬼使神差又陷入絕望的劉德生，發現自己竟來到這幢大樓的樓頂之上。太陽偏西的時候，他感覺自己完全迷失在這座現代大都市之中了。在高聳的樓頂上，「他看見一排一排樓房之間，汽車像甲殼蟲一般在樓的深谷裏爬行，如蟻般的人群湧動著。」大樓下面的人們這時也發現樓頂有人，於是報警，有幾個警察走上來，極力勸劉德生不要輕生。劉德生陷入了幻覺。因為進城屢屢失敗，他一霎那間又呈現出瘋狂報復的心理。人們朝他大聲喊話，他完全聽不見。他奮不顧身地把樓頂的碎石、沙土、木屑和煤渣，一股腦地拋向了樓下，馬路上人群一片驚叫，四散逃去。到了小說這個緊要關口，讀者緊張得都有喘不過氣來的感覺，但作者不想撒手，她還在擰緊敘述的螺絲。這種殘酷的情景，我們只在曹禺的《雷雨》裏見過。最後，主人公消失在樓頂的平臺前面──王安憶從不願意直接寫悲劇，在這篇小說裏依舊如此──但因語言的效果已經虛無縹緲──我們反而感到心靈被一種力量強烈地震撼。

　　與前三類上海弄堂的兒女們相比，第四類可能是王安憶，包括近二十年來上海作家作品中從未出現過的一種人物形象。這是「上海人」之外的「另一群上海人」。之所以說他們將會是「另一群上海人」，是因為一百多年的上海城市史，也就是用這種通過一代代移民潮的疊加和前赴後繼的形式來完成的。儘管他們是排在上海歷史人物浮雕最後的一批人，也是不可或缺的，甚至可以說更具有生活內容。王安憶有這種宏闊的歷史視野和想像力，而她對這種弄堂兒女形象的創新性塑造，正是我們所看到的對上海的地域性書寫的補充和延伸。因此，我們要考察的上海的「地域視角」，並不只是局限在上海既定的歷史範疇和文學書寫範疇的，王安憶自己在不斷地突破和超越性創新，於是可以令人驚異地發現她的地域視角既是相對固定的，也是富有極大的歷史和審美彈性的。然而，如果把她四類弄堂人物形象放在一起來認識，它們又具有某種共時性和差異性的特徵。這種共時性反映著作家所盡力描畫

的上海一百多年來的都市空間和它的歷史變遷；而差異性即是王安憶本人意識到，所謂都市空間還是一種差異性的存在，它們由不同的社會階層所構成。正是這種多層次的差異性，都市空間的總括性和複雜豐富性才得以最生動地呈現在人們的面前。第四類弄堂兒女形象的塑造，它與前三類弄堂兒女形象的相同相異性的特點，以及從中揭示的上海獨特的多重性的地域面向，也才是令人信服的。因此，汪政、曉華發現，王安憶的九十年代小說「吸取了中國歷史書寫中『志』的一些經驗，一座城鎮佔據了小說表達的大部分空間」，它們的地理位置、經濟狀況、車站、碼頭、街道、店鋪以及家居生活在此都得到了細緻的展現，「它是可以稱得上『地理志』或『風俗志』的，但仔細讀過去，一種傷感和懷想會在文字裏」慢慢地彌散開去。它雖佔據了小說的大部分篇幅，但卻退卻爲一個特定的時間和空間背景：「人」──那個時代與這座城市「有著生活關聯的人卻從那物的縫隙中鑽了出來，他們，才是作品眞正的主體。」〔註41〕兩位批評家告訴我們，王安憶小說的「地域性」，或說本書主要處理的「地域視角」的定義和闡釋，是不是可以理解成它既是小說的「地域視角」，同時也是「人」的地域視角或者說地域性？他們的分析是對這一結論的翔實切實的詮釋。

〔註41〕汪政、曉華：《論王安憶》，《鍾山》2000 年第 4 期。

第三章 「軍轉二代身份」對敘述視角的拓展

　　在王安憶最初人生中，「軍隊」／「地方」這種家庭教育薰陶是比較顯著的。1955 年，她母親茹志鵑從南京軍區轉業到上海作家協會《文藝月刊》；1961年，父親王嘯平繼而從南京軍區轉業至上海電影製片廠。這種「軍轉二代」或「同志家庭」身份便在她的成長過程中刻下了烙印。父母親雖脫下軍裝成爲上海文藝界的知識分子，仍然與過去的戰友保持著來往，「軍人」曾經是這個家庭主要的「人際關係圈子」。本章將著重分析這位女作家特殊身世與文學道路的關係，界定「軍轉二代」與「外省二代」的身份差異，認爲這種身份深刻影響了王安憶的個人經驗和觀察視角。它與上海的地域經驗相融合，最終建構成「王看上海」的獨特小說世界。

　　爲把問題引向深入，需要界定「軍轉二代」與「外省二代」這兩個概念及其差異。同時也應指出，隨著淮海中路和愚園路弄堂生活對王安憶的教化，對上海市民社會融入程度的進一步加深，她儼然已經成爲一個「上海人」。但她「軍轉二代」的身份很難被消除，只不過它又與「外省二代」身份相交匯，進而形成了一種不同於「本地人」的「新上海人身份」。

　　所謂「軍轉二代」，是指 1949 年後隨著解放軍進城，在這座城市裏成長，並有一定的軍人社會交際關係的軍轉幹部的「第二代」。由於國家政權交替，解放軍作爲城市佔領者和軍管時期的掌權者，無形中擁有了某種權威性地位。他們明顯優於其他社會階層的獲得感，主要是「來自國家權力」。〔註 1〕

〔註 1〕 張濟順：《遠去的都市──1950 年代的上海》，北京：社會科學文獻出版社，2015 年，第 184、185 頁。在這部著作中，作者通過上海新聞界思想改造的研

五十至七十年代彌漫全國上下的軍人熱，也使得一種軍人優越感，不單滲透到軍隊群體中，也滲透到其家庭每一個成員的觀念意識中。而這裡所說的「外省二代」，則是一個新移民的概念。它指的是因進城從政、經商、求學就業和打工等原因，而形成的城市數量龐大的移民群體中的「第二代」。在忻平等人的研究中，移民群體及其第二代更多的是靠財富積累而不只是靠國家權力來獲得優越的生活條件和地位的。論者舉例說：「即使是以投資移民身份進入上海租界的官商和紳商，其獲利以後資金流向的一個重要渠道也就是揮霍消費、享受生活。」〔註2〕因此，「軍轉二代」與「外省二代」的身份之區分，恐怕主要是在「權力依賴」與「財富依賴」這兩個層面上。而隨著建國後進入較長的一個和平時期，軍人、軍管的影響因素便逐漸為恢復常態的國家社會管理所取代，或回縮到軍營範圍。而「軍轉二代」，則隨著社會形態趨向寬鬆及他們父母日常生活步入正軌，其身份意識也會逐漸向「外省二代」而靠攏。〔註3〕

值得提到的是，在中國當代著名小說家中，能稱為軍人二代的只有王安憶和王朔。但與王安憶這種處在「軍轉二代」和「外省二代」夾縫之間的獨特性不同，王朔一直在軍營中長大，還曾有過從軍生涯。由此構成了兩個人不一樣的人生觀察視角。因此可以說，王安憶這種「軍轉二代」與「外省二代」身份相交叉的創作視角，在當代著名小說家中是獨一無二的。

第一節　王安憶的「軍轉二代」身份

沿著以上敘述再往下走，筆者注意到「幼兒園」和「保姆」在王安憶軍轉二代的身份建構中，佔據著不可小覷的位置。她回憶說，自己 1954 年出生

究，敘述了國家幹部在新社會組成中的新地位和優越身份。如果從軍隊狀況看，這種情況也普遍存在。

〔註2〕忻平主編：《城市化與近代上海社會生活》，桂林：廣西師範大學出版社，2011年，第 19 頁。

〔註3〕王安憶雖出身於軍人家庭，又具「軍轉二代」的身份，她的小說創作一直沒有直接觸及軍隊生活，雖然在散文隨筆中（比如《我的父親王嘯平》等中），也會偶而提到解放後一些軍人或戰友與她父母的來往。但直到長篇小說《啟蒙時代》問世後，軍人二代或軍轉二代人物的身影，才正式在她小說中登場，如南昌、陳卓然等人的形象塑造。這就進一步證實了，有關她家與軍人及父母戰友的交往情形，作者不僅是在虛構，她對軍人子弟的生活和性格可以說是比較瞭解的。

在南京軍區，1955 年母親從部隊轉業帶著我和姐姐到上海來。姐姐性格比較適應軍隊大院的環境，所以她在幼兒園——也就是在軍區大院的集體生活中是如魚得水的。而自己性格比較孤僻，即使到了上海的托兒所和幼兒園，也非常不願意去。她們在上海上的是一家費用昂貴的幼兒園，冬天有暖氣，兒童中「革命幹部知識分子的孩子占很大的比重」。把王安憶從幼兒園恐懼症中拯救出來的是老保姆。她說：「我的這個保姆是個揚州人，所以我從小學會的不是普通話，不是上海話，是揚州話。」而我的父母都是所謂的革命幹部，他們的生活是沒有「本土色彩」的，與那個年代的革命幹部的家庭生活相同，「家裏面是說普通話的」。所以她很大以後才學會上海話，因為在這城市不會說上海話會受到歧視。這就讓既融不進幼兒園集體中，也融不進上海本地人之中的這個幼童，在揚州保姆的保護中找到了生存的新空間。對一個竟日生活在外地人圈子中，沒有本地身份感的孩子來說，這大概是最大的挑戰了。因此，相比較每天上班，小說創作非常繁忙，很難顧及到自己這種心理成長障礙的母親，天天相伴隨的保姆就變得十分重要了。為此王安憶曾飽含感情地寫道：「她很疼我的，就是特別疼的那種感情。」〔註4〕

3.1.1 「軍轉二代」的身份建構

從王安憶家居住地段和日常生活中，能見出這個軍轉家庭在當地的優越性。由於父母早年參加新四軍，屬於「三八式」抗戰老幹部，解放後工資一直比較高。剛到上海時，他們的住房被分配到了上海比較高檔的淮海中路的弄堂。這是法租界中最富貴而上等的馬路地段。很早以前叫寶昌路。1914 年歐戰爆發，由法國東路軍總司令霞飛的名字改為霞飛路。解放後改為淮海路。「我們家住在淮海中路上最繁華的一段，我們弄堂的左右有著益民百貨商店，白樂照相館，長春食品商店，大方綢布商店，世界皮鞋店，上海西餐館，鳳凰食品商店，新世界服裝商店——這裡的服裝，可說是領導著上海服裝時代新潮流。再拐一個彎，便是錦江飯店，那一條林蔭道，奇蹟般地在這擁擠的鬧市鋪下了一路寧靜。」〔註5〕王安憶家在弄底的一幢三層樓底層，一大一小兩個房間，二層和三層是另外兩家，總共三家人（底層本來是「兩大一小

〔註 4〕 王安憶、張新穎：《談話錄》，桂林：廣西師範大學出版社，2008 年版，第 4 ～7 頁。

〔註 5〕 王安憶：《搬家》，《尋找上海》，上海：學林出版社 2011 年版，第 87 頁。

間」，不知何故，另外一個大間，屬於二層那家人）。「這樣的弄堂人稱『新式
里弄』，我們這一條又是『新式里弄』裏的更新式，體現在『蠟地鋼窗』，即
打蠟地板和鐵製窗架。我們家，來自軍隊粗放生活的上海新市民，對這種柳
桉木細長條地板完全沒有敬意」。可在住房極其擁擠的上海，這種條件已足夠
優越。〔註6〕因為是這種特殊的軍轉幹部家庭，在上海沒有家底，使用的純粹
是公家分配的簡單家具。王安憶記得剛開始的時候，空蕩蕩的大房間裏只有
三件家具：一件是小圓桌，四把椅子，吃飯和做作業兼用；第二件是五斗櫥，
裏面放錢、票證、戶口簿、文件等；第三件由一張白木桌子和一具樟木箱組
合而成。這些簡陋家具被釘上鐵牌，注明單位名稱，家具序號。「如我父母這
樣，一九四九年以後南下進城的新市民，全是兩手空空。」後來添置的熱水
瓶、冷水壺、茶杯、飯鍋等雜物，則「標誌著我們開始安居上海。」〔註7〕但
與簡單的家具相比，王安憶姐妹倆的玩具可以說非常豐富，帶著奢侈成分。
她在 1998 年 7 月 21 日寫的《兒童玩具》中說，從小自己是個動作笨拙的孩
子，對兒童樂園的各種器械難以勝任，對兒童玩具卻興趣盎然。南京路和黃
河路交接路口有一幢三層玩具大樓，這是父母經常帶姊妹倆逛的地方。我和
姐姐得到過一對麗人娃娃，一男一女。它們形象十分逼真，女孩梳了髮辮，
打著蝴蝶結。他們身上穿著綢緞的中式服裝，衣襟上是纖巧的盤鈕，以及精
緻的滾邊。當時電動玩具比較昂貴，但我還是擁有了一輛電動小汽車，裝上
兩節電池即可行駛，且有鳴響的喇叭。他們還有木頭卡車、蓮花池裏的芭蕾
舞女、一套小家具、積木、投影幻燈機。玩具在家裏堆積如山，散落得到處
都是。這套投影幻燈機在普通人家中非常稀罕，此時，文化大革命即將臨近，
市面上電影已經很少。「所以，這臺幻燈機使我們不僅在孩子裏，也在大人中
間，大出風頭。我們常常在家中開映，電燈一關，人們立刻噤聲，電影就開
場了。這臺幻燈機伴隨了我們很多時間」，包括「在文化大革命中的那些寂寞
的日子」。〔註8〕

〔註6〕 王安憶：《空間在時間裏流淌》，《空間在時間裏流淌》，北京：新星出版社，
2012 年，第3～5頁。

〔註7〕 王安憶：《茜紗窗下》，《空間在時間裏流淌》，北京：新星出版社2012年版，
第16～19頁。作者在文章中詳細記敘了這幾件家具的外觀形狀，以及在家中
擺設的位置，充滿了生活情趣和自豪感。

〔註8〕 王安憶：《兒童玩具》，《王安憶散文》，北京：人民文學出版社，2008年版，
第49～55頁。

在五六十年代，全國各地城市物質供應普遍緊張，糧食、油和布匹等日常消費品採取憑證購買的政策。一般家庭每週吃一次豬肉已屬奢侈，普通老百姓大概一個月才能吃上一回。上海當時是全國最現代的城市，物質供應是否相對寬鬆不得而知。《富萍》的奶奶曾含蓄批評這個軍轉家庭吃飯不節儉的現象：「他們的吃，主要是肯花錢，還有食欲旺盛，其實是不太會吃的。比如，他們三頭兩頭地下館子，所下的館子不外是那幾個。馬路對面的復興西餐社，綠野川揚菜館，再遠些的，就是南京路上的新亞粵菜館，洪長興羊肉館。倒也不是說這些餐館不好，而是說，他們實在沒有多少辨別力，多是慕名而去，去了便一而再，再而三，吃的又大都是那幾個菜，味厚的，量大的。這也是軍隊裏帶來的作風，大魚大肉。」這段小說細節虛構誇張，不能全信，但也不能完全不信。小說往往留下作者真實生活的痕跡，像《在酒樓上》裏有魯迅從北京回鄉見老友范愛農的情節，張愛玲的《花雕》諷刺她生活荒唐的舅舅，莫言《透明的紅蘿蔔》有作者童年一段在橋洞下打工時的經歷，賈平凹《廢都》中也有他個人和幾位朋友的身影，都是如此。當然小說也並非都是作家生活的旁證，有時即使作為學術研究中「詩文互證」的間接材料，也還有進一步商榷的餘地。不過，王安憶散文《死生挈闊，與子相悅》卻證實《富萍》奶奶說他們家經常去「馬路對面的復興西餐社」吃西餐並非虛構，差別只在於，真實生活中的「復興園西餐廳」，被她小說偷換成了「復興西餐社」。她回憶道：弄前的淮海中路上有不少著名的西餐社，如「寶大「、」復興園」等。復興園在盛夏還有露天西餐廳，那裡後門外是一片空地，桌上點著蠟燭，在花木樹叢和路燈的陪襯映照下，頗有點旖旎的藝術效果。她還津津樂道地談起具體菜品：「有一道菜，名叫蝦仁杯，杯中的蝦仁色拉吃完後，那杯子也可入口，香而且脆。」老大昌「是西點店，樓下是蛋糕和麵包，樓上是堂座，有紅茶咖啡以及芝士烙麵等。」在六十年代困難時期，這城市裏的西餐社卻前所未有的生意興隆。「下午四時許，門廳裏就坐滿了排隊等座的顧客」，「西餐社裏排隊等座的總是一些富裕而有閒的人們，那樣的摩登男女就在其中，他們穿扮得很講究，頭上抹著髮蠟」，皮鞋錚亮，褲縫筆直，女的還化著濃豔的晚妝，風度優雅。正如富萍奶奶所不滿的，他們家是「一而再，再而三」地去那裡享用，「那段日子，上午九十點鐘的光景，爸爸媽媽會帶著我去『老大昌』二樓堂座吃點心」，周圍有些人像是無聊地乾坐著，一小口一小口似乎不情願地品嚐著紅茶和奶茶，「只有我們三人是目的明確的，那就是吃。我狼

吞虎嚥地吃著奶油蛋糕，爸爸媽媽則欣賞著。吃完一塊，他們便說：第一幕結束。然後，第二幕開始。我們的不加掩飾的好胃口，也引起了周圍人的驚羨，他們會對我父母說：這小孩真能吃啊！」〔註9〕

3.1.2 「軍轉二代」與「外省二代」之差異

王安憶「軍轉二代」與「外省二代」兩個身份的混合交接，一定程度上來自母親年輕時在上海生活過，雖然從軍，卻一直曖昧地認同這座城市觀念的心理情緒的影響。這種混合交接性特徵，大概是王家人所憧憬的「地域性」，它還不是一般人所說的那種上海人的「地域性」。王安憶說，她老覺得父母尤其是母親在重回上海以後，「我的母親有的時候很想模倣」上海的中產階級的生活。這跟家道中落後，母親茹志鵑被寄養在富商姨母家，家中所施行的洋務教育，雖是寄人籬下，但生活條件仍很富足的人生經驗有關。這種特殊經歷，培養了茹志鵑「既屈抑敏感」又「天性非常高傲」的性格。「其實她心裏邊有一種暗暗的努力，她希望我們有著她有錢親戚家孩子的生活」。比如，茹志鵑曾經給王安憶姊妹倆請過一個白俄做英語教師。又比如，「我們家裏的一些規矩，我覺得是從她的富親戚那邊學來的。我們家從來不吃豬頭肉，她訂的規矩都還蠻奇怪的」，為勸阻女兒吃豬頭肉的欲望，母親曾帶她到瑞金路口的熟菜店看豬頭的恐怖模樣。為維持這個家的消費水平，在丈夫被打成右派後，茹志鵑頑強地靠勤奮寫小說來爭取豐厚的稿費，「我們小時候生活很優裕的，都超過了一般的小康之家。」〔註10〕但矛盾的是，父母又擔心王安憶會沾上「上海小姐」的驕逸奢侈，稱這些都是「地方」的，用的是軍人那種嚴格自守的做人標準。也就是說，即使在進城後，這種「軍隊／地方」的兩重標準，依然在王安憶的人生教育中發揮著重要影響。〔註11〕由這雙重標準所形成的家庭教育和影響，

〔註9〕 王安憶：《死生挈闊，與子相悅》，《尋找上海》，上海：學林出版社，2011年，第40～44頁。

〔註10〕 王安憶、張新穎：《談話錄》，桂林：廣西師範大學出版社，2008年，第9～13頁。

〔註11〕 她曾對人說道：「母親有稿費收入。我們家，你知道也沒什麼積累的概念，我們家裏面用錢就是亂用。想我媽那人也很奇怪，她在政治比較平穩的時代就後悔，說我們應該買點紅木家具呀什麼；等政治運動一來立刻釋然，說幸虧我們都吃到肚子裏去了，萬分慶幸，要是置辦了東西，還不是抄家抄掉，還吃批判。我媽好會花錢啊，我和姐姐小時候一人一套連衣裙，每套就是十塊——當時十塊錢什麼概念？『文革』時候就有人貼我媽媽大字報，說我媽媽

大概是她很長一個時期裏，都與純粹的上海市民保持著某種疏離感和距離感的一個主要原因。但對於小說創作來說，這種距離感反而增強了作品描寫上海社會時的陌生化效果，培養了王安憶諷喻性的藝術格調。

在王安憶諸多回憶性的隨筆和小說中，散落著與別的弄堂孩子從認識到一起玩耍的文字。毋容置疑，他們家的這種「軍轉身份」，與本地人是明顯隔閡的；在他們家這種人群稀少的弄堂，與形同大雜院的其他弄堂之間，存在著一道將孩子們隔離開的「柏林牆」。解放後，隨著單位這種嶄新的社會組織的出現，各個城市尤其是較大城市中，出現了一些機關、軍隊和學校的「大院」，也隨之產生了後來王朔小說《動物兇猛》所塑造的「大院子弟」。他們階層優越，生活富足，這使得他們與附近街道社區的普通市民家庭孩子之間的「社會隔閡」，變成了一種帶有意識形態含義的隔閡。在這種特殊環境裏長大的孩子，例如當王安憶和王朔成爲具有書寫能力的作家後，這種歷史記憶便成爲被他們所描述的文學對象。這是中國當代文學史上一種值得注意的現象。過去的當代作家作品研究，沒有將研究的觸角深入到這個獨特的世界中。由此可以說，儘管生活在城市的弄堂，王安憶其實就是上海這座城市裏的「大院子弟」。這種大院，就是她小說所謂的「地域性」和「地域視角」。這種判斷，終於被她後來創作的長篇小說《啓蒙時代》所證實。

如果在平時，王安憶很少能接觸這些弄堂的孩子們，「四清」運動時，父母早出晚歸，根本顧不上她們。這使她與這些孩子的結緣有了機會。王安憶說：「這是一條嘈雜的弄堂，居住的大抵是低薪水、多人口的小職員家庭。房子是進深而闊大的舊式樓房，有著大大小小難以計數的房間，住戶甚多，於是就成了典型的『七十二家房客』」。過去放學後，她只是站在陽臺上看弄堂孩子們玩耍笑鬧的情形。〔註 12〕突然有一天，有個女孩打動了她們姊妹倆的

把兩個女兒打扮得不像中國人。」王安憶、張新穎：《談話錄》，桂林：廣西師範大學出版社，2008 年，第 25 頁。

〔註 12〕 站在陽臺上看外面街景和人群，是王安憶少女時代的一段真實生活。據她母親茹志鵑回憶：「十年動亂開始時，來勢最兇猛的那三四年裏，我傾家蕩產買了一隻破手風琴，讓她們在家練琴看書，不許隨便外出，形成一種家風。因此她有機會趴在窗臺上，睜大眼睛，看著外面的世界，進行她力所能及的思索。」自然，王安憶這篇散文所敘述的穿過弄堂隔牆，與另外弄堂裏的女孩子一起玩耍的事情是否屬實，還有待考證。參見茹志鵑：《從王安憶說起》，張新穎、金理編：《王安憶研究資料》（上），天津：天津人民出版社，2009年，第 398 頁。

心。只見「她身體矯健敏捷，姿態活潑美麗」，於是她們穿過隔開兩個弄堂的牆，與這女孩成了朋友。王安憶發現，這女孩善於表達，口齒清晰，雖聲音沙啞，當她向人們敘述一件事情來龍去脈的時候，卻有聲有色，引人入勝。剛開始，自己還有點戒備心理。但看到這女孩對她們有點巴結諂媚的味道，就多少平衡了一點我們的心理。王安憶接著說，她竭盡所能跳舞給我們看，還講各種市井趣聞。她在學校裏的閱歷也很豐富，比如能與老師針鋒相對，最終又獲得了和解；儘管這故事裏多少帶有造作和誇張的色彩。在淮海中路優良弄堂裏長大的王安憶，習慣了安分守己的生活，在學校也是規規矩矩的。與這女孩相比，自己生活反而顯出了單調。因此，便學著這女孩編了一段自己如何叛逆的橋段，如頂撞老師，給他起外號，比如「包頭」（「火箭式」髮型）等等。這個橋段後來被姐姐代替父母，在參加王安憶的家長會的時候戳穿。與王朔《動物兇猛》一樣，這是那個年代青少年成長的故事。不同在於，王安憶是因受這女孩刺激，自己虛構了一個根本不存在的事情。〔註13〕《我的同學董小平》還敘述了一個出身資本家卻落難到「相當貧民化」弄堂的事蹟。從這篇隨筆可知，王安憶對市民弄堂世界的瞭解，不僅來自那個會跳舞的女孩，也包括身邊的同學。〔註14〕

　　除上述材料顯示的各種跡象，周圍市民反應也是建構王安憶「軍轉二代」身份的重要因素。作家承認，中篇小說《好婆與李同志》有自傳色彩。〔註15〕作為文學史研究輔助材料，這篇自傳小說一定程度證實著這位女作家的身份認同。作品敘述這幢弄堂樓房裏，住著兩戶人家。樓上曾經是大戶人家的看門人，家境殷實，作風非常洋派。樓下住的一家軍轉幹部。作品開頭寫道：「自從李同志搬來樓下之後，樓上好婆的生活便有了內容。每天早上，她收拾了房間，將買來的菜蔬整理一番，就下到李同志家門口去望一望。」這說明了解放初期，家境殷實的上海人好婆一家對「李同志」的好奇和信任。由於強有力的宣傳作用，也由於解放初上海社會各個方面確實煥然一新的現實，上

〔註13〕王安憶：《憂傷的年代》，《隱居時代》，上海：上海文藝出版社，1999年，第338～343頁。

〔註14〕王安憶：《我的同學董小平》，《尋找上海》，上海：學林出版社，2011年。因出身不好，董小平在學校受到同學的歧視。作者在敘述這位身世的坎坷時充滿了同情，也隱含帶著自身某種安全感。這個視角，一定程度折射出王安憶作為軍轉子弟身份的優越性。

〔註15〕王安憶、張新穎：《談話錄》，桂林：廣西師範大學出版社，2008年，第7頁。

海市民對國家幹部和解放軍正面評價的分值驟然提升。「同志」這種嶄新的社會身份，蘊含著「進步」、「可靠」等豐富內涵。這也是這個軍轉家庭搬到這個弄堂後，立即受到鄰居們注意和追捧的原因。他們知道，李同志老家在膠東，跟隨父兄參加新四軍，在文工團裏唱歌、演劇、打腰鼓，渡江到了上海。後來與丈夫老袁一起轉業到歌劇院做歌唱演員。雖長相甜美，可當初穿上雙排扣的列寧裝，褲襠肥大的長褲時，不免帶著北方軍旅的朝氣與土氣。逐漸歸化本土後，她衣著大變。夏天穿一條咖啡格子的裙子，上身穿一件鵝黃色的羊毛衫，腳上是白襪黑鞋，頭髮編成兩條辮子，辮梢和劉海還被電燙過。無線電裏開始播送李同志歌唱的錄音，《新民晚報》登出她的演出照，太陽剛剛落下，有一輛黑色的轎車開進弄堂，直向一號駛去後，弄堂鄰居就再難見到她的真人了。這給了人一種高高在上的感覺。也是這條弄堂一種少見的神秘感。而李同志呢，雖然也與好婆有偶而和客氣的來往，但是矜持的。雖已經離開軍隊轉業到地方，「軍隊／地方」在李同志心目中，仍然是有區隔的，有某種無形的等級。「李同志總是將樓上的人家叫作『老百姓』，好像她至今還在軍隊裏似的。」這個弄堂單位的樓上／樓下兩家表面是鄰居，其實中間是橫著一條社會的鴻溝的。王安憶評價說：「我母親非常高傲的，就這樣一個人」，「天性很高傲。」〔註16〕這高傲有性格的因素，但大軍進城後，一直屬於體制性的「軍隊／地方」、「我們／你們」、「改造者／被改造者」的等級身份建構，不能說不是一種外部因素。

隨著時間推移，這種建構不只在「我母親」身上發揮著作用，實際也深深影響到了這家庭的每一個成員，包括他們在這種社會環境中的孩子們。我們從作品裏知道，它有不少虛構的成分，如「歌唱演員」、「長相甜美」、「黑色轎車駛進駛出」等，又如受到組織處理後，李同志一家準備打鋪蓋返回山東老家等的描寫，都與王安憶的身世無關。倒是李同志虛心向好婆請教用縫紉機縫製被裏時，怎樣把買來的布先對齊，再把它們對縫起來。二尺八的胸圍，毛衣應是多少針數，粗毛線是多少針，細毛線又是多少針，平針多少針，如果是元寶針又是多少針。以及關於烹飪等一些充滿上海市民生活氣息的小說細節，卻在王安憶回憶自己家庭的文章中一再被證實。這說明，它們不只是《好婆和李同志》中虛構的生活，還涉及王安憶家的真實生活，反映著她

〔註16〕王安憶、張新穎：《談話錄》，桂林：廣西師範大學出版社，2008 年，第 11 頁。

母親希望融入這個中產階級社會的隱秘的心願。〔註17〕但從作品敘述中可以看到，王安憶在講述這兩個家庭的故事時仍然是有偏向的，這就是明顯在偏向那個「李同志」，卻對「好婆」的精明世故，或者說上海人的市民氣，處處使用了諷刺性的筆調。作者這種情不自禁的身份優越感，這種身份意識從「生活」向「文學書寫」的轉移和滲透，是我們的研究無須避諱遮掩的。正是這種不完美，才是王安憶小說創作的獨特性。

例如，作品有一段寫好婆在與李同志接觸幾次後，覺得自己應該矜持些，應該有一點分寸和距離感才好。這就使兩人的關係彆扭了起來。作家在寫到這一部分時，明顯是帶著尖刻挖苦的口氣的：

> 好婆永遠叫「李同志」。出門看見說：「李同志出去啊？」進門時看見說：「李同志回來啊？」有時候，她還會像不認識一樣淡淡地迎面走去，到了眼前才忽地站住腳說道：「原來是李同志啊！我都不認識了。」李同志笑著說：「怎麼會不認識！」好婆就說：「李同志，你變多啦！記得你才來的時候，穿一件灰色的列寧裝，梳一對辮子。現在卻完全是個上海人了。」李同志不免有些難為情，笑道：「上海人還有什麼特別嗎？」好婆正色道：「上海人總是很不一樣的。同樣一件衣服，上海人穿就和別人不一樣。不過，李同志，你現在已經是個上海人了。」李同志頭一低走了過去，好婆還在背後看她，嘴裏連連地說：「真認不出了。」〔註18〕

如果說《好婆和李同志》的題材視角決定了敘述者的「軍轉二代」身份，那麼《我的同學董小平》的視角則無疑是「外省二代」的。因為在作者心目中，董小平這種資本家後裔是與自己「外省二代」的身份意識比較接近的。這篇小說雖然是散文體，也可當小說讀，在王安憶的許多散文中，其實都有很多小說的成分。這是一個家道中落的人生故事。因為董小平的資本家後裔身份，她在學校裏受到同學的歧視。但是，隨著她的家庭逐漸敗落，反而引起了人們內心的同情。這個世事之變中的董小平也許並沒有這種自覺的意識，然而作品的「外省二代」敘述，就把這種人生巨變給活生生地揭示出來了。這篇

〔註17〕王安憶、張新穎：《談話錄》，桂林：廣西師範大學出版社，2008 年，第 17 頁。例如她說：她老覺得父母，尤其是母親有的時候真的很想模做上海人的中產階級的生活方式，有一種「重新做人」的心理補償。

〔註18〕王安憶：《香港的情與愛》，王安憶自選集之三（中篇小說卷），北京：作家出版社，1996 年，第 175 頁。

作品給人的感覺，我認爲不是主人公董小平，她只是被當做作者或許還有敘述者自己的一面鏡子而存在，正是在這面鏡子的反光中，作者清楚地意識到自己「外省二代」與上海本地人之間的差別之所在。小說更深一層的意蘊則是，正因爲「軍轉二代」只是歷史轉折期的一個特殊的現象，隨著時間推移，這些家庭的二代子女必然面臨著歸化本土的命運，也就是所謂的「本地化」。與此相聯繫，「外省二代」也會像董小平一樣要被命運重新規定的。這就使作品後半部頗有悲劇性，因爲它寫到了小學畢業後，兩個人音訊隔斷，作者跟著千百萬知青到農村去插隊的故事。再等作者重返上海，董小平已在一家工廠當了女工，嫁了個普通人，生活並不如意。兩人 1988 年再次相逢，董小平因參加中日青少年研究課題，受邀前往日本。她結婚五年來都沒添過衣物，爲去日本，狠心用五百元購置了必要日常衣物。但是當我建議她可以做一件睡衣時，她臉上露出茫然的表情，因爲這些年來早就沒有了這樣的觀念。可以看到，通過董小平這面鏡子，王安憶加深了「外省二代」命運敘述的深度。在作者看來，社會上任何人的「身份」都會隨著歷史變遷，不是在這一代，就會在另一代人身上發生變化的，上升與衰落都會發生在歷史上升與降落的過程當中，沒有人能改變這個規律。在這個意義上，王安憶無論寫「軍轉二代」還是「外省二代」都是有一個「歷史之變」的眼光的。這種眼光，使她看世界和寫小說都具有了不能低估的豐富性。

以上的小說敘述讓人意識到，一旦王安憶從「軍轉二代」向「作家」的角色轉換時，她看上海和看問題的視角就會發生微妙的變化。在此基礎上，會形成她不同於過去創作的認知方式和小說觀，審美意識乃至敘述的態度。這就是倪文尖所看到的：「很大程度上，對於王安憶這一代作家來說，『都市感』的獲得、『城市意識』的確立，也不是一件容易的事情。」〔註19〕不過，他的文章本來是要說明，沒有張愛玲也不可能有後來的王安憶，王安憶的「都市感」是從張愛玲小說中獲得的。這種看法其實並不是很全面。因爲持這種看法的學者沒有注意到，王安憶特殊的「軍轉二代」身份在從張愛玲小說中獲得「都市感」的同時，也在按照自己的人生邏輯偏離這種都市感，或者說在重新改造這種都市感。她是在根據自己的經驗和觀察角度，賦予這種都市感新的不同的內涵。這就是哈羅德‧布魯姆在《影響的焦慮》中所指出的：「詩

〔註19〕 倪文尖：《上海／香港：女作家眼中的「雙城記」——從王安憶到張愛玲》，《文學評論》2002 年第 1 期。

的影響——當它涉及到兩位強者詩人，兩位真正的詩人時——總是以對前一位詩人的誤讀而進行的。這種誤讀是一種創造性的校正。實際上必然是一種誤譯。一部成果斐然的『詩的影響』的歷史」。〔註20〕從上述王安憶隨母親進入上海，以「軍轉二代」的身份在那裡成長，與弄堂孩子交往，以及她家庭內部的種種情形看，她對張愛玲小說的誤讀是無可避免的。更何況，她們都是「強者詩人」，「兩位真正的詩人」。這種誤讀與創造性的校正，就變得十分自然了。

第二節 日常生活的認同與諷喻

對描寫上海人的日常生活，王安憶抱著認同與諷喻的矛盾態度。這跟作家此時對小說看法的變化有直接的關係。〔註21〕從文學史角度看，鑒於國家剛從長期戰爭狀態轉向和平時期，英雄傳奇化曾是十七年文學創作中相當普遍的藝術形態；八十年代中期後，隨著社會重心轉向市場經濟，消費與大眾文化興起，日常生活代替英雄傳奇成為文學的基本敘事方式。喬以鋼在充分肯定這種敘事轉向的意義時，也把它界定為一種民間敘事：「民間敘事是以尋常生活、塵世樂趣和細膩的心理體驗為特色的敘事方式，它強調對瑣碎的日常歲月和平凡人生的關注。」她還敏銳地提醒應該注意王安憶的性別身份：「對女性創作來說，民間敘事的興起和發展尤具意義。女性創作常與作者個人的生活經驗有著十分密切的聯繫，其中滲透著女性對平凡歲月日常生活的感受和思考。」〔註22〕確實如論者所說，王安憶八九十年代小說創作的轉型，與當代文學觀念和敘事形態的這一重大調整具有深刻的關聯。1997 年，王安憶在復旦大學講課時，也說到了「小說」與「日常生活」關係的新變化：

> 小說這樣東西，它的技術和材料同我們日常生活貼得非常非常
> 近……我覺得它的困難在於它和我們日常生活貼得太近，小說使用
> 的語言是我們日常的說話，我們怎麼區別這是我們平時所說的話而

〔註20〕（美）哈羅德・布魯姆：《影響的焦慮》，徐文博譯，北京：北京三聯書店，1989 年，第 31 頁。

〔註21〕這種矛盾態度，可能受到了張愛玲的影響。不過王安憶在認同上海世俗性的同時也還有批判。

〔註22〕喬以鋼：《中國當代女性文學的文化探析》，北京：北京大學出版社，2006 年，第 204、205 頁。

不是小說裏的話？我們小說裏需要故事，這是一定的，我覺得小說一定要有情節和故事。這些故事我們要賦予它人間的面目，因為它絕對不是一個童話，不是一個民間傳說，它是小說，它要求一個寫實的面目，人間的面目，所以它非常容易和我們真實的生活攪合在一起，非常難以分別其獨立性。我覺得這裡面有著非常大的困難，但是我到復旦來所要做的，就是這個時期，我要把它理出個頭緒來。〔註23〕

3.2.1 日常生活的回歸

認為日常生活必須與社會觀念相一致，作家在描寫生活時，只有反映了時代生活的發展潮流，才被認為是藝術的真實，這是十七年文學汲取中國「新文學」的傳統，是汲取了十九世紀批判現實主義文學的某些面向，得以形成的文學觀念。但王安憶九十年代的小說，更多的是受到了張愛玲及中國傳統小說觀念的影響。這影響在她談到張愛玲、蘇青的創作時反映了出來：「我在其中看見的，是一個世俗的張愛玲。她對日常生活，並且是現時日常生活的細節，懷著一種熱切的喜好。在《公寓生活記趣》裏，她說；『我喜歡市聲。』城市中，擠挨著的人和事，她都非常留意，開電梯的工人，在後天井生個小風爐燒東西吃；聽壁腳的僕人，將人家電話裏的對話譯成西文傳給小東家聽；誰家煨牛肉湯的氣味。」為此她用欣賞的口氣評價道：「這樣熱騰騰的人氣，是她喜歡的。」她說「張愛玲小說裏的人物，真是很俗氣的。」傅雷說它們是「惡俗」也不為過。但她強調張愛玲對日常生活的俗氣是「帶了刻薄的譏誚」的，是有距離有批評。這種態度不同於蘇青小說的入世，「她對現時生活的愛好是出於對人生的恐懼」；正是這對世界看法的「虛無感」，就使張愛玲的世俗氣，「在那虛無的照耀下，變得藝術了。」〔註24〕張愛玲對上海人日常生活的矛盾態度，讓我們想到她的「大家子弟第三代」的身份，也讓我們不由聯想到王安憶的「軍轉二代」身份。某種意義上，她們都是不同於上海「本地人」的「外省二代人」。這種成長於上海，又不苟同上海人日常生活狀態的

〔註23〕 王安憶：《心靈世界──王安憶小說講稿》，上海：復旦大學出版社，1998年，第6頁。

〔註24〕 王安憶：《世俗的張愛玲》，《尋找上海》，上海：學林出版社，2011年，第179～189頁。

「既認同又諷喻」的態度，是她們小說創作的相似點。但是在具體取材、構思和創作過程中，又是存在著明顯差別的。這需要在另文中討論和研究。

長篇小說《富萍》寫富萍住在梅家橋棚戶弄堂的舅舅舅媽邀請奶奶去過年吃飯和看戲的情節，就注意從落腳上海的揚州鄉下人日常生活的材料中提取小說的元素。剛進門時，奶奶多少還生著從家裏偷跑出來的富萍的氣，但看到富萍給她沖白糖米花茶，又炒花生，還找了舅舅的香煙孝敬她時，「眼圈都有些濕了。」奶奶雖是揚州人，來上海做保姆幾十年，已自以為是「上海人」，她開始以上海人的眼光來看這家當送糞船工的揚州鄉下親戚了。在飯桌上，他們吃飯的方式是大魚大肉式的，同為船工的鄰居們出於好奇，紛紛來家裏看這位「有身份、有氣度」的奶奶，不避嫌地站在他們後面看全家人吃飯：

> 堆尖的盤子碗，通是濃油赤醬，紅亮亮的。那兩個小的，本來
> 就饞肉。這一下可大飽口福。奶奶怕她們吃壞肚子，攔著，可怎麼
> 攔得住？多少雙手搶著往她們碗裏夾肉。後來，奶奶自己也吃開了
> 胃，什麼時候是人家燒給她吃的？又口口聲聲的「奶奶」「奶奶」叫
> 個不停。記不得喝了幾盅酒了，只覺得耳熱心跳，心理且十分快活。
> 坐一桌吃的，站一圈看的，嘖著嘴，贊奶奶會喝酒，兩個「上海」
> 的小孩也那麼會吃肉。等大人們放下酒盅盛飯了，他家的小孩子們
> 才擠上桌來，就更熱鬧了。小孩子都是人來瘋，爭著搶著，比往日
> 要多吃幾倍。他們方才已經玩熟了，這會兒就有些熱過頭，開始吵
> 嘴，比著誰能吃肥肉。大人吆喝著，也不是真吆喝，反而鼓勵了他
> 們。眼看著盆子裏刷刷地淺下去，見了底，堆尖了，再淺下去，見
> 底。人們嚷道：孫達亮，還過不過年了！舅媽紅著臉膛，眼睛亮著：
> 過！怎麼不過？天天過！這時，有人過來傳話了，說戲快開場了，
> 人多得不得了，讓奶奶快去！〔註25〕

作品描寫了兩個上海：一個是富萍舅舅孫達亮等揚州鄉下送糞船工們眼裏的上海，即梅家橋的「棚戶區弄堂世界」；另一個是奶奶和兩個東家小孩的「淮海中路弄堂」的上海。這家老實本分善良的船工，盡其所有地來招待他們，站在飯桌旁看熱鬧的鄰居們，心中則非常羨慕這三個洋氣的上海人。滿滿一桌「濃油赤醬」的大盤揚州鄉下菜，夾肉、喝酒和不斷吆喝的喜慶氣氛，連

〔註25〕王安憶：《富萍》，長沙：湖南文藝出版社，2000年，第161、162頁。

本來生著富萍氣的老實的奶奶，也被感動了。而在這背後，能夠看到王安憶冷靜觀察著的眼睛。她對這上海尋常老百姓家的日常生活場景和世俗性，也像張愛玲一樣是很愛好和喜歡的，是抱著認同的態度的。否則她也不會寫得如此惟妙惟肖，細緻逼眞了。她曾經用欣賞的口氣對劉金冬說：「其實世俗性的說法就是人還想過得好一點，比現狀好一點，就是一寸一寸地看。上海的市民看東西都是這樣的，但是積極的，看一寸走一寸，結果也眞走得很遠。」〔註 26〕一位年輕的研究者，也從這些日常生活描寫上看出了王安憶的「地域視角」所發揮的作用。她認爲《富萍》的寫實風格，主要體現在「對於六十年代初上海日常生活場景、經驗和生活狀態的描繪上。小說是在兩大背景下展開敘述的：一是奶奶幫傭的淮海路上的那條弄堂。據奶奶的也就是一般上海人的觀點，這是最具有上海風韻的地方。小說從弄堂下午三四點鐘和小女孩跳橡皮筋的響動開篇，一路寫下去，處處都是這條不深的弄堂和弄前小街的聲、色、形、韻。讀者跟隨著奶奶的目光去品味這一帶的樓房、街道、住家」。讀這篇小說，會情不自禁地跟著上海人在「看一寸走一寸」。第二個背景是奶奶剛才吃飯的那個梅家橋棚戶區，它雖然是上海的貧民窟，這座繁華大都市最無光彩的底層，但「敘述者的眼光卻並沒有停留在濁黑破敗的屋瓦之上，而是探進簷下，關注著與生活息息相關的一柱一石、一磚一木。」她認爲這才是弄堂裏的生活哲學，是點點滴滴「居家過日子的經驗」，「生活的主角是人」，「這也是這篇小說之所以特別『實』的重要因素。」〔註 27〕王安憶所以認同描寫日常生活的小說觀，確實如這位研究者所說，她是將人當成「生活的主角」來看待的。

王安憶對日常生活的關注，還出現在中篇小說《香港的情與愛》中。以前作者寫上海，場景多在上海及其周邊地區，而這一次她把上海搬到了香港。女主人公逢佳對美籍華人老魏說自己出生臺灣，後來去了美國，而她實際上來自上海，在香港外資企業供職。通過自己把全家都帶到美國，是她與老魏眞假情愛的眞實動機。作品有意剪去大歷史的背景，將兩個亂世男女壓縮到

〔註26〕王安憶、劉金冬：《我是女性主義者嗎？》，《鍾山》2001 年第 5 期。這篇訪談，是王安憶在《世俗的張愛玲》和《我看蘇青》之外，一篇談論張愛玲和比較她們倆創作之不同的代表性的文章。出於作家的自尊，她對張愛玲這個重要的「創作資源」的看法，可能有所貶低。但如果從文學史角度來看張愛玲的價值，也並非毫無可取之處。

〔註27〕唐曉丹：《解讀〈富萍〉，解讀王安憶》，《當代文壇》2001 年第 4 期。

香港九龍的麗晶酒店這個小場景中。這是小人物的生活場景，也可以說是日常生活的顯現。作者不吝筆墨，詳盡描寫了九十年代香港這座前殖民地城市的繁華景致，例如在老魏眼裏，香港就是一個最精美的酒杯，而在逢佳心目中，則是一塊自由的領地。他們一起在酒店的旋轉餐廳喝酒欣賞香港的夜景，驅車到太平頂的盤山路，又乘纜車下山。老魏帶她去購物，逢佳一直注意的是衣物的價格牌，她專撿那些不起眼的、過時的衣服看，碰到一件最昂貴的，卻像燙了手一樣趕快扔掉。她是有自己的世故和自尊的，不想留下敲竹槓的嫌疑，買的又是自己所喜歡的那種樣式。在男女情事上，逢佳是主動的、進攻性的，有一種急於求成的姿態；而老魏卻無意上這種圈套。一是因為他沒能力把逢佳全家辦到美國，二是對這個老派的男人來說，這不是他心目中的生活情趣。這段心照不宣的情愛糾纏，頗有點張愛玲《傾城之戀》的味道，也是發生在香港；但男女情愛是《傾城之戀》的中心，在《香港的情與愛》裏只是一個道具。再說，如果白流蘇和范柳原同屬於未婚大齡男女，是有走進婚配的可能性的話，那麼對逢佳這個有家室的女人來說，她只不過是想借老魏之力移民美國。王安憶與張愛玲形成這種不同視角，與兩人小說寫法的差異有關，更重要的是前者有一個不很明顯的「外省二代」的觀感。王安憶並不認同逢佳與老魏的逢場作戲，她作為「外省二代」的矜持感，不會欣賞後者這種極具功利色彩的日常生活態度。從這個角度看，「日常生活」不過是她來寫九十年代社會場景一個文學道具，她要讓人物在那上面演繹各種各樣的人生戲劇，自己頂多是一個旁觀者。作者的這番心理活動，可以在小說結尾描寫中見出一二：雖然讓逢佳做了自己兩年情人，但老魏仍然兌現了諾言，不是去美國，而是把逢佳送到了澳大利亞的悉尼。走之前兩人的對話，也是貼心貼肺有情有義的。老魏說：逢佳，我耽誤了你兩年，我沒有辦法。逢佳說：我覺得很值得，沒有吃虧，假如靠我自己奮鬥，這兩年到不了這程度。老魏又說：禪家有句話，叫「修千年才能共枕」，我們總是有緣的。逢佳接著說：這樣我就懂了。老魏跟逢佳和她老父親見了一面，就把逢佳送上去澳洲的航班。當老魏坐在去美國航班上的時候，香港和逢佳一起湧上心頭，他不禁熱淚盈眶了。前面說，王安憶只是這部小說命運的旁觀者，就是這個意思。因為說到底，「日常生活」就是她寫九十年代上海社會的一個道具。但與此同時，她也知道，「日常生活的回歸」是歷史的大勢所趨，小說家必須成為它忠實的記錄者。

　　九十年代以後的王安憶小說，對日常生活的敘述都是抓得很緊，也是挖得很深很細的。這一方面反映了她的小說觀念的變化，另一方面，也反映了她在小說創作上的成熟。中國傳統小說，一向注意寫實的工夫。即使到了魯迅等現代作家這裡，寫實也成爲判斷他們藝術成就高低的一個試金石。魯迅的《孔乙己》、《祝福》、《藥》、《在酒樓上》、《故鄉》和《肥皂》等，就是小說寫實的傑作。夏志清認爲，紮實的寫實功底，使得魯迅小說的象徵意味更爲顯著和深刻，一個作家的思想，往往都是從對日常生活的觀察中產生的。他說：魯迅在《藥》這篇小說中「嘗試建立一個複雜的意義結構。兩個青年的姓氏（華夏是中國的雅稱），就代表了中國希望和絕望的兩面，華飲血後仍然活不了，正象徵著封建傳統的死亡，這個傳統，在革命性的變動中更無復活的可能了。夏的受害表現了魯迅對於當時中國革命的悲觀，然而，他雖然悲觀，卻仍然爲夏的冤死表示抗議。」〔註 28〕夏志清對自己心儀，也是王安憶暗中師承的張愛玲小說的日常敘事能力，更是一種推崇備至的口氣。他指出：「張愛玲受弗洛伊德的影響，也受西洋小說的影響，這是從她心理描寫的細膩和運用暗喻以充實故事內涵的意義兩點上看得出來的。可是給她影響最大的，還是中國舊小說。她對於中國的人情風俗，觀察如此深刻，若不熟讀中國舊小說，絕對辦不到。她的文章裏就有不少舊小說的痕跡，例如她喜歡用『道』字代替『說』字。她受舊小說之益最深之處是她對白的圓熟和對中國人脾氣的摸透。」〔註 29〕王安憶雖然師承了魯迅、張愛玲這種寫實的傳統，但不像魯迅而更像張愛玲。她不是魯迅那種思想型的小說家，而是張愛玲這種世故型的小說家。她和兩位前輩都關注日常生活，但她的敘述重心不在魯迅的思想，而在張愛玲的人情世故上。具體到她的小說，也就是上海人的人情世故這一方面。

　　例如，在《街》裏面，她寫到當弄堂口煙紙店的排門板一塊一塊卸了下來後，櫃檯上擺著的瑣碎而全面的小商品：一瓶杏話梅，一瓶桃板，一瓶奶油太妃，招牌上寫著一塊八一斤，五分兩粒；櫃檯裏面有練習簿、鉛筆、針、線、牙膏、肥皂、洗頭膏、袋裝珍珠膏、寬緊帶、橡皮筋等。弄堂居民生活

〔註28〕（美）夏志清：《中國現代小說史》，上海：復旦大學出版社 2005 年，第 27 頁。

〔註29〕（美）夏志清：《中國現代小說史》，上海：復旦大學出版社 2005 年，第 260 頁。

的方方面面，在這幅速寫裏一覽無餘。《招工》敘述的是縣城街上的知青劉海明，因爲是本地人，又有結婚生子的經驗，於是便比屬於外來戶的上海知青，多了幾分精明和世故。招工的消息一陣風一陣風地吹到這個村莊來，很多知青都沉不住氣了。他們到公社、縣城和地區四處打探消息，或者在知青點之間跑著，交流著信息。兩相比較，就顯出了劉海明的聰明。他每天都很鎮定的出工，收工，照常生活。日子一久，村裏人包括村幹部就比較出了劉海明的踏實肯幹，結果好感慢慢轉向了他。《保姆們》寫一群在上海醫院裏給病人當護工的農村保姆。每個家庭的雇傭關係，保姆之間的勾心鬥角、爭風吃醋，一一呈於紙上。其中，作品對最年長的姓林的保姆的描寫頗爲細緻生動。與其他嘰嘰喳喳的保姆不同，她知道自己的地位，也注意如何贏得主人家包括整個病房的好感。她的東家患的糖尿病，能動，不用陪床，只是嫌醫院飯不好，每天送一兩頓飯。在描寫這些日常生活細節時，作者比較克制，只根據人物心理去描摹。作品寫道，這是一個文靜的人，短髮，斜挑到一邊，卡子別住。身材比較高，穿的是一件灰呢外套，看上去像一個內地的中學教師。走進病房，朝大家笑笑，就徑直向靠窗戶邊的東家的床位走去。放下飯盒，打開，擺好，轉過身在床沿上坐下，再朝大家笑笑。只聽不說。這樣全病房的人，都覺得這個保姆要好於其他的保姆。

3.2.2　日常生活敘事的諷喻性

前面我們已經說過，有很長一個時期裏，王安憶在上海社會的眞實生活狀態，與本地的上海人之間是有一個「玻璃窗戶」。外面和裏面的人都可以看清對方，卻不能眞正理解，在人生觀念上是隔著一層無法說破的紙的。這就是她作品日常生活敘事諷喻性的由來。

王安憶對日常生活敘事的重視，顯然是對中國傳統小說的認祖歸宗，意味著一個積極自覺的藝術嘗試。在治中國古代小說史的學者石昌渝看來，宋明文言小說的地位下降後，白話小說漸成創作的主流。白話小說來自民間「說話」，它是一種民間藝術，雖也會進入貴族士大夫圈子，但與下層民眾的關係更爲密切。唐代「說話」主要在寺廟，宋代市集上的瓦子勾欄，例如《東京夢華錄》、《夢粱錄》、《武林舊事》、《都城紀勝》等作品都有瓦子勾欄的記載。「『說話』藝人講唱的故事，一般都是師徒口耳相傳，也有出自自編，這是說唱行當的一個傳統，一直沿襲到近現代。」由於是「說話」藝術，作者毫不

掩飾自己的敍述者身份，所以「客觀的敍述應當是小說敍事方式的上乘境界。中國古代長篇小說採用客觀敍述的作品最上乘者是《紅樓夢》」。〔註30〕這就找到了王安憶日常生活敍事的歷史淵源。可以說經由張愛玲這個中介，她九十年代小說創作似乎回到了中國傳統小說的長河之中。這種判斷，是以她在復旦大學講授的小說課內容爲根據的。她說，寫小說時，「我們只能用一些最最日常化的語言，而且我個人也覺得最好的小說應該用最日常化的語言。比如我說你應該吃飯了，那我無論如何都得用『你應該吃飯了』，而不能用別的語言去說。」「所以我們所用的材料——語言，是非常寫實化的。」〔註31〕這與石昌渝所謂小說是「說話」之藝術的看法比較的接近。

中國傳統小說點點滴滴的薰陶，雖不能一一找到而且被坐實，然而從這位作家九十年代創作的大量中短篇小說中，是可以找到很多這方面的例子的。

《鳩雀一戰》就是採用上海老百姓日常生活的「說話」的語言。老保姆小妹阿姨在愚園路一個東家那裡做了一段，感覺年紀漸老，應該在上海有一間自己的房子。於是找到做了很多年，帶出幾個孩子的老東家那裡，想商量就在原來那間小房子裏棲身。老東家太太只與她打牌，卻迴避正事。她再找曾含辛茹苦帶大的大弟，大弟見推諉不過，便跪下求情，聲音顫著說：「小妹阿姨，看在姆媽的面上，你放了我們這一回吧！」小妹心軟起來，她「看著蜷曲在她腳下的這個男人，眼淚終於滴了下來，這是她親自帶大的孩子啊！她沒生過小孩，這就像她自己的小孩一樣，她所能體味到的全部母愛便是對這男人的了。」但一想，戶口反正還在張家的戶籍薄上，只能堅持持久戰了。她知道五十七號阿姨與自己小叔叔有染，便想利用這個軟肋，乘機將她倆的戶口一起落在小叔叔房子名下。因爲他不出幾年會退休告老還鄉。打定注意好，小妹便與五十七號結伴去閘北棚戶弄堂看叔叔。接下來的人物對話，對閘北簡陋破敗街面的描寫，觀察叔叔與五十七號阿姨隱晦的男女情色，因是日常生活的材料，在作品裏絲絲入扣，非常貼切。這後面幾千字的敍述，如果朗讀下來，和上海人平時裏的說話竟毫無差別。

〔註30〕石昌渝：《中國小說源流論》，北京：生活・讀書・新知三聯書店，1994年，第18～27頁。

〔註31〕王安憶：《心靈世界——王安憶小說講稿》，上海：復旦大學出版社，1998年，第15頁。

　　不光是「說話」的語言，王安憶就連作品人物生活的喜好，也不放過。與此可知，上海人過日子是非常踏實的，很能享受這柴米油鹽的生活感覺。又比如短篇《閨中》，母親在區裏飲食公司做出納，女兒開始在家待業，後來被招進一家幼兒園做財務。母女倆薪水不高，但過得仔細，樣樣都細心安排，讓每一件東西充分發揮它們的能量。那時是「文革」歲月，每人每季配給一張線票，每張線票可買四團棉線。她們就用魚票、肉票，蛋票甚至糧票，去向別人換來線票。「好在她們都是食量很小的人，也沒有太強的口舌之欲。」後來，又用線票買來棉線，鉤成茶巾，桌布，沙發巾，手套。那時有很多禁忌，然而花邊花樣卻可以在這裡流傳著。母親還用全黑的線鉤了一件上衣，跨袖較寬，青果領，不繫扣，春秋季節，就罩在襯衣外邊，黑的鏤空裏再透出襯衣的花色，一真一假，虛實相間，在那荒蕪的年代，稱得上是華麗了。由此可知上海人在如此狹窄的生存空間裏，尚能放低身段經營這眼前的一點一滴，腳踏實地地過普通的日子。如此去看，日常生活這種小說材料，通過比例恰當安排，可以調節小說與生活的矛盾；而且嫻熟使用「說話」這種民間語言，也可以促進敘述者直接與讀者對話。但更重要的是，它實際還反映出在「文革」後，經過 1985 年的「尋根運動」，王安憶和很多有歷史反省能力的作家創作觀念上的重大調整。這即是如何順應歷史潮流的變化，提升「生活哲學」在當代文學創作中的地位，以及這種適應現代社會生活的觀念意識在作家群體中的復蘇。

　　王安憶固然受到了傳統小說「說話藝術」的影響，但她不完全認同裏面過於市井化的趣味。作為有現代意識的作家，有距離感的創作視角在她作品中是始終存在的。她雖喜歡張愛玲小說「世俗性」的東西，卻在小說敘述中有意保留著諷喻性的意味。在張愛玲這裡，如果說作者敘述的「距離感」是從人生「虛無感」中產生的；那麼對王安憶來說，這種「距離感」則暗含著一種溫和性的批判張力。用她的話說，自己是比較認同「古典作家」也即十九世紀小說的，相信那才是自己文學的「教養」所在。所以，她肯定西方作家在表現日常生活時，採取的是「不苟同」的態度。在她看來，西方作家作品中始終保持著一種超越性的力量，那是神的和藝術的東西。「我覺得西方作家有一種本能，就是說他是把自己和創作物分開的，比如詹姆斯·喬伊斯，你看他自己的生活非常慘的，很坎坷的，可他寫的又是什麼？都柏林，都柏林人，那樣心懷仁慈、力求公正的批判，好像與他生活以及生活的焦慮是無

關的,他沒有把他生活當中這些東西往裏填充。」「他們好像分得很清,我是我,你是你,他是他,我創作的東西和我的關係是脫離的,最終是脫離,那才是藝術的存在。」〔註32〕這種看法能夠解釋王安憶所謂作家在處理「日常生活材料」與「小說獨立性」之間關係時面臨的難度。也可以解釋,「軍轉二代」固然是一個小說家視角,但也僅僅是客觀條件而已,而重要的是,「我創作的東西和我的關係是脫離,最終是脫離,那才是藝術的存在」,這種對王安憶來說最爲關鍵的小說家的態度。於是,讀王安憶的小說,能時時感受到她對筆下世俗性的東西及人物狀態有諷刺,但也是溫和適度的,這可能是她與喬伊斯「心懷仁慈、力求公正」的情懷心有靈犀的緣故。進一步說,這也是她與張愛玲的區別,她相信「上海市民是很安分的」,他們「懂得生活的哲學,懂得美學」。〔註33〕所有這些因素,決定了她對上海市民的「距離感」中有暖意,在諷刺中有保留,是那種錯落有致和充滿了辯證關係的。

王安憶對日常生活敘事的諷喻性,可以在《人人之間》這篇小說裏略知一二。作品寫一個弄堂小學裏,王強新是個沒有父母、跟著住板壁房七十多歲的爺爺度日的苦孩子。他又有各種怪癖,例如吧嗒吧嗒地吃肉餡,飛跑到學校時撞上同學和老師;又例如上語文課坐不直,做小動作,喜歡吵鬧亂說話,等等。於是王新強被罰站成爲常態,在從學校領他回家的爺爺那裡也不受待見。從這些描寫可以看出作者對底層社會民眾的同情,但她無意寫一篇道德化的小說。張老師這個人物的出現,似乎是要在道德和敘述之間尋找一個平衡。讀者發現,張老師觀看王強新的視角裏,是包含著對弄堂底層人陋習短見的挖苦的,也有一絲含蓄的憐憫。他想用愛來改造王強新,走訪他的家庭,還想緩和他與陶老師的緊張關係。被張老師感動的王強新,一心想著把弄堂老姑娘毛妹介紹給老師做媳婦。但最終因他太過頑劣,張老師失手打了他一巴掌後,致使所有努力都付之東流。爺爺來學校興師問罪,並對張老師罵出了相當骯髒的髒話。這就把底層社會的某種粗鄙性完全暴露了出來。自然在張老師的「遭遇」裏,也透露著王安憶對某些弄堂底層人物鄙夷的觀感。在另一篇小說《小新娘》的敘述中,能發現作者對上海人婚姻問題的功利世故是讚賞的,但寫到他們過於精明計較時,又不免心生厭煩了。王安憶

〔註32〕王安憶、張新穎:《談話錄》,桂林:廣西師範大學出版社,2008年,第26～31、43頁。

〔註33〕王安憶、劉金冬:《我是女性主義者嗎?》,《鍾山》2001年第5期。

創作的老到之處，是並不直接對人物的所作所為發表評論，而是隱藏在故事的敘述過程之中，讓敘述來呈現她所希望的藝術效果。小新娘小時候是從照相館櫥窗的婚紗照片中認識婚姻的，她小小年紀就開始了對婚姻的訓練。上高中的時候，剛十六歲，媽媽問她需要什麼禮物，回答是要拍一套豪華的沙龍照。沒考上大學，而只上了一個自考助學班，這是滿懷心思都在婚姻上的原因造成的。父母也很實際，就在這樣挑剔配偶的過程中，結果把兩個大齡男女弄到了一起。王安憶在寫這個被小新娘父母看中的男孩子時，毫不掩飾地使用了嘲諷性的口吻：

> 又熬了大半年，父母終於選定一個。名牌大學化工專業畢業，現在合資企業做部門管理，父母都是機關幹部。男孩子中等偏高個子，比女兒長出八公分左右，臉是長方白淨的一種。倒是不穿同齡男孩的那類名牌休閒系列，而是藏青西裝，繫領帶，手提黑公文皮包，像個日本商社的職員。看上去穩重，把人交給他很放心的樣子。年齡確也要長她幾歲，是很合適的婚配。這樣的婚配，一般只有在父母的關顧下才可達成，是經過客觀全面的衡量。她父母也沒有忽略，他為什麼沒有在大學裏談戀愛這個問題，回答是令人放心的。學工的女生長得多是不敢恭維，情趣亦很枯乏，還一半是家在外地，他父母又不喜歡他找外地人。後來到了社會上，找女朋友的機會其實更小了，年齡和層次的界限都被打散了，婚配的對象也就流失了。〔註34〕

這家人選對象跟選商品一樣客觀冷靜。作品實際透露出婚姻之中的經濟交換關係。當事人在實際操作的過程中，未必能想到這種經濟關係的存在，然而在現實意義上，卻充分彰顯出九十年代以後，中國人在愛情、婚姻及其各種人際關係上觀念的深刻變化。在作品中，先是交代了男孩的身份「名牌大學」、「合資企業」，父母是「機關幹部」；接著是體型外觀年齡問題，「中等偏高個子」，且「比女兒長出八公分左右」，「長她幾歲」；又問到男孩上大學為何不談女朋友，回答也嚴絲合縫，不留任何漏洞。作者的敘述字字妥帖，力求精確到位，更讓人覺得她不僅嘲諷，甚至有點刻薄。她對男女的交往，還使用了刻薄的遊戲筆調：

〔註34〕王安憶：《現代生活》，昆明：雲南人民出版社，2002年，第67、68頁。

兩個孩子見面後就開始交往，這才有些接近電視劇電影的情形，咖啡館喝咖啡，紅茶坊喝泡沫紅茶。坐在藤蘿垂蔓的秋韆架上，腳懸著，打著晃悠。熟了起來，就要鬧些小彆扭，走在街上，忽然一個扭頭，朝相反方向走去，那男孩便緊隨過去。電話呢，聽到聲音一掛，不搭腔，那一個只得反覆地上門，陪盡小心。男孩子總是心粗，對她的小手勢有些接應不來，常常要慢半拍。她心裏就有些氣恨，氣恨他木，不與她協調好，使得效果總要差那麼一點。再過過，就要有些親熱的舉止了。那男小孩其實並不像外表上那麼老練，反是很靦腆，就不敢與她在大庭廣眾來些小動作。這也讓她氣恨，因為丟失了許多叫人羨慕的好畫面。但是私下裏，單兩個人，他卻很是熱烈，甚至衝動。她既是感動，因為這樣被人愛，到底叫人歡喜，卻又有些害怕，不曉得接下去會發生什麼。她實在是對男女之情瞭解不多的。〔註35〕

讀完這段描寫，我們認為它其實合乎人之常情，並沒有什麼離譜表現。這幅男女結識、交往和一起遊玩的情景，在現實生活中應該是比比皆是。按講在日常生活中，都市男女青年這種逛街、喝咖啡、閒扯，女孩子再使點小性，而男孩子慌裏慌張不知怎麼應對，怎麼接招。尤其是好人家的男孩，表面看都成熟沉穩，而其實卻缺乏馭人手段，堅持不住的就乾脆放棄拜拜的事情，可以說應有盡有。不過，這就是小說與生活的不同之處。因為一旦將它寫進小說裏，尤其是按照王安憶主觀性的敘述口吻寫出來就變得比較難看了，還有點市井氣，自然也不很高雅。王安憶冷眼看著這對男女陷入世俗婚姻遊戲，一直滑到日常生活的泥坑裏，也無意去搭救。她用這類反文學的方法寫小說，以大俗來寫風雅，不免就變得高明了。在我看來，她的冷靜敘述其實明顯是諷刺。而她又拿捏得恰到好處，就顯示出一種閱人無數的超然感，就是一種居高臨下看人生的視角了。這種視角是否是因為受到張愛玲的影響，也未可知。張愛玲在1944年版的小說集《傳奇》扉頁上，就曾寫過這麼一段話：「書名叫傳奇，目的是在傳奇裏面尋找普通人，在普通人裏面尋找傳奇——張愛玲。」〔註36〕可見這裡面，確實也有著作家們小說思維的辯證法的。

〔註35〕王安憶：《現代生活》，昆明：雲南人民出版社，2002年，第67、68頁。
〔註36〕參見陳子善：《看張及其他》，北京：中華書局2009年，第40頁。

　　在王安憶式的諷喻中，還能看到一種比較性的敘述。《富萍》寫富萍剛到上海時，東家這裡無事可做，奶奶便派她去幫剛生小孩的人家洗嬰兒衣服。隔著弄堂一道籬笆，她看到了對面兩所女中的不同景象。王安憶這是在借富萍眼睛表明自己的好惡。那所上海市的重點中學，雖是男女合校，前身卻是法國教會學校，學生多為中產家庭出身，氣質自然不同。女生們愛穿寬帶的藏青短裙，或者是格子布裙，下面是白色齊膝長筒襪，腳穿白跑鞋或是橫搭袢黑皮鞋。再上面，短辮的辮梢與額髮，大都燙成蓬鬆狀。進出校門的男生，則多戴眼鏡，穿西裝褲，皮鞋，背的是那種大大的牛皮書包。他們中有不少人請了家庭教師，上英語課，鋼琴課。也有人參加學校話劇社。這個話劇社在全市很有名，上演過原版的莎士比亞戲劇，包括《茶花女》等。而旁邊另一所女中就顯出了差距，有一點低俗的味道。作者這樣寫她們：眼前的一切都顏色鮮豔，外露，肆無忌憚。她們偏愛花色衣服，書包多是帶荷葉邊的花布兜。頭髮則編成長長的辮子，上面是花卡子。課間休息，沒人看書談書，而是拿出鉤針和竹針，編織毛衣，幹一些碎活。業餘時間，她們中流行結伴到照相館拍穿戲裝，拍手指甲大小的照片。如逢上節日和紀念日，她們也喜歡登臺演出，在操場上搭一座舞臺，圍起幕簾，拉上電燈和麥克風。節目是合唱或獨唱，帶一點戲曲清唱裏的動作。有一次，兩個女生上臺演一個相聲，都扮男裝，一人穿一條男式西裝短褲，然而更加女人氣，是一種鄙俗過頭的女人氣。而女中傳出的讀書聲，也不像那所重點中學飽滿清朗，而是有氣無力、敷衍了事的。她們的生活庸俗，平淡，沒有希望。這種略帶階層歧視的觀察視角，在王安憶其他作品中不乏例子，例如《「文革」軼事》裏張思葉看初到張家的趙志國，《我愛比爾》談論阿三這位上海郊縣出身女大學生的語氣，在《好婆與李同志》裏，李同志起初不想理會樓上這位上海市民的描寫等，都包蘊著這種現象。

　　王安憶不僅將諷喻性敘述附著在女中學生外表上，還運用到對作品人物為人處世的觀察中。在《長恨歌》開頭，作者比較了王琦瑤的精明與吳佩珍的天真，兩人在人情世故上的差異與家庭自然有一定的關係。出身影響著王琦瑤與吳佩珍人生的走向。在這部長篇小說初版本（作家出版社 1996 年版）裏，作者第一句話就是：「王琦瑤是典型的上海弄堂的女兒」。這句話，已經包含著蔑視的意味。再往下讀，就會感到這種諷喻是直戳這個女子的內心的。王琦瑤的女伴吳佩珍也是弄堂女孩，但是不一樣的弄堂女孩。她是「那類粗

心的女孩子，她本應當爲自己的醜自卑的，但因爲家境不錯，有人疼愛，養成了豁朗單純的個性，使這自卑變成了謙虛。」因爲單純，她就看不出王琦瑤的世故精明了。第一次從電影片廠回來後，王琦瑤就盼著再去，又不肯說。因爲僞裝得隱蔽自然，吳佩珍就錯以爲是王琦瑤不想去了。於是吳佩珍使勁去動員王琦瑤。讀者讀到這裡，相信都會對王安憶這種「比較性敘述」的是非標準自有判斷。所以，即使讀到王安憶替吳佩珍的幼稚打圓場的文字，也覺得這是對王琦瑤世故的明顯諷刺：「她的慷慨突出的是吳佩珍的受恩，使吳佩珍負了債。好在吳佩珍是壓得起的，她的人生任務不如王琦瑤來的重，有一點吃老本，也有一點不計較，本是一身輕，也是爲王琦瑤分擔的意思。」純粹就小說寫作技巧而言，將兩位關係親近的人物做比較，是一種常見的「反襯法」或叫「互襯法」。小說開篇時引進吳佩珍，是爲王琦瑤做一個鋪墊，做一個明確的社會定位。正是在與吳佩珍的社會身份差異中，人們能隱約感覺到王琦瑤以後將走的人生道路（當然她也可能會有另外的選擇）。但應該承認，王安憶對這個人物是寄寓著同情的，缺乏同情心的小說，無法產生真正打動人心的力量。但如果從王安憶的角度，她卻不會真正認同王琦瑤在作品中的所有表現。換句話說，王安憶對王琦瑤的諷刺裏面，是暗含著對吳佩珍這個社會階層的「身份認同」的。吳佩珍的天眞裏有人性的光彩，是一種神性的顯現，它雖不是這部長篇小說的中心，只是匆匆掠過的一抹光色。在我們做過各種比較之後，筆者認爲往更大的方面講，所謂「軍轉二代」的敘述視角，其實是以這種社會階層的「身份認同」爲基礎的。

張靜在《身份認同研究——觀念 態度 理據》一書中界定說：「身份是社會成員在社會中的位置，其核心內容包括特定的權利、義務、責任、忠誠對象、認同和從事規則，還包括該權利、責任和忠誠存在的合法化理由。」社會中每一個成員，都是以自己的「身份」來思考和行動的。所以，「身份系統的基本功能，是對社會成員所處的位置和角色進行類別區分，通過賦予不同類型及角色以不同的權利、責任和義務，在群體的公共生活中形成『支配一服從』的社會秩序」。論者進一步指出：「當我們從這樣的視角提問時，潛在的理論前提是，擁有一種身份本身並不意味著身份的確定或終結，它只是一個開始，還需要不斷實踐才能不斷趨緊該身份所固有之內核，換言之，身份，尤其是對於一種宗教成員的身份而言，是一個需要不斷實踐的『天路歷程』。『必須在世俗活動中證明一個人的信仰』，要『從精神上塑造個人自身及其生

活方式』。」〔註37〕以此分析王安憶在小說創作實踐上的矛盾態度,可以發現,作家的真實思想雖然總是隱藏在作品創作中,但在作品構思和寫作過程中,他們又必須忘掉這種現實功利性,否則就無法完成審美的創造。通觀古今中外所有優秀的作家,都可以說是這種「無意識」和「有意識」的複雜結合體。由此可以認為,正是這種無意識行為深藏著的「邏輯結構」,支配了王安憶「軍轉二代」的敘述視角,強有力地支配了她小說創作的實踐過程。用張靜的話來說,「擁有一種身份本身並不意味著身份的確定或終結,它只是一個開始,還需要不斷實踐才能不斷趨緊該身份所固有之內核。」當然,這裡還有兩個層面值得辨析:一個是王安憶的小說家層面;另一個是她的「軍轉二代」身份的層面。由於小說創作本身的特殊性,這種「軍轉二代」身份顯示的文學史張力,有可能比其他作家更加特別和複雜,有必要通過對其敘述陌生化的細緻研究來展開。

第三節　小說敘述的陌生化

　　在本章前兩節中,我們著重探討了王安憶「軍轉二代」身份在完成向「上海人」本土經驗歸化的過程中,一定程度上保留了自己身份獨特性的問題。這種獨特性體現在小說創作中,則顯示出對日常生活認同與諷喻相混合的特色。概而言之,正因為她不是純粹的上海「本地人」,一種他者看上海的創作視角就勢必會推動小說敘述陌生化的進程,並進一步拓展這類都市題材小說敘述上的空間。

3.3.1　「陌生化」的涵義

　　「陌生化」是俄國形式主義代表人物維克托・什克洛夫斯基提出的一個文學批評概念。他認為詩歌創作具有獨特性,就因為它是一種將日常生活的經驗「反常化」的藝術手法。〔註38〕詩歌藝術的基本功能,是對受日常生活的感覺方式支持的習慣化過程起反作用。換句話說,詩歌的目的即是要顛倒習慣化的過程,使我們如此熟悉的東西「陌生化」。詩人的創作是要「創造性

〔註37〕 張靜:《身份認同研究——觀念 態度 理據》,上海:上海人民出版社,2006年,第4、3、120頁。

〔註38〕 (俄)維克托・什克洛夫斯基:《作為手法的藝術》,方姍等譯,《俄國形式主義文論選》,1989年,第6頁。

地損壞」習以爲常的、標準的東西，以便把一種新的、童稚的、生氣盎然的
前景灌輸給我們。因此，詩人意在瓦解「常備的反應」，創造一種昇華了的意
識，重新構造我們對「現實」的印象，用一種重新創造出來的「現實」來取
代我們已經繼承而且習慣了的「現實」。在小說的敘述上，什克洛夫斯基認爲
最集中的體現是在「情節」上。爲此，他對「故事」和「情節」作了仔細區
分，指出「故事」是小說的素材，不過是事件的基本延續，「情節」則是使「故
事」轉向陌生化，最後被作家創造性地扭曲並使之面目皆非的獨特方式。可
以說，小說的「主人公」是被情節創造的，正如哈姆雷特這個形象是由「舞
臺藝術創造的」一樣。其次，它需要細節。陌生化的過程預先需要一批「大
家所熟悉的」材料的存在，這批材料是有內容的。假如所有文學作品都從事
於陌生化過程，那麼由於缺乏大家所熟悉的標準或「對照物」，這一過程的獨
特性也就會被剝奪。因此，一部虛構作品只能在講述另一些事物的背景下講
述自己是如何產生的。另外他強調，從陌生化中產生的「文學性」，最終在於
作者對語言的獨特的使用。小說語言是一種特別強化了的語言，能指作爲所
指在起作用，語言通過自己內在的規律發揮作用，適合並反映自己的本質。
因此它作爲小說的重要輔助手段，充分顯示出自己的「有組織」的特徵。〔註
39〕顧彬又把這種陌生化觀點發展成一種「異」的現象。他認爲讀者在閱讀文
學作品時，都隱含地懷抱著某種「出發」、「外出」和「上路」的幻想。「讀者
在閱讀他們的作品時很容易與主人公認同，從而產生一種想到非我中去的欲
望。讀者跟隨著非我可以到很遠很遠的地方，認識一個嶄新的陌生世界——
在那裡，他們有著全新的經驗和經歷，能找到一種自己最渴望得到的生活方
式。」於是，「通過這樣一種典型，一個讀者可以在幻想之中變成一個新人，
進而戰勝舊的自我。」〔註40〕

在王安憶《小說課堂》這本書中，有不少關於小說敘述陌生化的論析。
比如，她這樣界定「小說的情節」的概念、範疇和意義：「情節由兩個要素構
成，一是終點，即目的，就是說到達什麼地方。用最傳統的小說創作方法論
的說法，就是『做什麼』。」「情節的又一要素是過程，就是相對『做什麼『的
另一方面，『怎麼做』。如何從起始走向終局，於是就要設計路徑。」正如我

〔註39〕 （英）特倫斯・霍克斯：《結構主義和符號學》，瞿鐵鵬譯，上海：上海譯文
出版社，1987年，第60～71頁。
〔註40〕 （德）顧彬：《關於「異」的研究》，曹衛東編譯，北京：北京大學出版社，
1997年，第12、13頁。

們前面已經分析過的，在發揮情節的陌生化效果時，王安憶對富萍「做什麼」和「怎麼做」所設計的路徑是非常用心的，是一環扣一環地進行的。在作家看來，富萍來上海的最初動機，是在嫁給奶奶的孫子前對這座都市做一次探親式的旅遊。但一旦踏上海的土地，老實本分的奶奶就約束不了她了。她起初是賴著不回鄉，接著又逃婚到舅舅閘北的棚戶弄堂去；弄巧成拙的舅媽得知真相後，說服富萍回到奶奶身邊；等孫子來上海接她回去成婚，她也答應了。但結果還是不辭而別，又跑到了閘北舅舅舅媽家，這次乾脆是破罐破摔地留在了上海。富萍這幾次反悔，充滿了陌生化的懸念和效果，但若觀察情節的推進過程，人物性格自身的邏輯性，都是嚴絲合縫環環相扣的。再比如王安憶書中對「小說的異質性」的講述。這種「異質性」其實就是敘述的陌生化效果。它是通過各種異質化手段，充分擴大小說敘述能夠實現的最大空間感和可能性：「我要說的是小說和現實的不同，我稱作小說的異質性。儘管小說是來自於現實，但當現實進入小說，無論量還是質，就都起了變化。」為此，她舉了一個在最高檢察院旁聽案件庭審的例子。公訴和辯護雙方圍繞量刑輕重展開了爭辯。公訴方認為犯罪已成既成事實，有預謀性質。而辯護方則認為不屬於預謀，是偶然性的。但到那年輕人做法庭陳述時，他有一句話很有些意味：假如沒有發生最後的人為事情，那麼是不是專程去、身上帶不帶東西都算不上什麼！她對這件事評價道：「所有事先的所作所為本來是沒有意義的，可是那一幢大事故將一切細節都組織了起來。我們小說要做的，就是製造一個案子，足以將看似漫不經心的人和事結構成形式。」為了進一步強調「小說的異質性」，她從時間、空間和人三方面來解釋現實進入小說過程時所發生的質變：「換句話說，形式裏的生活是如何改變形態的。」在她眼裏，小說是一種時間藝術，但這可能又是一個陷阱，即小說可能被時間所誘導，而等同於時間的自然形態。而事實上，小說中的時間是另一種形態，因為它容納了超乎尋常的情節和細節；它可能比自然的時間短，即使再冗長的過程在小說裏也只是一個瞬間，例如《紅樓夢》裏太虛幻境與大觀園的時間比例就是典型例子。因此，「時間在敘述中，是更容易被壓縮的。因為敘述總是擇其重要」，它會過濾掉很多不值得的時間。另外，空間在小說裏是勉為其難的，因為這是文學語言本身的障礙，所以它必須將空間轉變為時間的形態，即把空間變為可敘述的方式。最後，她認為小說中的人與現實生活中的人是不同的，是異質的人。但人是小說的主旨，這就構成了對作者最大的考驗。

因此，她對小說敘述陌生化的理解是：「小說有機會在現實常態中表現異質人物，也就是這些異質性才使得小說所以是小說，而不是生活。」〔註41〕

3.3.2 「陌生化」的敘述

在王安憶小說中，「情節」是促成敘述效果陌生化的主要手段之一。我們來看短篇小說《遺民》對「情節」的巧妙運用。這篇作品寫一對階級成分高的夫婦在「文革」中的遭遇，它並沒有完整的故事。作品通過「我」的母親與一個阿姨在茂名路上一邊走一邊談話，在這條馬路上，另一對夫婦就在我和姐姐的視線裏隱隱綽綽地出現和消失，來完成的一個奇異性的小說情節。由於「情節」暗示的這對夫婦身份的神秘性，它也就具有了神秘性的色彩。又因為這篇小說的敘述節奏，是一種幾個人走路時的忽快忽慢和不規則的節奏，這種神秘性就愈加濃厚了起來。這兩個神秘人物的生活背景是「文革」年代，或是某次政治運動。他們因家庭出身不好，也許是因所謂「歷史問題」，婚姻和個人生活遭遇到重大危機。他們不得不像地下工作者那樣，偷偷摸摸地避開公眾，利用夜幕掩護，到淮海路附近人口稠密的茂名路約會，商量生存的對策。在敘述者「孩子」的視線裏，「他們好像是處在僵持之中，並且雙方都很堅持。」孩子們沒看清那男人的臉，但分明感覺他對女的「有著一種類似控制的權力。那女的，顯然是怕他」。而且突然地，那男人「好像是要摸她的臉，又好像是要給她一個耳光。而女的又讓開了」。這女人的服飾，更與時代極不合拍，也與運動的高潮形成鮮明對比。「那女的，是穿了一身旗袍，她顯然是那種舊式的婦女，穿著一身旗袍，足下是高跟鞋，頭髮也是電燙的」，「但因為缺乏梳理，有些蓬亂地搭在肩上」，也沒有化妝，「就好像臨時決定從家裏走出的樣子。」因是「軍轉二代」身份，王安憶對她父母那個階層和人際圈子中頻繁發生的政治運動非常敏感，但也知道，假如再寫成一篇「傷痕文學」小說，也會叫人乏味。於是她調動「情節」手段，不在「做什麼」，而在「怎麼做」上作文章——故意模糊時代背景，淡化社會衝突，在敘述的神秘性上找切口。王安憶這一回又成功了。在這篇非寫實的，有點意識流性質的小說中，她通過兩個因素增加和強化這對夫婦約會的情節的陌生化效果：一個是兩人見面的違法性，私密性和曖昧色彩；二是敘述者孩子的好奇心。這夫婦倆沒發現孩子，但這孩子卻在內心裏與他們對話。進一步說，「文

〔註41〕 王安憶：《小說課堂》，北京：商務印書館，2012 年，第 111、127～147 頁。

革」和「政治運動」對兩個孩子來說就是陌生化，重大社會課題超出了孩子
們的成長經驗，因此形成了一種震驚性的陌生化效果。即作品臨末尾所暗示
的：「他們漸漸從我們的視線裏消失，可還是留下了不安的氣息。這個夜晚本
來就很不安了，再加上他們，這不安便更尖銳了。」眾所周知，孩子敘述者
的好奇和不安感，也曾發生在魯迅《孔乙己》那個店小二「看」孔乙己日常
遭遇的視線裏。不同在於，軍轉二代身份使這篇小說產生出與《孔乙己》不
同的陌生化效果。

　　從作品中不難看出，王安憶對上海某些女孩子企圖借跨國婚姻改變命運
的行爲是鄙夷的。在作者中篇小說《我愛比爾》對阿三和美國人比爾蘇州周
莊之行的描寫裏，能夠感受到她這種隱蔽幽深的情緒：

> 　　周莊之行使阿三和比爾親近了一步，建立起一點個人間的關
> 係。在此之前，他們就好像兩個文化使者似的，進行著友邦交流。
> 他們再坐到酒吧喝酒，雙方的心情都有些變化。有一回，比爾新要
> 了一種酒，讓阿三嘗嘗。他將酒杯遞近去，阿三伸過脖子，噘起嘴
> 湊到杯沿上。忽然一抬眼，遇上比爾的眼睛，兩人停了一秒鐘，有
> 一些重要的事情就在這一秒鐘發生了。〔註42〕

作品表面是男女情愛糾纏，實際卻折射出改革開放後中國社會風氣的微妙變
化。周莊之行是雙方之間的初次試探，然而在筆者看來，這種陌生化效果是
作者故意安排的。這裡面有作者對這個女孩不乏倨傲的態度，雖然作品一直
秉持著看似客觀超然的敘述姿態。之所以說是作者有意爲之，是她巧妙地把
普通男女調情轉移到異國男女身上，於是敘述效果的陌生化程度便無形中增
強。由於王安憶看這對異國男女關係是一種陌生化的眼光，這就使前面所說
「小說的異質性」被落實：「小說有機會在現實常態中表現異質人物，也就是
這些異質性才使得小說所以是小說，而不是生活。」我們不止一次提到，儘
管王安憶在上海生活了五十多年，她看上海「本地人」還是外來人的視角。
這種視角源自她的軍轉二代身份，同時也訴諸了文學創作的批判性訴求。如
果說，她寫阿三與比爾聚會的陌生化效果還有些誇張，那麼到了《角落》，便
轉向了平實含蓄。儘管作品裏有一點諷刺意味，但仍比較克制，說明她認爲
陌生化並非都是誇張和戲劇性的，也還有平實平淡的敘述。小說接下來的情
節，依託的不是故事張力和戲劇衝突，而是關於街角旁這家布店兩代店員表

〔註42〕王安憶：《隱居的時代》，上海：上海文藝出版社，1999年，第129頁。

情的素描速寫。她寫老一代店員由於職業穩定，從業時間很久，「這些店員，無論男女，都有著白淨的膚色，不怎麼見老，可也看得出年紀。」因不大見太陽，缺乏戶外活動，雖沒有風吹日曬，皮膚還是有一些鬆弛。數目有限的資金進出，讓他們養成謹慎敬業的性格，浮現在外部，則略有些淡漠和世故。這些老店員的神情，還有一點兒萎縮。這是舊社會的表情。她觀察新一代店員，老店員的職業操守，在他們身上似乎已經失傳。取而代之的，是一點對顧客的傲岸，態度也粗魯和聒噪。冬天的時候，有的店員還抱著暖水袋，在櫃檯裏邊踱來踱去，與熟悉的街坊鄰居閒聊。這些素描雖然極爲素淡，卻讓人聯想到新舊兩個年代的差異，反襯歷史的變遷。這是一種傾向於含蓄內在的陌生化效果，展示著王安憶在小說形式探索上力求多變的特點。

　　注重「細節」是王安憶促成敘述陌生化效果的另一種手段。這裡說的「細節」，指的不是傳統現實主義小說中「細節的眞實」，而是借助細節這個中間環節來生產閱讀的陌生化感覺。在《小說課堂》中，她強調細節的價值是，陌生化的過程會預先安排一批「大家所熟悉的」材料，而且這批材料是有內容的。假如所有文學作品都從事於陌生化過程，那麼由於缺乏大家所熟悉的標準或「對照物」，這一過程的獨特性也就會被剝奪。所以她認爲，一部虛構作品只能在講述另一些事物的背景下講述自己是如何產生的。具體地說，這些熟悉的材料如果換一種場景，它們即會陌生了起來，而達到這種目的則要借助一些特徵鮮明的細節。例如在長篇小說《啓蒙時代》裏，作者說主人公南昌、陳卓然等人都是高級軍轉幹部或軍隊領導的子弟，在這城市邊緣或郊區高等院校附屬的寄宿中學就讀。他們的身份有點特殊，有一種普通人隱約感覺到的神秘性，然而在正常年代裏，表面上與這學校裏進進出出的學生們並沒有明顯差別。作者提到了他們身上的一些細節，例如「成績算不上最優等」、「生活習慣比較簡樸」、「被服用品多半出自軍需和供給制度」、「說話還帶鄉土口音」、「家中有一位山東老奶奶」，另外是有「說普通話的風氣」，不同於當地學生中流行的滬語，等等。如果「文革」不發生，大家依然會油鹽醬醋地過生活，對這些帶有階層特徵的細節也就會司空見慣了。王安憶的高明是，她執意要把這一切拉到「大時代」的舞臺上，來展示它們神奇的效力。「一直等到一九六六年夏天，這場革命起來，突然間，他們成了主角。」於是這些細節，就彰顯出非同尋常的分量了。它們指認出了一個非同尋常的年代。而這年代的風起雲湧和大起大伏，對僅僅「熟悉過去年代材料」的廣大

讀者來說，就是非常「陌生」和驚愕不已的了。因此，這種陌生化效果不僅來自作品的細節，還來自「讀者的反應」，這是一種雙面震撼的藝術效果。

再來看在大風暴間隙中，小老大的客廳儼然變成了這個時代的世外桃源。這位「文革」逍遙派或說更精明的觀察者，是在以「高級沙龍」的方式，對這場革命構成某種有張力的對話？或者他是在用這種「靜場效果」來達到批判反思的目的？這是小說紙面上告訴我們的東西。但它的象徵性明顯強於文字所訴諸的效果。在這個客廳裏，有一個來自舞蹈學校芭蕾舞科的女生。她身材瘦削，細長脖子上是一張纖巧的鵝蛋臉。她起先膽怯地坐在一旁，沒有插嘴：

> 不料她立刻站起來，轉身從馬桶包裏摸出一雙足尖鞋，席地而坐穿鞋。繫鞋帶的時候，腳尖直立在地面，膝部屈成一個銳角，就有芭蕾的氣息傳出來了。她在眾目睽睽之下，穿妥貼舞鞋，原地站起來，擺出幾個姿勢，忽地騰腿躍起，落下來時，足尖就在地板上發出篤篤的一聲，是木頭的聲音，於是，這門高雅藝術就透露出它的物質的部分。她一絲不苟地做著動作，臉上也是木呆的，體現出一種經過嚴格訓練的專業精神。〔註43〕

與外面世界大字報鋪天蓋地，捉人遊街的激烈革命場景相比，這個匪夷所思的細節，達到了前所未有的陌生化程度。這些子弟們竟然將革命所否定的資產階級芭蕾舞重新置於客廳的中心。對儲存著「文革」記憶的讀者來說，《啟蒙時代》裏的這些細節是對他們歷史記憶的徹底顛覆，但它更是增強了這個客廳的喜劇性效果。因此，張旭東指出：「《啟蒙時代》裏的『啟蒙』概念是具有一定的反諷性的，就是說，在作為名詞、口號、概念的啟蒙和作為思想實質和生活實質的啟蒙之間有一個預設的批判性間隙。」他認為這部小說的陌生化還不在於這表面的喜劇性，而是把我們的思考引向了更複雜和深邃的歷史情境之中：「《啟蒙時代》裏的『啟蒙』觀念本身的矛盾衝突，本身包含的正題和反題，也構成了這部小說的思想張力。如果否定的、負面的因素壓倒了正面的、積極的因素，這本小說是一種講法；反之又是另一種講法。但無論如何，80年代以來的『新啟蒙』思路都不會喜歡這樣一個命名，因為它重新把那個時代帶回到我們今天的精神生活之中，而不是把它僅僅作為『反面教員』或乾脆一筆勾銷。把那個時代的這樣一批人、把他們的生活放在『啟

〔註43〕王安憶：《啟蒙時代》，北京：人民文學出版社，2007年，第85頁。

蒙』的大標題下面來審視，王安憶肯定是有一番用心在裏面的。」〔註44〕而這個細節在筆者看來，它指的可能就是正在出現的虛無。

王安憶小說敘述的陌生化效果，得益於她一劍封喉式的語言。每當讀她的作品，人們會注意到在描繪某種複雜的人性狀態時，她經常是句式纏繞、往返循環而力圖晦澀和曖昧。而在刻畫人物外貌和捕捉其心理活動的時候，卻又惜墨如金，針針見血。這種語言是傳神的，然而並不是模倣原汁原味的生活，這種傳神追求的是將這些熟悉的生活再次陌生化。在她九十年代以來的長篇小說中，《妹頭》肯定不是最出色的作品，但卻是語言最有趣的作品之一。不光妹頭，連其他女性也成為她得心應手的描寫對象。作品寫小學時代的妹頭非常仰慕玲玲的二姐，二姐雖只是淮海路一家國營飲食店的新店員，但「她是嬌小苗條的身材，穿一條花布長裙，繫在白襯衫外面，腰上緊緊地箍一根白色的寬皮帶。頭髮是電燙過的，在腦後紮兩個小球球，額髮高高地聳起，蓬鬆的一堆。肩上背一個皮包，帶子收得短短的，包正到腰際。這是她這樣剛出校門，又走進社會的女青年的典型裝束，標明了受教育和經濟自立的身份。」令妹頭崇拜激動的是，玲玲二姐繃著一張粉白標緻的臉，「目不斜視地走出了弄堂」。這位好奇的小姑娘不單密切觀察她上下班的一舉一動，還悄悄追到了玲玲家裏，連二姐週末洗衣晾衣的情形，也未能逃過她的眼睛。她二姐姐先用丫叉把晾竿杈下來，擦拭乾淨。她用抹布也很講究，疊成六疊，擦一面換一面，每根晾竿擦拭三遍，擦拭四根晾竿，正好面面俱到，準確得很。她把晾衣竿先擱在窗臺上，另一頭插在低處的籬笆縫裏，等晾滿一竿就送到高處，架牢，再用丫叉送上這一頭。衣服的每一個部位都扯平整，捲起的口袋沿拉上去，窩著的衣領押開來，袖管，褲管，更是繃了又繃。對褲子，不像大多數人那樣，穿進一條腿，垂下一條腿，而是將垂下的褲管用衣夾夾在穿進的褲管上，這樣就不會被過路行人的頭頂蹭髒。妹頭注意到，玲玲二姐穿出來的衣服都像熨過一樣，實際是，她在晾衣時已經把折折縫縫都仔細扯平了。模倣是人童年時期必要的功課，伴隨著成長的整個過程。而心智早熟的女童，在這方面更是無師自通，基本不需要幼兒園教師引導。但凡兒童又都是創造性的天才，他們極其豐沛、新奇和大膽的想像力，往往有一種化

〔註44〕 張旭東：《「啓蒙「的精神現象學——談談〈啓蒙時代〉裏的虛無與實在》，選自張旭東、王安憶：《對話啓蒙時代》，北京：生活·讀書·新知三聯書店，2008 年。

腐朽爲神奇的能力。這就是他們將熟悉的生活「再次陌生化」的天大的本事。玲玲二姐不過是一個矜持且愛整潔的弄堂女孩子，她上下班，她洗衣晾衣，都是這弄堂日常生活的普通場景。經過「再次陌生化」後的場景，似乎就不再是這暗淡庸常的弄堂日常生活，而幻化成了一組電影的特寫鏡頭。而王安憶的語言就像導演銳利的眼光，她通過將這生活「藝術化」，讓它變得比原來的生活更加結實和可信。

《妹頭》作者的語言，還營造出一種幻覺性的空間效果。讀者感覺到主人公的意識突然在小說敘述過程中被卡斷，另一種插進來的幻覺在引導他走向不同的情景。語言，在這裡釋放出它眞眞假假的本來功能，實際是在強調一個人不知不覺的成長過程，對漫長的時間則做了剪裁。在南海出版公司 2000 年版的《妹頭》的第 36 至 50 頁，作品敘述妹頭同班的男同學，綽號叫「白烏龜」十幾歲的男孩子，暗戀著另一個叫「七○屆拉三」的高個女孩。這女孩因爲長相驚豔，且過於時髦，被中學安排到爲有問題學生舉辦的學習班，每週住學校，週末才能回家。白烏龜這時與阿五頭是志同道合的好朋友。一天，他們本來約好去人民廣場的，阿五頭忽然被班主任叫去辦事，白烏龜只好在教室裏等他。後來，教室裏的同學都走空了，只剩下他一個人，便站到教室外繼續等。整幢大樓很寂靜，最後一些學生也陸續下樓走了。這間教室在二樓，只見走廊上的光線暗了，前面樓口處則顯得亮起來。阿五頭還沒回來，顯得很奇怪。這段小說的靜場，會被理解成阿五頭出事了，因爲主人公意識的漂浮模糊裏，有種隱隱的不安。但有趣在於，阿五頭並沒有出事，只是這種不安把白烏龜鬼使神差地從這間教室引向了樓梯口。他正要下樓，忽然聽到一樓有人叫他的名字，聲音在空蕩蕩的樓道裏迴響，有點恐怖。往上看沒有人。這時樓上又有人叫他，他立即返身向上追去，想抓住那人。他聽見了腳步聲，還有咯咯咯的笑聲。他就這樣反覆上下，最後在四樓，走進了一間教室，發現地鋪上正坐著「七○屆拉三」，她屈著腿，膝蓋併攏著，在一勺一勺地吃飯盒的飯。這種幻覺性的空間效果，是從旁邊插進來的另一種敘述造成的。它造成的陌生化，一是這男孩對「七○屆拉三」生理上的好奇心；第二是他與自己所處的七十年代的隔膜化。批評家季紅眞認爲王安憶通過語言營造的敘述的陌生化，是因小說本身的功能導致的：「就其本質來說，所有的寫作都是追憶。但是在虛構的文體中，事實被有意識地篩選而遮蔽。」因此，「作爲一種主

觀的時間形式，追憶的本質是對抗時間的流逝，是自我鞏固的一種方式。」
她把這一切歸結爲：「追憶的時間形式，構成了她小說中所有自傳性的敘
事，通常是第一人稱的單數或複數的敘事人。」〔註45〕在小說一般意義上
看，這種判斷是成立的。但也不盡然是這樣。夾在《妹頭》的敘述中，有
一個明顯的「軍轉二代」的視角。這種視角伴隨著妹頭和同學的自我敘述，
但又留出讓讀者從另外角度來觀察的距離。這種距離感便產生了上面小說
亦眞亦幻的現實的感覺。另外，作者是以貼著妹頭的市民性格和個人成長
的軌跡來寫她的，這就容易被理解成，作者角色裏還有一個與人物相混淆
的「自傳性的敘事人」。事實上，王安憶是在拉開距離看妹頭、白烏龜、阿
五頭和「七〇屆阿三」這些七十年代的初中生們，當她用語言營造敘述的
陌生化的時候，我們會感到七十年代在被作家陌生化的同時，實際也進入
了我們精神世界的建構之中。她對妹頭的批評性，包括了對自己成年年代
的批評性，以及對這年代進入自己精神世界建構中的那部分的警醒和反思。

　　由此可以看出，王安憶在小說的情節、細節和語言上，挖掘小說敘述
陌生化的「內部資源」，對開拓上海都市題材小說的空間做了新探索。按照
韋勒克、沃倫的說法，這是文學「內部研究」的範圍，「文學研究的合情合
理的出發點是解釋和分析作品本身」。在批評過於重視作品創作時代背景的
現象時，他們特別強調說，講述的事件屬於作品內容，「而把這些事件安排
組織成爲『情節』的方式則是形式的部分。離開這種安排組織的方式，這
些事件無論如何不會產生藝術效果」，因此，「德國人提出並廣泛採用的補
救辦法是引進『內在形式』這一概念」。〔註46〕但王安憶意識到，小說敘述
陌生化僅僅挖掘「內部資源」遠遠不夠，它還應該主動轉移到挖掘「外部
資源」的方面去。如果說，「內部資源」是指小說創作的「內在形式」的話，
那麼「外部資源」應該理解爲小說的「外部形式」，比如題材表現範圍、地
域的擴充和社會生活的廣泛性等；也就是說，在小說的意義上，她顯然擴
大了上海的城市版圖。在王安憶九十年代以來的創作中，這是一個十分醒
目的變化和調整。例如，《我愛比爾》寫到了上海的郊縣，《遍地梟雄》幾
個盜車賊將讀者的視線從上海延展到江蘇、浙江和安徽等省市的大小的城

〔註45〕季紅眞：《流逝與追憶——試論王安憶小說的時間形式》，《文藝爭鳴》2008
　　　　年第6期。
〔註46〕（美）韋勒克、沃倫：《文學理論》，劉象愚等譯，北京：生活·讀書·新知
　　　　三聯書店，1984年，第145～147頁。

鎮，《妹頭》中出現了福建石獅、廣東的廣州和東莞，《米尼》從安徽蚌埠寫到上海再寫到深圳，《小飯店》人物的原籍是廣東、福建、浙江、四川、山東和湖北，可以說是應有盡有。再看王安憶筆下人物類型的豐富性，它們有幾類：一，淮海路舊公館的資產階級少奶奶和小姐們；二，新式里弄的時髦青年、中學生和產業工人；三，軍隊和軍轉高級幹部的子弟們；第四，安徽和蘇北不同年齡的保姆。

王安憶緊步晚清及現代文學上海都市題材作家之後塵，同時實驗探索小說形式和敘述方式的多樣性，在這一文學領域獲得了另一番新天地。她之所以能夠在這一資源豐厚的文學傳統中開新篇，樹新幟，得益於這些因素：清末民初的上海題材小說，是「黑幕」、「公案」、「言情」、「譴責」小說的大聯展，這與當時社會大轉型下上海都市生活蒸騰駁雜的氛圍有密切的關係。那些小說家都沒有離開上海這個生活圈。張愛玲小說就是一個典型例子。她本人就是上海大家庭「破落戶」子弟，她的生活圈子，她的人生道路，都決定了這種題材類型和敘述形式。〔註47〕但1970年代到1980年代的王安憶，則親身經歷了中國社會人口大遷徙大變動的全過程。與清末民初及張愛玲等兩三代作家不同，王安憶曾經有過安徽農村、徐州和上海等幾個完全不同的生活圈。從上海到安徽蚌埠，再從徐州回上海，大半個江南的山川河流、城鎮鄉村，構成了王安憶豐富人生的半徑。另外，晚清至現代中國的大變局，除了戰爭導致人口的流失和重組外，社會政治並不直接干涉和影響具體家庭和個人；而在當代社會，社會政治則深入每一個社會成員的日常生活中，深刻重構了每個中國人的精神狀態。七十至九十年代的王安憶，就曾生存在這個歷史瞬間中。如果說，前者的小說眼光只是個人生活的，那麼後者的小說眼光則是社會時代的。「六七十年代」這個大時代，是前兩輩作家們從未經歷、更不曾想像的，它們的驚心動魄、風起雲湧、敢為天下先的粗魯、拙直和放肆的時代內容，則是前者根本缺少的人生一課。而這些風雲際會，這些大悲傷大歡喜，都讓王安憶趕上了，經歷了、親身體驗了。所以，她觀察時代的風雲，領會大時代的深邃，無形中就擁有了那個時代特有的大度和從容，具有了所謂的「歷史的理解和同情」的胸懷與眼光。所以，這種上海都市題材

〔註47〕如果說現代作家筆下的上海，應該還有茅盾的上海，巴金的上海，新感覺派的上海和夏衍的上海等，但因王安憶主要是從海派文學一路，而不是從新文學一路重構她的「上海想像」的，故在此只能將她與海派文學的脈絡相比較。

的小說，已經不止是上海這座城市範疇裏的小說形式了，而是被包圍在中國當代史的汪洋大海之中。它可以說是「中國意義」上的「上海都市題材小說」。這種人生處境和歷史位置，正是王安憶不同於前幾輩上海都市題材作家的個人機遇期。

第四章　王安憶地域書寫的敘事藝術

　　上世紀九十年代至今，王安憶陸續創作出《長恨歌》、《富萍》、《啓蒙時代》、《天香》和《遍地梟雄》等一批風格各異，在其自身創作演變史上具有代表性的長篇小說。相比較八十年代作者或明或暗的跟隨「尋根」，「性心理小說」等時代潮流所寫出的作品，這期間的長篇更爲彰顯作者自帶的地域生活視角。王安憶在 1990 年代之前的諸多散文隨筆中，並不甚認同上海地域文化所衍生出的市民生活經驗與看待生活世界的視角。而在其後的數部長篇作品中，我們發現王安憶尋找到了自己最熟悉與最契同的地域生活經驗。由此生發，作者逐漸構築出了自己具有地域特色的敘述空間與小說背景。正如莫言、賈平凹和余華的地域視角，王安憶的上海角度也是其二十多年大部頭作品最鮮明的特點。如果細分的話，筆者以爲可以概括爲都市空間、地域文化空間與小說空間這三個部分。長篇小說的主角們正是生活在這不同空間所聚合營造的文學心靈世界中。這些主要人物的來歷與生活背景，成長年代有著參差的差異。具體來說，王琦瑤成長於二十世紀二十年代至四十年代的上海，富萍生長於四十至六十年代的鄉村和上海。《啓蒙時代》中的男主角們與女配角們，則出生於共和國建立初期的上海。王琦瑤出身弄堂普通人家，富萍是農家女孩，南昌和陳卓然屬於根正苗紅的革命幹部子弟。由此，本章分別從都市空間、地域文化空間和小說空間三方面來闡釋這幾部長篇小說，考察地域視角與王安憶小說敘事藝術的關聯。

第一節　小說營造的「空間感」

　　王安憶上海地域視角的空間感，是由「都市空間」、「小說空間」和「地

域文化空間」三部分組成的。都市空間是指小説的外部世界，小説空間是指作品的內部構成，地域文化空間則指作家創作的個性氣質，它們始終圍繞著這座城市的地域特性而展開。

4.1.1　小説的三個空間

先來看都市空間。上海開埠以來，逐漸形成租界這個迥異於絕大多數十九世紀中國城市的行政空間。西方殖民者帶來了歐美的管理制度、生活、經營方式與價值觀念。在當時動盪社會局勢下，上海相對穩定的城市環境吸引了各地的經濟與技術持有者來到上海進行生產投資。晚清洋務運動的蓬勃發展，也為上海的重工業尤其是製造業奠定了基礎。因此，與北平、天津、武漢和青島等城市相比，上海的都市空間具有更加濃厚的商業氣息，體現出光怪陸離的華洋結合的色彩。

進一步說，工商業經濟的快速繁榮，同時受到了新式教育體系建立，清末各種社會思潮的迅速傳播，以及文化娛樂消費業等因素的影響，它們共同推動了上海現代都市空間的形成。這正如有人所看到的：「都市空間作為都市的一種表徵，不只是都市人群活動的容器或建築物的感性外延，而是積澱著人類理性價值內涵的社會歷史構成。也是人類物質，精神文化不斷匯聚，融合的焦點」〔註1〕。

都市空間的內涵性質，在大都市公共建築與私人家居建築環境中有不同程度的體現。上海的都市建築風格，具有外灘雄偉的公共建築群、租界的公寓和普通弄堂相混合的特色。王安憶的地域書寫，則集中在她最為熟悉的弄堂場景中。因此這種都市空間，可以說就是弄堂裏上海人生活氛圍之所在，寄寓著當地人的習俗、地理、性情等特色。王琦瑤生長於弄堂小康之家，作者對弄堂環境細緻入微的描寫使讀者體會到上海市民聚居空間的盤根錯節與窄小精細，更使讀者意識到，如此居住結構才會養育出王琦瑤這樣的弄堂女兒。有關這方面的描寫，王安憶的文字可謂活靈活現：「最先跳出來的是老式弄堂房頂的老虎天窗，它們在晨霧裏有一種精緻乖巧的模樣，那木框窗扇是細雕細作的。那屋披上的瓦是細工細排的。然後曬臺也出來了，有隔夜的衣衫，滯著不動的。曬臺矮牆上的水泥脫落了，露出鏽紅色的磚。窗框的木頭

〔註1〕　李勇：《上海都市空間與通俗小説審美》（1890～1930），華中科技大學博士學位論文（未出版），2015年，第1頁。

也是發黑的，陽臺的黑鐵欄杆卻是生了黃鏽」。接著看過去，「院子是淺的，客堂也是淺的，三步兩步便走穿過去，一道木樓梯在了頭頂。木樓梯是不打彎的，直抵樓上的閨閣，那二樓的臨了街的窗戶便流露出了風情。上海東區的新式里弄是放下架子的，門是鏤空雕花的矮鐵門，樓上有探身的窗還不夠，還要做出站腳的陽臺，爲的是好看街市的風景」。弄堂的背面卻是另一種風景：「那溝壑般的弄底，有的是水泥鋪的，有的是石卵拼的。水泥鋪的到底有些隔心隔肺，石卵路則手心手背都是肉的感覺。上海的後弄更是要鑽進人心裏去的樣子，那裡的路面是飾著裂紋的，陰溝是溢水的，水上浮著魚鱗片和老菜葉的，還有灶間的油煙氣的」。這樣狹小局促又處處精打細算，充分利用空間的生活美學體現了上海人口密集，寸土寸金的大都市的地方性特徵。

　　這種生活空間所產生的地方性特徵，勢必會影響到弄堂居民性格的形塑。舉例來說，在王琦瑤與同學吳佩珍、蔣麗莉相處時，以及與李主任，程先生的交往中都可以看到她含而不露，內斂矜持，內心卻頗爲機巧聰敏的性格特點。吳佩珍爲討好友歡心，苦心安排好去片廠玩的計劃，幾次熱情邀請，女主人公才勉強同意。王安憶認爲：「這只是她做人的方式，越是有吸引的事就越要保持矜持的態度，是自我保護的意思，還是欲擒故縱的意思？」。這如同王琦瑤出席蔣麗莉的親友派對，在場面上做出低調淡然，言語不多，懂事知禮的姿態，可芯子裏何嘗不是欲擒故縱，要有意矜持？「她天生就知道音高弦易斷，她還自知登高的實力不足，就總是以抑待揚，以少勝多。效果雖然不是顯著，卻是日積月累，漸漸地贏得人心」。緊接著一段精彩描寫，可以看出王安憶的語言功力：「她是萬紫千紅中的一點芍藥樣的白。繁絃急管中的一曲清唱。高談闊論裏的一個無言。王琦瑤給晚會帶來一點新東西，這點新東西是有創造性的，這裡面有著制勝的決心，也有著認清形勢的冷靜」〔註2〕。

　　王琦瑤與程先生的交往過程，也足見這位久處盤根錯節弄堂環境中的女子精明和自持的心理特點。她初識程先生的那段時期，對程先生頗有保留的含蓄態度。這個側面暗示出弄堂女兒雖心思靈秀，又看不清形勢，儘管好高騖遠，但也有一點目光短淺的個性。而弄堂居住環境的局促封閉，接觸人事的單一膚淺，以及精打細刻的微觀建築風格等因素，就勢必限制著王琦瑤對世事的通透理解。「程先生是一個已知數，雖是微不足道的，總也是微不足道

〔註 2〕王安憶：《長恨歌》，北京：作家出版社，1996 年，第 4～6、25～26、46～47 頁。

的安心，是無著無落裏的一個倚靠。倚靠的是哪一部分命運，王琦瑤也不去
細想，想也想不過來。但她可能這麼以爲，退上一萬步，最後還有個程先生。
萬事無成，最後也還有個程先生。總之，程先生是個墊底的」〔註3〕。面對好
好紳士程先生含蓄的表白，女主人公只作含糊回答，她被程先生的癡心寵得
有些心高了，也許也開始發夢了，做那不切實際的美夢。正如王安憶在散文
中提到，淮海中路是集上海最繁華之所在。但是這條路上的弄堂卻只是小康
人家的環境。淮海中路的女孩子身居中游，卻有著向西區林蔭路若隱若現的
上流公寓靠近的決心。王琦瑤不就是如此？小康弄堂雖精緻溫馨又舒適可
人，那半新半舊的裝飾牆面，優雅與油膩夾雜的西式建築，畢竟難比代表老
上海最富麗浮華萬國建築群的風光無限。例如：「國際飯店深褐色的牆面和頂
部層層退進的臺階式輪廓，沙遜大廈（和平飯店）的塔樓頂上冠以墨綠色金
字塔銅皮屋頂，百老匯大廈的折線形形體，峻嶺寄廬的鑲嵌著優雅白色裝飾
線條的深色牆面，南京路西藏路口的大新百貨公司，大光明電影院，百樂門
舞廳」。〔註4〕這些 20 世紀初開始流行的新興資產階級的審美情趣，實際是裝
飾藝術派風格的產物。時常流連於娛樂消費場所的王琦瑤，難免不對其所隱
喻的金錢財富與權力產生憧憬。這些華麗建築所營造的都市空間，是在引導
人們對財富金錢的想像：「裝飾，構圖，活力，懷舊，樂觀，色彩，質地，燈
光，暗喻著激動人心又背離正統，以享受生活爲特色。並且傳播了一種新的
城市生活方式：穿著時髦的衣服，用著夢幻似的家具，住在金光閃閃世界裏」
〔註5〕。而王琦瑤偶遇的片廠試鏡和拍商業藝術照活動，進一步將她帶入李主
任權力金錢的世界，也與程先生能提供的小康生活漸行漸遠。在筆者看來，
電影片場試鏡與雜誌寫眞照拍攝，是都市空間對女性身體看似好意的誘導。
上海弄堂小姐王琦瑤對都市空間的本能反應，實際暗示著她自我成長的過
程。她忽然在都市這面鏡子中找到了自己。這種現象可以用拉康的鏡像理論
來解釋。拉康認爲：「意識的確立發生在嬰兒的前語言期的一個神秘瞬間，此
即爲『鏡像階段』」。具體說來，「剛開始，嬰兒認爲鏡子裏的是他人，後來才
認識到鏡子裏的就是自己，在這個階段，嬰兒首次充分認識到自我。而在此

〔註3〕王安憶：《長恨歌》，北京：作家出版社，1996 年，第 74 頁。

〔註4〕夏明等：《地域特徵與上海城市更新——上海近代建築選評》，北京：中國建
　　　築工業出版社，2010 年，第 17 頁。

〔註5〕李歐梵：《上海摩登——一種新都市文化在中國》，北京：北京大學出版社，
　　　2001 年，第 14、15 頁。

之前，嬰兒還沒有確立一個『自我』意識。從鏡像階段開始，嬰兒就確立了『自我』與『他人』之間的對立。」換句話說，嬰兒只有通過鏡子認識到了「他人是誰」，才能夠意識到「自己是誰」。「他人」的目光也是嬰兒認識「自我」的一面鏡子，「他人」不斷地向「自我」發出約束的信號。在他人的目光中，嬰兒將鏡像內化成為「自我」。如果用其理論來總結，拉康的鏡像階段從嬰兒照鏡子出發，將一切混淆了現實與想像的情景都稱為鏡像體驗。〔註6〕明顯的是，弄堂美人王琦瑤在經歷了演藝圈的小試身手後，已經分不清現實中的自我與攝影鏡頭下的倩影有何差異。這導致了她奮不顧身地參與競選上海小姐，同時半推半就地投入到大人物李主任懷抱當中。王安憶借王琦瑤故事分析了都市空間對人的鉗制與異化。

王安憶對地域視角中「都市空間」的營造，應該說是殫精竭力的。這位作家與之相關聯的小說敘事藝術，難免就帶著某種探索性的色彩。筆者注意到，出現在王安憶地域書寫中的不光是上海本地人，還有各種各樣的外來者。而在這龐大的外來者群體中，她最樂意最擅長塑造的是保姆的形象。這顯然是另一種外來者「看上海」的地域視角，與王琦瑤們的視角是不同的。富萍的故事把讀者帶到六十年代前期的上海。在這個小保姆眼裏，此時的海上繁華城已褪去昔日的流光溢彩，呈現出社會主義新人的朝氣蓬勃，是一種破舊立新的氣象。當年都市的繁華，可能只在弄堂深處遺老遺少的公館中若隱若現，還是半遮半掩的狀態。於是這部小說的都市空間，指向了城市的邊緣群體，例如陶雪萍。而這個陶雪萍的遭遇，是做了一輩子保姆的奶奶對富萍講述出來的。出身都市底層家庭的陶雪萍，每當出入淮海路西側的大樓公寓時，也不由得瑟縮許多。「她看出這裡的生活，要比她同學弄堂裏的規矩大，不那麼隨便和開放。她走在大理石的樓梯上，聽得見自己的腳步從高大的穹頂上碰回來的聲音，有一股森嚴的空氣籠罩了她。看大樓的老頭，看她的眼光也是冷漠的，她不敢與他多話，曉得他不會愛聽她的悲慘故事」〔註7〕。這段文字營造的氣氛，暗示著社會主義運動剛剛開展的新中國早期，都市階層的分立依舊很鮮明。充斥在這個繁複空間裏的，仍然是人與人之間的冷漠。在這座都市的壓抑下，連陶雪萍都感覺有一種邊緣感，更遑論初到上海的小保姆富萍了。

〔註6〕Lacan: Ecrits: *A Selection, trans. Alan Sheridan*, London: Tavistock Publications, 1977, pp. 1、2、4、14～15.

〔註7〕王安憶：《富萍》，長沙：湖南文藝出版社，2000年，第70、71頁。

作品的敘述讓人看到，在上海做了一輩子保姆的奶奶，不再像一個鄉下女人。可在上海本地人眼裏，還是一半對一半，就是個保姆。因爲遠離故土，她身上已經淡化了故鄉的地域性，而上海都市空間的地域性，也並不屬於她。因此，她對這個都市空間既是熟悉的，又是陌生的：「那些較爲短淺的，新式里弄房子，可看得見弄底。街道是蜿蜒的，寬窄得當，店面和店面挨著。有大樓，卻不是像虹口，郵政總局似的森嚴壁壘。而是只占一個門面的門廳，從外可見電梯的開闔升降，電梯邊上的大理石的樓梯，拐彎角上有一扇彩色玻璃窗，光正好照進來」〔註8〕。這段文字寫出了奶奶眼裏的淮海路弄堂是如此的靜美。這幅景象正是奶奶心目中的理想生活之象徵。可越是如此美好的景象，越說明奶奶與它的疏離。她只是個過客，最終還是得告老還鄉，無法在此紮下根來。奶奶的謙卑自守，反倒讓人想起了《鳩雀之戰》那個好勇鬥狠，一定要在上海佔據一席之地的小妹阿姨。儘管都是保姆，人與人還是不同。書中另一段落寫奶奶、呂鳳仙帶著富萍和幾個保姆，外來工人一起逛街，吃吃玩玩的情景。言談中，她們討論的竟是哪個高級弄堂裏住著名演員，說明外來人口對大都市的好奇感。王安憶採用奶奶和富萍視角看待上海都市空間的繁華，暗示了保姆群體與上海都市空間的隔膜與疏離。由此可知，奶奶心目中的都市感與王琦瑤和陶雪萍的都市感，是明顯不同的。上海都市空間自身的繁複性和多重性，在王安憶筆下被活靈活現地呈現了出來。

與王琦瑤的弄堂空間和富萍的保姆亭子間不同，《啓蒙時代》向人展現的是上海新階級的公館空間。這部作品表明上海走過了王琦瑤的時代，新社會已發展到了六十年代中後期。這是一個革命的年代。革命年代推崇的是樸素，這是與豔異的上海截然相反的價值取向。這就使都市空間在歷史視覺中被重新置換。此時，那些昔日光彩奪目的建築街景開始順應時代變遷，改用一種若隱若現的方式來彰顯，並且烘托新一代都市青年的心境。「昔日殖民時期的法式建築，那些旖旎的線條，雕飾，依舊流露出奢華的情調。格局雖然不大，可惟其格局小，有些小趣味，才在這大時代裏得以偏安一隅似的。在這澄澈的光裏面，鑲著纖細的暗影，看起來嬌媚可人。街道是蜿蜒的，適合人步行，自行車就顯得凜然，帶著股征服的氣勢。奇怪的是，體積更爲龐大的電車卻並不逼人，它沿著天空上橫貫的電線行行地走，偶而間叮一聲，聲明要拐彎了，也很適合蜿蜒的路線，因爲彼此有照應。晶亮的陽光綴在枝節上，這種

〔註8〕王安憶：《富萍》，長沙：湖南文藝出版社，2000年，第9頁。

樹的枝節是比較圓潤的，反射光線的面就柔和一些，還像洇染似的，散開來，於是，空氣中就有了一層光的氳氤」〔註9〕。不過，這樣的都市景色向來是少年人清明單純，還未受過複雜社會生活磨礪的原初心境的映像。目光裏看到的一切都是那麼美好。然而，在那段混亂大時代背景下，如此澄澈的城市風光卻是稍縱即逝。幾年後再回頭看，卻也無法回復那般靜怡如初的風景。小兔子，南昌等軍幹子弟在 1967 年、1968 年冬春交替季節，在這人生道路暫停時段，盡情揮灑短暫的青春自由，遊走在各大校園裏，捕捉四周的目光，想像著投身國際革命事業的雄心與美好前景。那個年代的年輕人，從自身短促的黃金時代中看到的生長環境，觀察到的都市空間，也是以非常態的規律演變和滋生著：「這裡的陽光有一種旖旎。那是從歐式建築的犄角，斗拱，浮雕，鏤花上反射過來的，再經過懸鈴木的枝葉，然後，又有一層肉眼看不見的氳氤──奇怪，這裡的空氣都要多一些水分，變得滋潤。所以，陽光就有一種沐洗的效果」。王安憶在這裡巧用暗喻的筆法，揭示出未受雜質濁化的青年人，就像旖旎的陽光和水分充足的空氣一樣天然可愛。

　　這部作品的都市空間描寫，還將讀者視線引向了革命家庭的內部場景。傳統意義上商業性消費的上海都市空間，被切換到社會公共權力這個特殊空間中。這顯然是地域視角的一個十分重要的轉移，它在王安憶過去作品中還不曾出現過。這不斷閃現的鏡頭，被王安憶精確地用在不同環境裏成長的主角們身上。換句話說，作者是在利用這個都市空間來烘托新階級後裔們的性格特徵及心裏活動。首先是南昌這位根正苗紅的軍人後代。「他家住在虹口一幢公寓樓房內，是日本佔領時期為本國僑民造的住宅，開間比較逼仄，樓層也較低矮，光線就暗了。牆紙本來是杏黃底，有白色的曼陀羅花，年深日久，都模糊成一團土黃，有的地方剝落了，並不補好，好在顏色和牆皮接近，倒也不顯眼。像這樣常是處於遷徙中的家庭，自然沒什麼家具，簡單的幾件都是從單位裏租借來，然後又折價買下，白木上邊釘著編號的銅牌，留下軍旅的風格。地板是每季度房琯所上門打蠟，蠟扒拖得鋥亮，水曲柳的木紋就像水波，因為家具少就顯得面積大，反光都映到天花板上了，是這套公寓中的簇簇新。牆，地板，家具，這幾樣其實各有特色，並在一處卻覺得十分混亂」。顯而易見的是，這段文字敘述了共和國軍人家庭的家居環境。不失闊綽的家居背景，殘留著粗糙軍旅生活的明顯痕跡。自然革命者的精神生活，在本質

〔註9〕王安憶：《啟蒙時代》，北京：人民文學出版社，2007 年版，第 6、7 頁。

上排斥這種物質生活的腐蝕性作用。南昌自然對這環境懷有本能的敵視，不過潛意識中，也把征服者後代的優越感融進了都市空間。因此，這是一個分明奇怪的革命家庭空間與都市空間的隨意搭配，這雙重空間被小說作者敏銳地捕捉到，並刻意地營造著。

　　與之形成對比的是小老大的家庭景觀：「家具擺設都很講究，卻也都陳舊了。床架呈弧形，茶几面呈弧形，五斗櫥的邊緣和鏡子也呈弧形，但漆面則是斑駁的。裝飾櫥裏放著玉雕，玉器，櫥玻璃的裂紋用膠布巴著。窗簾是有流蘇的，平絨磨秃了，露出織線的經緯，也看不出原先的顏色，還藏著灰塵，略一動它，便揚起來，在日光裏飛舞。南昌家也是灰暗的，是簡陋的灰暗，這裡呢，卻有一種華麗，一種褪色的，敗損的華麗，似乎更加觸目驚心」〔註10〕。將這類衰敗的華麗與南昌家對比，不單是證明舊上海中等家庭在新社會的衰落。它恐怕也是暗指小老大姥姥和母親家在舊時代尚未進入本地穩固的殷實階層，卻遇上了大時代的波濤，卡在了不上不下的尷尬境地。小老大的母親原本是地區性的走紅明星，趕上了抗戰勝利的大好機遇，卻被上海的全國性名演員擠壓，事業一路下滑。從《日出》中的陳白露到《桃花扇》中的李香君，逐漸下降成閒角。正當二十五六歲的大好時光，事業發展卻到了瀕危的節點。而海鷗母親這樣在舊時代的風塵中打滾，卻能如魚得水名利雙收的女演員，碰上了人人平等的新時代，本該大有宏圖可為，卻只能成為明日黃花，就此偃旗息鼓。對小老大母親這種生活滋潤、溫飽不愁的中等人家來說，恐怕也沒有像所宣傳的那般完美。

　　作品敘述又從新階級公館回到了弄堂。葉穎珠和丁宜男是落難中的南昌交往的普通女孩子。《啟蒙時代》中兩位女配角的家，是典型的六十年代的上海弄堂：「弄內的房屋一律是紅色的磚面，樓層處以水泥圍腰，總共三層，再加三角頂層。基座寬大，山牆就是遼闊的一面，攀著爬牆虎。每一個門牌號碼裏，都居住著許多人家，雖是局促的，門戶卻很嚴謹。南昌騎進弄堂，騎過排排樓房，有新晾出的衣服滴下水珠子，帶著肥皂的氣味，和自來水的氯氣味。鐵鑄的前門多是緊閉著，裏面是巴掌大的小院子，有幾處爬出夾竹桃茂盛的花朵。這樣的弄堂，最多見的花木就是夾竹桃，它是有些俗豔，倒沒有媚氣，從它的氣味可見一斑，那是辛辣的，幾乎辣得出眼淚」〔註11〕。這

〔註10〕 王安憶：《啟蒙時代》，北京：人民文學出版社，2007年，第8～9、55、90～91頁。

〔註11〕 王安憶：《啟蒙時代》，北京：人民文學出版社，2007年，第124、125頁。

樣的都市空間宛如王琦瑤居住的弄堂。雖只有二十年間隔，一樣的夾竹桃，
一樣的俗豔，每個人，卻不能再像四十年代那樣恣意自由的生長。此時的弄
堂女兒也不像彼時王琦瑤有那麼多不切實際的憧憬和雄心。而是過著平淡的
日子，一步一個腳印的循環往復著日常起居。但這等人家子女也能搭上革命
的末班車。她們與南昌等人的交往，是一種上海都市空間的自覺交換。在小
說裏，穿過弄堂七拐八拐來找她們的南昌的行為實際是一種象徵。與其說是
葉穎珠和丁宜男坐在革幹子弟的自行車後座上招搖過市，還不如說此時的革
幹子弟因父母尚且隔離審查和前途未卜，也只能如此屈就。這種空間交換雖
只發生在歷史某一瞬間，也頗有意味，其意義值得深入探尋。更令人印象深
刻的，是作品中這幾個革幹子弟在時代洪流的間隙穿一身軍裝，剃青亮的平
頭和說部隊普通話騎車急速穿過街巷，那些若隱若現的鏡頭。彷彿是一閃即
逝，但都被王安憶細心地記下。

　　如果說都市空間是小說的外部物質構件，那麼小說空間就是小說的內部
構件。它是小說得以成為小說的先決條件。一定意義上，小說空間是對都市
空間的內化，它是一種收縮的形式，是將宏大的城市景觀分解成作品的具體
的筆法。而對於王安憶這樣的作家來說，這筆法不只是創作的手法和敘述風
格，還包含著語言表現、性別意識和視角等內容。關於小說空間與敘述的關
聯，王安憶曾說過這樣一段話：「我所從事的小說寫作，是敘述藝術，在時間
裏進行。空間必須轉換形態，才能進入我的領域。所以，在我的小說的眼睛
裏，建築不再是立體的，堅硬的，刻有著各種時代的政治經濟意識形態的銘
文，體現出科學進步和審美時尚的紀念碑，它變成另一種物質──柔軟的，
具有彈性，記憶著個別的具體的經驗，塞著人和事的細節，這些細節相當纏
綿和瑣碎，早已和建築的本義無關，而是關係著生活」〔註 12〕。這就是說，
地域視角必須通過小說敘事的技巧來體現，它們之間是相互依存的關係。

　　筆者注意到，王安憶長篇《長恨歌》、《啓蒙時代》和《富萍》所營造的
小說空間，一定程度上受惠於江南腹地語言風格的影響薰陶，在不斷的演變
中逐漸構築成形。恰如王安憶所說，在她的語感藝術運用中，這些可視或者
可感的物質早已變成了生活，一種細節綿延可觸，帶有著堅韌的普世性，柔
中帶鋼的生活本身。南帆也對《長恨歌》的語言藝術作過精妙的分析：「只要
一個感覺或者一個細節的觸動，密集的詞藻蜂擁而來，不可遏止。某些微妙，

〔註12〕王安憶：《空間在時間裏流淌》，北京：新星出版社 2012 年，第 3 頁。

瑣細的感覺一晃而過,但豐盛的語言卻及時地將這些感覺加以放大,給予定型。許多時候,語言圍繞某一個中心不斷地膨脹,故事卻不知不覺地停頓在這裡。這樣,語言的空間代替了故事進度」〔註13〕。具體地說,這種小說空間必須配上王安憶獨特的地域性觀察,配上她綿密繁複和不斷擴張的修辭語言,才能孵化出王琦瑤、富萍和南昌在日常生活中不斷發展演變的人生經歷。正如愛繆爾所指出的那樣:「戲劇小說的情節不斷保持著向前疾馳的緊張,反之,人物小說卻會產生某種靜止的感覺——人物小說的情節擴充彷彿具有某種原地不動的感覺」〔註14〕。

例如在王安憶作品中,小說空間依託語言的中介來表現,比較典型的是《長恨歌》開頭以航拍俯瞰角度對上海的弄堂的全景式描摹。這是她創作中從未出現過的對上海地域特徵的精細的觀察:「上海的弄堂是形形種種,莫衷一是的模樣。」「那種石窟門弄堂是上海弄堂裏最有權勢之氣的一種,它們帶有一些深宅大院的遺傳,有一副官邸的臉面,它們將森嚴壁壘全做在一扇門和一堵牆上。一旦開進門去,院子是淺的,客堂也是淺的,三步兩步便走穿過去,一道木樓梯在了頭頂,木樓梯是不打彎的,直抵樓上的閨閣,那二樓的臨了街的窗戶便流露出了風情。上海東區的新式里弄是放下架子的,門是鏤空雕花的矮鐵門,樓上是探身的窗還不夠,還要做出站腳的陽臺,爲的是好看街市的風景。院裏的夾竹桃伸出牆外來,鎖不住的春色的樣子。但骨子裏頭卻還是防範的,後門的鎖是德國造的彈簧鎖,底樓的窗是有鐵柵欄的,矮鐵門上有著尖銳的角,天井是圍在房中央,一副進得來出不去的樣子。」而「西區的公寓弄堂是嚴加防範的,房間都是成套,一扇門關死,一夫當關萬夫莫開的架式,牆是隔音的牆,雞犬不相聞的。房子和房子是隔著寬闊地,老死不相見的。」〔註15〕這種從一個細微處不斷蔓延開的語言和排比句式的,暗含歷史氣勢的口吻,生動勾勒出上海弄堂的不同區域場景。上海弄堂的外部世界,被實體化爲小說的空間,爲作品人物提供了真實生動的舞臺。

〔註13〕 張新穎、金理:《王安憶研究資料》,天津:天津人民出版社,2009 年,第 498 頁。

〔註14〕 愛繆爾:《小說結構》,《小說美學經典三種》,上海:上海文藝出版社,1990 年。

〔註15〕 王安憶:《長恨歌》,北京:作家出版社,1996 年,第 4、5 頁。

　　讓讀者印象深刻的是，這種繁複曲折和綿延不絕的詞匯組合及語句結構，還爲讀者打開了一副世情風俗畫卷，讓他們一目了然於弄堂居民的日常生活。從另一個角度說，這種語言表現意義上的小說空間就不像物質化的都市空間那麼無動於衷了，而是被賦予了小說所固有的命運色彩。對生活在上海西區或者東區的作品人物來說，居住地域本身就包涵著不易覺察的命運感。這是被無形的因素所塑造所規劃的命運感。我們不難讀到，作者是這樣帶著憐惜的口吻，同時又帶著欣賞與愛意的描述，來觸摸她筆下人物的生存環境的。語言所展示的這一小說空間中，也許正好是一個紅顏薄命言情懷舊故事。於是也難怪，此書初版時在內頁分類上即被劃入「言情小說」的條目。

　　王安憶的小說空間，還通過她的語言講述，被設定爲作品人物成長故事的一個時代背景。王琦瑤、富萍、南昌、阿明和嘉寶等人物的命運起伏，就在作者略有些絮絮叨叨的口吻中，通過小細節的刻畫，心情的旁白，幅度不大的肢體動作而得以充分展現。尤其是《啓蒙時代》，講述的主體是南昌在革命大潮中的日常經歷。作者有意避開了紅衛兵們腥風血雨的激烈爭鬥，把故事觸角伸向他的家庭生活，在街上閒逛的日子，與一班出身相似的少年人交往，流水席般匯聚在小老大的客廳，吸取荒蕪年代爲數不多的獨立思考所帶來的精神教誨。以及對資本家後代嘉寶的性啓蒙，與思想上的領路人陳卓然的走近與疏離。作品裏種種夢幻情境，都在這講述中騰挪閃回。全篇使用淡淡憂傷中夾雜幾分欣喜的語氣，講述著一群青春同路人的成長故事。這種王安憶式的時而靜止時而推進的語言敘述，才是這部作品的魅力所在。

　　與王安憶以平淡語言風格爲中心的小說空間不同，作家方方的《涂自強的個人悲傷》強調在小說架構中植入戲劇化的情節。某種程度上，小說主人公短暫的人生經歷中總有太多不幸的巧合，不過，這諸多遭遇同時發生在一個人身上的幾率在現實生活中也許相對較低。涂自強在準備考研時遭遇喪父，帶著母親來到武漢生活又碰上工作單位的上司攜款捲逃，陷入生活無著的境地。緊接著，又不幸患上了癌症，且已到晚期。這種情節安排大起大落，快速推動作品進展，也分明加快了讀者進入其中的節奏。方方樸素動人的文學語言風格，使這部小說具有相當強烈的閱讀感染力與現實關懷色彩，在當下年輕人上升渠道越來越窄的中國社會引起了強烈反響。不過從另外的角度

看，連續不斷具有相當情感衝擊力的戲劇性故事，是不是也會削弱作品本身的藝術想像力？當然作家創作路數各不相同，戲劇化情節所營造的小說空間自然有自己的道理。但不妨說，相形之下，《啓蒙時代》這種通過綿延繁複的修辭藝術所製造的虛構性的小說空間，有可能會在人物精神層面上對普遍性的、常態化的人類生活產生更深刻的挖掘力。

我們再來看地域文化空間這一方面。論文前面曾對「地域視角」所包含的都市建築、「軍轉二代」身份、弄堂經驗、社會習俗、生活觀念以及人情關係等內容，作過了比較充分的討論。除此之外，應該注意到的，其中還包含有作家女性經驗和性別視角的內容。只有將其納入，這種「地域文化空間」才得以構成。一定意義上，《長恨歌》和《富萍》採用女性視角是與此相關的。《長恨歌》的思想內容自然負載著作家反思歷史的任務，不過，她似乎更想將一座城市的浮沉史通過一個女人的角度來呈現。王安憶並不認爲一個女人的生命史必然都是大開大合的，更多時候，她相信這種生命史是一個自然而然的日常的過程。這就是南帆所看到的：「也許，王安憶的意圖恰恰是，運用女性視域打撈這個城市歷史的另一些維面，這些維面的存在將證明主流歷史之外的另一些文化向度。這即是那些瑣碎的敘事所包含的價值。」他將此推斷爲「女性的本能。」〔註16〕南帆所說的「另一些維面」，在筆者看來也就是王安憶企圖呈現的「地域文化空間」的一部分內容。

從作品敘述看，王琦瑤的一生雖然有些坎坷。但總的來說，還是相對平靜，優裕的日子居多。其物質條件充足的一生，本質上說，還是她憑藉天生的美貌與競爭激烈的雄性社會進行的等價交換。李主任的一箱金條保證了她衣食無憂的人生，而她自身的魅力又幫助她度過了 1949 年、1956 年和 1966 年等中國歷史上風雨飄搖的大時代。所以，王琦瑤的數十年生活是在談談戀愛，與新時代的舊人們聚會，養育私生女，在改革開放的新時代散發一下老上海名媛的昔日光華中平穩度過的，只是到了她那一箱金條的魅力遠超過自己舊時代摩登氣息對人的吸引力時，厄運才驟然降臨。這種安穩中只有小小波瀾的生活，被融進王安憶細水長流般淡定的文字之中，而以王琦瑤爲核心的似乎靜止了的歷史意境，最終卻鑄造出《長恨歌》這部書寫上海人非常年代裏生活精神的大作品。

〔註16〕南帆：《城市的肖像——讀王安憶的〈長恨歌〉》，《小說評論》1998 年第 1 期。

　　《富萍》的性別視角更多傾心於 50～70 年代上海城市邊緣的普通勞動女性，是自不待言的。作者建造了一個自給自足，自得其樂的小世界。在城鄉二元流動開始被嚴格控制，戶籍制度越發鐵板一塊的夾縫裏，富萍不動聲色的喜怒哀樂，默默爲自己生活命運做出的大膽轉折，仍然被一種沉穩的筆調娓娓道出。表面上看，以富萍爲重心的人物模式是在敘述時間停滯狀態的各色人的生活常態。這樣在任何年代都能找到的凡俗生計，大概只有在王安憶娓娓道來的敘述中，才可能是世俗的同時也是溫馨的。這種煙火氣中有人性的美，有普通人生的情與愛。也許它正是一個更願意居家過日子的女作家所關心的一種人生世態。

4.1.2　對空間的超越

　　說到這裡，更由於拿王安憶與其他女作家作品作比較，筆者似乎對王安憶小說創作的四原則有了更深的體會。王安憶認爲這四原則要實現的目標是：「一，不要特殊環境特殊人物。將人物置於一個條件狹窄的特殊環境裏，迫使表現出其與眾不同的個別的行爲，以一點而來看全部。二，不要材料太多。所有一切有力量的東西都具有單純的外形。材料太多會使人被表面複雜實質卻簡單的情節淹沒。三，不要語言的風格化。四，不要獨特性。走上獨特性的道路是二十世紀作家最大的可能，也是最大的不幸。獨特性是極易被模倣被重複的，也是極易被取消的。它容易把個別的東西無限止無根據地擴大，忽略了經驗的眞實性和邏輯的嚴密性。任何無法被人仿倣的作家全不以獨特性爲特徵，他們已高出地面，使人無法侵略」〔註 17〕。可以認爲，無論是都市空間、小說空間還是地域文化空間，這位作家所要營造的小說「空間感」，某種程度上是超然的、客觀簡約的，是一種超越歷史的存在。從這個角度看，王安憶也認爲所謂的「地域視角」也是超越時空的，它是一種永恆的生命形式的體現。

第二節　生活細節與世俗世界

　　在王安憶的小說敘事中，借助生活細節呈現的世俗世界是一個值得關注

〔註17〕吳義勤：《王安憶研究資料》，濟南：山東文藝出版社，2006 年，第 69、70 頁。

的面向。通過細節可以觀察到上海地域文化的獨特性，比如城市街景、飲食習俗、社會制度、消費習慣和歷史變遷等等。但地域性並非抽象的存在，而應內化爲當地人民思想觀念、思維方式和生活形態的具體表現。對王安憶小說而言，借細節呈現上海都市的世俗世界，正是其地域書寫的眞實目的。

對世俗生活細節的著力記錄與精細描摹，是王安憶九十年代以來中短篇小說的顯著特點。在這些作品中，王安憶放棄了很多人擅長以戲劇性衝突來推進小說情節發展的慣常模式。換句話說，她已經摒棄了小說的故事性，轉而以語言的多變來締造小說的邏輯性。這種轉變暗合著九十年代初政治熱潮褪去，市場經濟全面推進，民眾越發關注日常生活經營的時代轉軌大背景。也就是說，王安憶創作的轉型和時代生活的轉軌，證明中國社會開始由革命年代重回傳統年代，已是一個不可逆轉的歷史趨勢。同時也可以認爲，作家重新發現了上海的「地域性」，這種地域性是以世俗文化爲特徵的。因爲當革命年代過去以後，上海恢復了自己所固有的世俗性的追求。這無論在「老上海」建築的修復、新天地咖啡街區的重建，還是時尚生活的全面回歸上，都有顯著的呈現。

學術界關於「日常生活的審美化」的觀點，是與王安憶創作新思路相契合的一種理論解釋。在有的學者看來，日常生活審美化的基本含義是：「審美活動已經超出所謂純藝術，文學的範圍，滲透到大眾的日常生活中，藝術活動的場所也已經遠遠逸出與大眾的日常生活嚴重隔離的高雅藝術場館，深入到大眾的日常生活空間，如城市廣場，購物中心，超級市場，街心花園等與其他社會活動沒有嚴格界限的社會空間與生活場所。在這些場所中，文化活動，審美活動，商業活動，社交活動之間不存在嚴格的界限。藝術與商業，藝術與經濟，審美和產業，精神和物質等之間的界限正在縮小乃至消失」〔註18〕。韋伯也指出：「現在審美是無所不在而又到處都不存在。無線電閒聊和音樂歌詞以熟練和迷人的方式玩語言遊戲。視覺刺激無所不在：從廣告牌到建築物圖案，到書的封皮。電視流幾乎不間斷地把我們從美的東西帶到崇高的東西，再到搞笑的東西。因此，這種論點認爲，我們發現審美通過四處蔓延的符號的形式無處不在，並且被它感動」〔註19〕。無獨有偶的是，在王安憶

〔註18〕陶東風：《日常生活的審美化與文藝學的學科反思》，《現代傳播》2005 年第 1 期。

〔註19〕陶東風：《日常生活的審美化與文藝學的學科反思》，《現代傳播》2005 年第 1 期。

上世紀九十年代以來的短篇小說中，例如《千人一面》、《遺民》、《小飯店》、《冬天的聚會》、《伴你同行》、《比鄰而居》、《閨中》、《小新娘》、《角落》、《髮廊情話》、《化妝間》和《紅光》等作品，雖然故事發生在不同年代，然而它們無一例外聚焦於日常生活的細部，總體上都是一種流水般波瀾不驚的生活的常態。正由於它們是以「細節形式」來展開的，所以我們更願意將其分為「景物的細節」、「對話中的細節」和「吃穿用中的細節」等方面來分析。毫無疑問，這些細節正體現了九十年代在日常生活審美化大背景下，作家和讀者共同具有的對於平穩社會生活中日常生活情趣認可與欣賞的態度。

4.2.1 細節的表現形式

王安憶表現生活細節的形式靈活多變，常見的有以下幾種：景物中的細節、對話中的細節和吃穿用中的細節等。

眾所周知，上海的街區景象有其獨特的地域特色。作為小說人物活動的基本舞臺，街區景象不僅營造了他們生活的氛圍，還暗示著某些傳統習俗的承傳。在作品中，景物中的細節通常是作家所熟悉的街區背景。它象徵著物質化的日常生活，由此可知作品人物生活環境的真實狀況。而對都市題材小說而言，這種街區背景構成了人們分辨不同城市建築與地域文化的最直觀的視覺印象，例如北京的胡同、上海的弄堂、天津的五大道、武漢的碼頭等，這使王安憶景物中的細節顯示出截然不同的內涵。王安憶感受都市景觀的方式角度之所以與方方、池莉和趙玫等女作家的城市題材書寫不同，原因大概也在這裡。

王安憶短篇小說中的景物細節描寫可以分為兩類。一類是對於她從小居住的淮海路街區景致，關於店鋪的記憶。另一類是刻畫她長大結婚後居住社區附近的小飯店、髮廊和老虎灶等。市民階層的日常生活，在這兩類街區裏呈現出不同特色，它們承載著作家回憶，同時也延伸著她對上海都市世俗性的深度觀察。

王安憶對自己從小居住的上海西區充滿自賞的心情：「這條馬路叫做茂名路，靠近淮海路的一段，在城市的西區。與淮海路相交的轉角上，是家電影院。從電影院朝北沿茂名路走進去，是一條長廊。廊裏是一列昂貴的店鋪，黑了燈。借了路燈，可見櫥窗裏躺著的精緻的呢料的胸飾，一頂玫瑰紅的寬邊帽，下面弔著一雙同樣顏色的拖鞋，特別的逼真而且完美。看上去有些旖

旋，帶著些腐化的氣息。還有美髮的皮椅，靜靜地臥著，有克魯米的部位閃著幽光。懸掛的西式大衣亦是靜靜的。一應奢華都偃旗息鼓著」〔註20〕。這裡處處殘留著舊時代的痕跡，精緻奢侈的街區情景，暗示著本地居民日常生活的態度：務實、理性且帶有自覺的商業文化意識。

而在《冬天的聚會》中，作者以幼童視角觀察中蘇友好大廈的雄偉巍峨，彷彿是描寫父母等軍轉幹部身份在六十年代的體面生活：「不遠處的中蘇友好大廈，頂上的那一顆紅星，在夜空裏發亮。大廈的輪廓就像童話裏的宮殿，寬闊的底座上，一排羅馬廊柱。第二層，收進去一周，壁上環著拱形的巨窗。再上去一層，再收小一周。逐漸形成巍峨的塔狀。大廈底下，有噴泉，雖然在平常日子裏不開，但噴泉周圍寬大的大理石護欄，看上去就已經相當華麗。有了這座宮殿，四周都變得不平常了，有一股偉大而神奇的氣息籠罩在上空」〔註21〕。作品裏的景物細節描寫，作為軍轉家庭及其子女感知城市的敏感中介，是在證實這個時代所發生的巨變，當然也表明世俗生活正在進入他們這種特殊家庭。

另一篇小說《角落》，則融進了一種新舊時代急劇轉換過程中短暫的平靜。這種景物細節代表著兩個年代緩慢遲滯的轉換，新的口號和觀念充斥在這座城市的每個角落，可歷史建築仍默默承襲著它守舊的風格。弄堂中人們的日常生活一如從前，它本身的固執性格，足以讓新式口號變得虛無和無足輕重。「那三道圍牆上的花影，店堂上面住家的紅漆木窗框，水泥的弄口，頂上塑著竣工的年代：一九三六。店面前的方磚，粗看不覺得，細看便覺出精密與細緻。方形的水泥磚，在街角拐彎處，漸成一個扇面。雖然沒什麼花飾，可是平展，合縫，均勻。兩面街，都有行道樹，投下樹葉的影。都是素淨的顏色，以線描為輪廓，像那種模素的工農化的黑白電影，平面的光，人和物都清晰明朗」〔註22〕。

從以上各篇，可看出作家在回憶幼時生活環境時，筆觸中不免帶有懷舊的色彩。她的地域書寫，不光關涉到小說敘事本身，關涉到創作轉型的問題，

〔註20〕 王安憶：《王安憶短篇小說編年——卷三 天仙配 1997～2000》，北京：人民文學出版社，2009年，第71頁。

〔註21〕 王安憶：《王安憶短篇小說編年——卷三 天仙配 1997～2000》，北京：人民文學出版社，2009年，第239頁。

〔註22〕 王安憶：《王安憶短篇小說編年——卷四 黑弄堂 2001～2007》，北京：人民文學出版社，2009年，第85頁。

更大程度上還反映出作家對上海地域性發自內心的喜愛。因爲從她細緻入微的描寫中，可以感觸到作者內心的眞實律動：這樣的安寧，靜遠而且精巧，低調細緻的日常氛圍是客觀的體現，也有重溫過去時的特別韻致。讀者能在這景物細節中聽到一聲歎息，它來自作品深處，也來自這城市一兩百年的歷史當中。作爲上海人日常生活的一種特定性背景，它成爲王安憶作品最容易辨認的東西，也就在意料當中。

與此不同的是，《小飯店》中的上海街頭正經歷八九十年代改革開放大潮的洗禮，商業發展突飛猛進，但是混亂無序的建設也改變了昔日寧靜協調的街景。尤其是小飯店的內部場景，更是與作者熟悉的西區商業店鋪大相徑庭：「它是油毛氈頂，再鋪一層玻璃鋼，一層磚的牆壁，牆上刷了石灰水。門和窗，都是從某座廢棄的房子上拆下來裝上的，門是那種老式的對開的板門，因爲裝得馬虎，一點不合縫。地是塑料的地板，畫著黑白的方格。顯然是直接鋪在水泥地坪上，穿著鞋都能感到腳下的涼氣。這種塑料地板易髒還洗不乾淨，所以白的已成了灰，黑的也成了灰。油漬斑斑，煙頭燙的洞也是斑斑。店堂的牆壁貼的是塑料低泡牆布，同樣是易髒不易洗的。變黃了，有幾處還聳下來，牆布接縫的地方則嵌進了泥灰，成了一條條的黑線。這樣的環境，光線暗倒還好，看不眞切。要是好太陽天，陽光明晃晃地照進門窗，只見光裏的塵埃千翻萬卷。地下，壁上，被照得透亮，可眞是百孔千瘡啊」〔註23〕。王安憶利用景物細節記錄這些不同年代的街區景物，眞實地再現了 60 年代到 90 年代上海的城市環境，描繪出一幅世俗生活的風情畫卷。作者回憶與今天現實正在發生劇烈的碰撞，古典優雅的街景難免遭遇新一輪商業浪潮的衝擊，包括大量湧入的外省民工。不過景物細節的場景轉換難改這座城市居民對世俗生活的熱衷，這是它深入骨髓之中的生活哲學。

對話中的細節在王安憶小說中佔據著特殊的位置。誠如第一章在比較王安憶與金宇澄和《海上花列傳》地域視角的差異時已經指出的那樣，雖然同爲上海都市題材作家，《海上花列傳》是純用滬語寫作的，金宇澄是滬語加普通話，王安憶儘管使用普通話，但說話人的口氣和韻味，依然是上海人的語言表達方式。當地人說話時的語氣性情，包括外省來滬農民對話中的一舉一動，都無疑沾染著本土文化的某種特殊氛圍。

〔註23〕 王安憶：《王安憶短篇小說編年——卷三 天仙配 1997～2000》，北京：人民文學出版社，2009 年，第 96、97 頁。

《小飯店》這篇作品，結合問答與自我闡述等對話形式，鮮活地寫出了一位世故老練，混跡於社會上三教九流之間，生存能力頗強，又有幾許神秘色彩的女商販的形象。她對於自己經歷的講述，能使讀者感受出作者對於上海市民社會的深刻洞察力。談到自己的生意經時，這位帶著滬語口音的女主人說到：「一上手就知道，處處是關，問題是，一上手就甩不掉了。本來，不過是玩玩的，一來二去，玩成真了。脾氣上來了，志氣也上來了，非要成功不可了！我這個人就是這樣，做事情都憑感覺，感覺呢，又都集中在手上。所以，許多事情，我都要先去做，做在想前邊，做以前什麼都不知道，可是只要做起來，自然就懂了」。女主人翁不僅自誇，而且還炫耀老法師的道行：「女人只要基本端正，沒有大的缺陷就可以了，重要的是要有腦子，就是有智商。老話說，紅顏薄命，這句話的另一層意思是，長得好看並非有好命，是不是？還有一句俗話，叫做聰明面孔笨肚腸，什麼意思？為什麼要把面孔和肚腸對立起來？原因就是，女人自恃有一張臉就放鬆了頭腦的訓練，結果就是前一句——紅顏薄命。中國的四大美女，其實並不是漂亮」〔註24〕。

如果從心理學的角度對女主角做些解剖，這裡至少有兩個心理層面：在第一個層面，這是一位久經商場風雨、處世幹練的女人，生性要強，但也有節有度。雖然其中的屈辱挫折一筆帶過，仍然可以感覺到她屹立商場之艱辛坎坷。對話中隱藏的這一細節，自然是主人公的自我保護，是人類心理活動的正常反應。在第二個層面，她專挑蘇北籍髮廊老闆和安徽打工妹來敘述自己的故事，這裡尤可見出某些上海人的淺薄無知，這就是王安憶個人既頗欣賞、又不無鄙夷的上海人的「世俗氣」。作家選擇這個小商販現身說法，不排除她對日常生活價值的默認認同，作為歷史進化論者，她當然不會對商業社會正在取代傳統社會的大趨勢熟視無睹。人物對話所透露的生活細節，某種程度也在代替作家表明這種態度。新版長篇小說《匿名》中也有這種對話中的細節描寫。這是楊瑩瑛、蕭小姐兩個女人之間的對話：「楊瑩瑛問，為什麼要來告訴我？蕭小姐不說話，臉色更加陰沉。這時輪到楊瑩瑛微笑了：是不是要報復？吳寶寶拋棄你了！安樂窩裏的人生，也許更具有常情和常理。楊瑩瑛惋惜道：你要早一些告訴我多好，興許還能把人追回來。蕭小姐又坐直

〔註24〕王安憶：《王安憶短篇小說編年——卷四 黑弄堂 2001～2007》，北京：人民文學出版社，2009年，第139、141、145頁。

身子：只要你想追，就追得回來！」〔註25〕兩個女人鬥智鬥勇，相互算計，其中不乏刻薄的成分。這段對話中的細節也指向了一個顯而易見的事實，就是九十年代以來的中國社會，對愛情、婚姻已經不那麼忠實堅貞。這個傳統社會堅如磐石的生活信條，在九十年代的一些人身上已經被擊得粉碎，兩位女性人物之間你來我往的心理智鬥，折射出了這一正在發生的變化。

　　另外，吃穿用在王安憶小說地域書寫中佔據著顯要位置。在她看來，上海這座都市的世俗性一定程度上是通過這個側面顯現的，固然飲食起居是所有城市老百姓最基本的生存狀態，然而在上海，則更展示其地域性特色。王安憶小說敘事中吃穿用中的細節，之所以在九十年代創作中佔有相當比重，均與這種觀察相關。因此，作為「海派小說傳人」，作為對上海人日常生活哲學尤感興趣的小說家，作品人物的吃穿用等具體事宜，是王安憶在小說創作中非常關注的，也可以說是她經常傾筆而為的聚焦點之一。飲食風俗和穿衣著裝乃至日用家什等，是王安憶九十年代以來短篇小說中經常描寫的細節。這些細節彷彿真實生活的再現，然而又把人們生活中經常忽略不計的生活細部作了詩意化的處理，例如《古城的餐桌》、《比鄰而居》、《閨中》和《小新娘》等篇對此都有精妙的講述。

　　《古城的餐桌》中，王安憶對於同事家宴上豪放豐盛的飲食及習俗印象頗深，不厭其煩地詳盡描寫各種吃食及色澤味道，讓讀者大飽眼福。然而，令人記憶最深的是她對於古城徐州所特有的早餐組成——辣湯的介紹：「這是一種奇異的食物，由整隻的雞，整條的鱔魚熬製，直熬到骨酥肉爛。熬製好的湯已成羹狀，並不是勾芡所至，而是雞骨和魚骨裏的膠質形成」。其味道更令作家記憶猶新，時隔三十年仍歷歷在目。「你先是被它狠狠地燙了一下，你就知道它是如何的沸騰。緊接著，一股藥味充滿口腔，你還來不及起抵抗，便被奇鮮制轄了。這種鮮不是我們一般所認為的鮮，僅在舌面上，而是從感官的深處拔起，就是說，渾身舒泰。這時候，你完全不在意它的色澤，或者說，你就覺得它該是這樣的顏色，這顏色就叫做淳厚」〔註26〕。作家認為，這樣豐腴的色澤與口感，也許正來自這古城自漢代流傳下來的豐厚足實的生活習慣。

〔註25〕王安憶：《匿名》，北京：人民文學出版社，2016 年，第 171 頁。
〔註26〕王安憶：《王安憶短篇小說編年卷四　黑弄堂　2001～2007》，北京：人民文學出版社，2009 年，第 332 頁。

在《比鄰而居》一篇中，作者獨具匠心地寫出從自家油煙管道裏傳來的氣味中，推測到鄰居家一日三餐的組成和花樣翻新。在這餐桌之外，我們知道九十年代日常生活審美化的風潮正在襲來，作家將創作重心從理想生活轉向日常生活的起居細節應屬必然。而對飲食的關注，則可看出王安憶九十年代創作轉型的審美趣味的變化來。我們來看這些吃穿用的細節：「一早，就傳進來蔥油味，還有一股麵粉的焦香，顯現得是在烤蔥油餅。那氣味呀，就好像在嘴裏狠狠地咬了一口似的，唇齒之間，都是。中午，可能是榨菜肉絲麵。榨菜，在鍋裏煸得半乾，那股榨菜香，油香，還有鐵鍋香，先是刺鼻，後就柔和了，洋溢開了，那是添上水的緣故。晚上，氣味是一層一層過來，花椒和辣子是主力，帶著一股子衝勁，將各種氣味打過來。他家不僅愛吃急火爆炒的菜，也吃燉菜，那氣味就要敦厚得多了。他們常燉的有豬肉，牛肉，雞鴨，除了放花椒，八角，茴香這些常用的作料外，他們似乎還放了一些藥材。這使得這些燉菜首先散發出一股辛辣的藥味，然後，漸漸地，漸漸地，這股子辛辣融化為清香，一種草本性質的清香，它去除了肉的肥膩味，只剩下濃鬱的蛋白質的香氣」〔註 27〕。

穿衣著裝，也是王安憶小說中頻繁出現的描寫段落。就連《長恨歌》，《啓蒙時代》等長篇小說中，這樣的著力刻畫也俯拾皆是。如果要拾取短篇作品中的衣著描寫，《閨中》是個很好的例證。在作品裏，作者用欣賞憐惜的語氣書寫著一位歲月無痕的老姑娘日常的著裝打扮。這裡依然是上海西區淮海路一帶女子低調淡雅中透出時髦的氣質。其中還有與這條馬路相匹配的審美意識，也在借用這女子的著裝向過往的人群暗暗的宣示。這條馬路既是舊上海時裝的走廊，與此同時也在替新上海保存著關於過去日常生活的文化記憶。作品中的老姑娘和母親，就生活在這兩重看似矛盾的歷史情境中。文化革命時期，《閨中》的母女倆是這樣穿衣的：「她小時候，母親就將她往淑女里打扮，留長頭髮，挽起來，蝴蝶結繫成一個垂髻的樣子。穿織錦緞面裝袖盤紐的駱駝毛棉襖，是母親裁下的零頭料做的。底下是母親穿舊的舍味呢西褲，掉頭翻身改製的長褲，褲口略緊，蓋一點黑牛皮，鞋口鑲一周假灰鼠毛的皮鞋。這時期裏，她的穿著不免是老氣的，因是往母親的年齡上靠，是成年女子的格調」。堅持自我的審美趣味易於在服裝上體現，這不僅是家庭環境薰染

〔註 27〕王安憶：《王安憶短篇小說編年卷三　天仙配　1997～2000》，北京：人民文學出版社，2009 年，第 276 頁。

所形成的藝術取向，也是母女倆對著裝美學的篤定和堅守。等到閨中女兒長成了成年女子，她的衣著風格略有變化，也是順應改革開放的時機，西風東漸的勢頭，但還是萬變不離其宗。「冬春交接的時節，她穿一件藕荷色花呢的外套，領口裏圍一條紅綠混花的絲巾，海軍呢西褲，短丁字黑牛皮鞋。頭髮是編兩條辮子，再用一個有機玻璃髮卡，卡在一起。冬天時，便是呢裙，裙子下是矮靴，套住裏面的棉毛褲的褲管。等天鵝絨連褲襪興起時，才改了穿法。裙子比褲子好配衣服多了，各色羊毛衫，長短外套，而且，更有端淑的氣質。外面是長大衣，立領的」。服裝這東西，在上海、北京、天津、武漢和哈爾濱等城市可能多有不同。對於上海本地人來說，則是與吃用同等重要的事體，關鍵還不是體現在奢侈和貴重上，而是在於如何得體和簡省的日常感覺中。《閨中》母女正是這種日常生活意識的實踐者。

　　說到日用家什，王安憶的講述雖然沒有那麼多，但也足夠組成豐富的文學鑒賞的資料了。她細膩溫情的筆觸，總是落在《閨中》那對在紛亂世事中相依為命的母女身上。即使在低氣壓的年代，上海人對日常用度仍然是很盡心的，他們並不覺得舊物利用會有什麼不好。在這對母女的日常生活裏，可以看到「夏天用的蒲扇，細麻繩滾的邊，又有劈薄劈細的篾條一圈一圈繞住扇柄，挽一截絲繩的那種，收拾好，掛在大衣櫥的櫥門後頭的鉤上，一般是掛男人的帽子或者領帶的。冬天的熱水袋，套了花零頭布縫的套子，收拾好了，收在五斗櫥最下面一格抽屜裏。放在一起的有一聽舊衣服上拆下的紐扣，一捆絨線針，一個巧克力鐵盒」。說到她們家那一堂花梨木的西式家具，作者又多加了些筆墨：「由於定時給家具打蠟，這套花梨木家什還像新的，散發著幽暗的光。並且，如今又開始流行紅木家具款式，維多利亞風，有著繁複的雕花與紋飾。於是，合上了時尚的腳步。那些披掛的鏤花紗巾，年代更近，當然沒有走樣，還用著。有新添置的，一個電冰箱，把手上套了豆綠色，紅莓花的布飾，給這女人氣的房間又添一成閨閣風」〔註28〕。所有東西，都安排在它們適當的位置，那麼舒服地存在著。折騰的歷史總是在損耗自身的熱能，而對於這母女倆來說，對減少家中物品的損耗而盡心盡力，則是她們最為關心的事情。這就是前面我們所說吃穿用的細節，可以作為「文學鑒賞的材料」的理由了。

〔註28〕王安憶：《王安憶短篇小說編年卷四　黑弄堂 2001～2007》，北京：人民文學
　　　　出版社，2009 年，第 31～34、37 頁。

4.2.2　細節書寫：日常生活審美化

　　令人尤感興趣的，是這些生活細節的描寫下面所潛藏的內容。王安憶小說的細節書寫有日常生活審美化的訴求嗎？答案是肯定的。無獨有偶的是，就在王安憶創作這批小說前後，衣俊卿所翻譯的《日常生活》出版，引起了人們對這個問題的持續關注。國內美學界開始出現關於日常生活審美化的研究與初步探討，而在小說創作中，應運而生的則有王朔的「新京味」小說，蘇童的春樹街系列小說等。都市小說題材的興起，表明了作家與學術界探討日常生活審美化的某種歷史同步性。可想而知的是，正如王安憶向來擅長不動聲色地將文學潮流元素運用在她的作品中，日常生活審美化的思潮給她帶來了新的創作靈感也就在意料之中。在回顧這一段創作歷程時，王安憶從不願隱瞞自己創作與歷史生活的關係。她說：「從此我便有了一種奇怪的感覺，覺得我的小說是和我的人生貼近著，互相參加著。我的人生參加進我的小說，我的小說又參加進我的人生。」〔註29〕為此她還對周新民說：「事實上我們看小說，都是想看到日常生活，小說是以和日常生活極其相似的面目表現出來的另一種日常生活。這種日常生活肯定和我們知道的日常生活不同，首先它是理想化的精神化的，又是比較戲劇化的，但他們的面目與日常生活非常相似。人的審美一定要有橋樑，就是和日常生活非常相似，所以我不擔心沒有讀者。」〔註30〕這是對二者關係的最好注腳。

　　那麼有意思的是，王安憶為什麼對生活細節中的世俗世界如此傾心而且有這麼多精彩描寫呢？我們可以用「日常生活的審美化」的理論來解釋。關於這一學術概念，楊春時認為：「消費性的大眾審美文化具有大眾性，民主性，適應了現代社會大眾的消遣娛樂需要。日常生活的審美化是發揮審美娛樂功能，美化日常生活，使藝術滲透到人的感性之中，使世俗的日常生活更多一些快樂。正是隨處可見的日常生活，才是人們存在的根基」〔註31〕。如果追根溯源這一理論在中國發生的背景的話，尹鴻認為：「從 80 年代中期開始，中國社會政治，經濟發生了根本的變化。中國民眾經久不衰的政治熱情開始退潮，而消費主義觀念卻開始滲透到文化的創造和傳播過程中。於是中國主

〔註29〕 王安憶：《自述》，《小說評論》2003 年第 3 期。
〔註30〕 周新民、王安憶：《好的故事本身就是好的形式——王安憶訪談錄》，《小說評論》2003 年第 3 期。
〔註31〕 楊春時：《開展日常生活的審美批判》，《文藝爭鳴》2005 年第 2 期。

流文化開始出現了一個巨大轉折。無論是國家意識形態文化或是啓蒙主義的知識分子文化，都或者悄然退出或者被擠出了文化舞臺的中央。它標誌了中國文化從政治，啓蒙文化向娛樂文化的轉變」〔註32〕。

由此延伸，陶東風堅持這樣的觀點：「當代中國的大眾文化，在功能上是一種遊戲性的娛樂文化。」他當然也有保留地進行了反思和批判。只是站在未來的立場上，他認爲這個歷史過程有其必要性，是歷史發展本身繞不過去的階段：「在生產方式上是一種由文化工業生產的商品。在文本上是一種無深度的平面文化。在傳播方式上是一種無等級的泛市民文化。文化政治功能，認知功能，教育功能甚至審美功能都受到了抑制，而強化和突出了它的感官刺激功能，遊戲功能和娛樂功能」〔註33〕。換句話說，從傳統美學觀點來批駁的話，「大眾文化放棄對終極意義，絕對價值，生命本質，歷史意識，美學個性的孜孜以求，也不再把文化當作濟世救民，普渡眾生的神賜法寶，不再用藝術來顯示知識分子的精神優越和智力優越」〔註34〕。

從中國近三十年的社會發展規律來看，世俗化與現代性是鳥之雙翼。在中國推進改革開放，市場經濟大力發展的道路上，它們是相得益彰的關係。因此，「世俗化／現代性的核心即是祛魅與消解神聖，在中國新時期的語境中，世俗化所要祛的就是極左的魅。也包括了傳統社會重農輕商這個最大的歷史之魅。由於世俗化削弱，解構了日常生活與「神聖」之間不正常的關係，人們不再需要尋求一種超越的精神資源來對日常生活訴求進行辯護，所以它爲大眾文化的興起提供了合法化的依據」〔註35〕。陶東風接著指出：「如果我們不否定中國的改革開放與現代化運動具有不可否認的歷史合理性與進步性，那麼，我們就必須承認：當今社會的世俗化過程及其文化伴生物——世俗文化，具有正面的歷史意義，因爲它是中國現代化與社會轉型的必要前提，如果沒有 80 年代文化界與知識界對於準宗教化的政治文化，個人迷信的神聖

〔註32〕陶東風：《大眾消費文化研究的三種範式及其西方資源——兼答魯樞元先生》，《文藝爭鳴》2004 年第 5 期。

〔註33〕陶東風：《大眾消費文化研究的三種範式及其西方資源——兼答魯樞元先生》，《文藝爭鳴》2004 年第 5 期。

〔註34〕陶東風：《大眾消費文化研究的三種範式及其西方資源——兼答魯樞元先生》，《文藝爭鳴》2004 年第 5 期。

〔註35〕陶東風：《大眾消費文化研究的三種範式及其西方資源——兼答魯樞元先生》，《文藝爭鳴》2004 年第 5 期。

光環的充分解除，改革開放的歷史成果是不可思議的」〔註36〕。在這個意義上，陶東風強調：「從中國社會的歷史變遷角度看，世俗化與大眾消費文化（特別是改革開放初期的世俗大眾文化）具有推進政治與文化的多元化，民主化進程的積極歷史意義，而作為世俗時代文化主流的，以消遣娛樂為本位的大眾文化，在中國特定的轉型時期客觀上具有消解政治文化與正統意識形態的功能」〔註37〕。如果進一步解釋的話，「從80年代開始的中國社會的世俗化與商業化以及它的文化伴生物——大眾文化與消費主義，正好出現於長期的思想禁錮與意識形態一體化馴化被鬆動與瓦解之時，而且它本身事實上也是作為對於這種意識形態一體化馴化的批判與否定力量出現的」〔註38〕。

由此我們推斷，以「日常生活的審美化」為背景的學術討論，已經將傳統美學的既定含義進行了大幅度的更新。傳統美學觀點認為藝術審美只指向具有純粹藝術性的作品，並且強調人類欣賞這種純藝術所生發出的本質上的神性，精神性和自由性。但值得注意的是，傳統美學的理論基礎建立於二十世紀之前。彼時，已具規模的民族國家正在為土地，為財富資源進行無休止，以綿延數世紀的或大或小的戰爭這種形式來爭奪。正是在這樣「宗教時代或禮教時代的神聖世界，乃至啓蒙時代的英雄世界中」〔註39〕，苦難與悲劇永無休止之時，崇高成為當時人類社會所向往的最高境界。在混亂時代大背景下，人民為了躲避紛亂世事，尋求心靈的棲息之地，不得不將精神力量投射在對純藝術化作品的創造與欣賞之上。這也就是人類的神性和自由性最為充沛的時候。甚至到了二十世紀上半葉，西方國家的物質資源已遠較古典時代充足豐富，但接連兩次世界大戰對於財富，土地的爭搶不遜於往時。此時人類社會的現代性進程已經大幅加速，在脫聖入俗或脫神入俗的過程中，人們仍不免對崇高精神力量有所向往和追求。直到二戰結束後，具有國家制衡作用的聯合國的成立，以及歐美物質文明的高速發展，才使西方世界進入了人類歷史上和平局面持續時間最長的穩定時期。在此歷史格局中，日常生活的

〔註36〕陶東風：《大眾消費文化研究的三種範式及其西方資源——兼答魯樞元先生》，《文藝爭鳴》2004年第5期。

〔註37〕陶東風：《大眾消費文化研究的三種範式及其西方資源——兼答魯樞元先生》，《文藝爭鳴》2004年第5期。

〔註38〕陶東風：《大眾消費文化研究的三種範式及其西方資源——兼答魯樞元先生》，《文藝爭鳴》2004年第5期。

〔註39〕楊春時：《開展日常生活的審美批判》，《文藝爭鳴》2005年第2期。

審美化就以常規速度在歐美世界發展壯大，直到成爲文化審美的主流。具體來說，傳統的建築雕塑藝術，古典音樂，繪畫藝術步入了夕陽期，更爲商業化的音樂劇，流行音樂，爆米花電影則成爲人民文化生活的主流。「在日常生活中，人們追求世俗的幸福，服從快樂原則，投身於物質享樂和文化消費的浪潮。於是，身體性排擠了精神性，物質生活的富裕，造就了精神生活的貧乏」〔註40〕。

4.2.3　日常生活審美化的意義

　　以上是西方美學轉向的歷史過程。而在中國，「日常生活的審美化」進入民眾的生活則經歷了更漫長，更曲折的過程。中國在二戰結束後，並沒有跟隨世界的步伐進入經濟的高速發展期，卻歷經了多次政治運動的洗禮。八十年代改革開放以後，精英啓蒙主義的流行促進了人民精神生活的生長，卻掩蓋並遮蔽了物質發展的貧瘠匱乏。直到八十年代末期，政治文化達到又一次高潮後的偃旗息鼓，九十年代初期以市場經濟爲核心的大政方針的確立，中國社會才最終跟上國際社會的腳步，開始步入世俗化的現代性建設階段。

　　雖然經濟高速發展的時期來臨較晚，但是中國民眾對於世俗幸福的追求動力卻頗爲強大。原因在於經歷了過長的政治文化強盛年代，人們急欲告別革命，開始沒有歷史包袱的嶄新生活。因此，王朔的戲謔式的都市文學大紅大紫，伴隨上海重新崛起而來的老上海灘懷舊文學產業的發達，乃至王安憶九十年代創作對日常生活的肯定都可視爲這一大背景下的產物。這樣一來，八十年代新啓蒙主義所宣揚的純粹美學開始有些落伍了。傳統的理性美學只認可審美的精神性，逐漸不能適應日新月異的現代社會生活的客觀要求。另一方面，在 1990 年代以來「日常生活審美化」漸漸成爲社會民眾最普遍的生活價值取向後，傳統美學的捍衛者依然堅持著這樣的觀點：「看似平常的日常生活，卻掩藏著一種深刻的生存危機。這就是生存的意義失落，只爲感覺而生活。人的神性，超越性失落，只剩下單一的世俗性，現實性，成爲單面的人。總而言之，是人的本質異化，人的自由失落」〔註 41〕。因此，正如歷史的記錄者向來是知識精英一樣，這種對於自我生存意義的自省與反思也只存

〔註40〕楊春時：《開展日常生活的審美批判》，《文藝爭鳴》2005 年第 2 期。
〔註41〕楊春時：《開展日常生活的審美批判》，《文藝爭鳴》2005 年第 2 期。

在於人類社會少數的精英階層人群之中。多數普通民眾，無論是在普遍物質充裕的當代社會，還是在啓蒙時代，甚至封建社會，他們的首要的生存訴求就是獲得足夠的溫飽條件。因而，最廣大的這類人群沒有閑暇和精神活動的足夠空間去追尋人類生存的本眞意義與終極價值。在人的神性和超越性的失落，對世俗享樂文化的崇尚和追求，便成爲各方面生活條件得到滿足後的中產階級所遵循的原則。在上世紀九十年代以來的學術討論中，經常有學者質疑「日常生活的審美化」是在順應中產階級對大眾文化的訴求。換句話說，他們認爲「日常生活的審美化」代表了中產階級的審美趣味，是與金錢的獲得數量等價交換後的生活情趣。但是，如果我們從另一個角度來看，肯定中產階級對於日常生活的審美觀，不也同樣是在廣大民眾中樹立可以通過不懈奮鬥而獲得生活權利的正當性？畢竟，人人都有對富足生活水平的憧憬與追求。社會學界把建立強大自律的中產階級視爲國家最終長治久安的必要前提和社會基礎。壓倒一切的實用主義生活浪潮，確實也在牴觸和損害人們對精神生活的更積極的要求。這種「現代化的矛盾」勢必會滲透到美學轉向的大討論當中，也會對作家創作產生十分深遠的影響。

從文學史的維度看，王安憶九十年代小說所呈現的生活細節與世俗世界，還來自晚清「海派文學」傳統的影響。而身在上海的王安憶，在創作轉型上對接這一傳統是無可非議的，也是這種地域文化的深厚基因所使然。於是人們看到，王安憶九十年代創作所傳承的不是左翼文學的激揚與憤怒，而是較多吸收了清末民初海派文學即所謂鴛鴦蝴蝶派文學的某些創作觀念、小說筆法，以及對於凡俗生活的細膩刻畫。然而，她的主人公沒有像鴛鴦蝴蝶派作品人物那樣顚沛流離和曲折離奇。她筆下人物走過的道路是平凡尋常的，更多的人，則在對日常瑣事的料理打發中度過大半生。然而只有在作家這貌似平淡的文字中，讀者們才領悟到了大眾人生的眞諦。不少人將王安憶與張愛玲相聯繫，藉以構建她們之間的影響與傳承。但在我看來，王安憶與張愛玲的相似之處主要是故事發生的背景地在上海，也都是市民氣比較重的凡夫俗子。更爲重要的是，王安憶對「海派文學」資源的利用與轉化，一定程度上解決了她自尋根思潮以後一度出現的困惑與困境，促使她找到了創作的根據地。而她小說中的生活細節與世俗世界的書寫，不僅表明了她與海派文學傳統之間傳承性的關係，而且還把這個創作根據地建築得更爲紮實和牢固了，並最終形成自己與眾不同的創作的風格。

王安憶小說對生活細節和世俗世界的書寫，也是對十七年文學傳統的偏移性的發展。共和國建立後的中國文學，偏向於塑造高大全式的英雄主人公，忽視甚至壓抑正常人的喜怒哀樂，希冀通過文學宣傳來營造一個充滿烏托邦色彩的理想世界。這一時期作品關注主人公對社會的無私貢獻是應該讚賞的，然而它們對生活細節及其美感的持久敵視卻不應該肯定。這種創作原則所規劃的文學格局，只能使作家創作變成一種純粹理念上的抽象空洞的東西，因而它被新時期文學所拋棄和超越，也就在歷史發展的必然性當中。從這一角度來分析的話，王安憶九十年代的小說，可以說跟隨了中國社會急劇跌宕的變化，從而完成了她小說敘事藝術從訴說歷史生活到敘述日常生活的過程。日常生活的審美化，正成為她藝術表現最主要的內容之一，但是這種審美化是否影響到作家對更宏闊歷史生活的把握與建構，也是一個不應忽視的問題，雖然它是在本書的討論範圍之外。

第三節　作品敘事與形式探索

這一節擬對王安憶的作品敘事與形式探索做進一步的研究。因為從地域視角看，作家要完成對地域的書寫，一定要在作品敘事和形式探索實踐上有所推進，並形成相對獨立的主體形態。因為某種意義上，王安憶不純粹是一個小說家，同時也是小說家中的理論家。在長期的創作實踐中，她逐漸形成了一套完整的小說敘事理論。尤其是在九十年代創作轉型過程中，這種理論更是臻於自覺和完整了。因此在筆者看來，要想深入把握地域視角與王安憶小說創作的關聯，有必要對她的小說敘事理論做一番探究。為了更有效地進行觀察，首先需要適當借鑒西方敘事理論。

4.3.1　申丹的敘事學理論

對西方的敘事理論，中國學者中介紹最勤分析也最精彩的，當屬北大西語系的申丹教授。申丹在其專著《西方敘事學：經典與後經典》中將敘事理論概述為七個部分：1.故事與話語 2.情節結構 3.人物性質和塑造手法 4.敘事交流 5.敘述視角 6.敘事時間 7.敘事空間。總的來說，申丹所推崇的是經典敘事學也就是結構主義敘事學。「它是在俄國形式主義，尤其是法國結構主義的影響下誕生的。經典敘事學是直接採用結構主義的方法來研究敘事作品的學

科。結構主義語言學的創始人索緒爾改認爲語言學的著眼點應爲當今的語言這一符號系統的內在結構，即語言成分之間的相互關係，而不是這些成分各自的歷史演變過程。結構主義將文學視爲一個具有內在規律，自成一體的自足符號系統，注重其內部各組成成分之間的關係。與傳統小說批評理論相對照，結構主義敘事學將注意力從文本的外部（探討作者的生平，挖掘作者的意圖等）轉向文本的內部，著力探討敘事作品內部的結構規律和各種要素之間的關聯」〔註42〕。從中可以看出，結構主義敘事學是小說研究理論發展到一定階段的必然產物。換句話說，「在人類文化活動中，『故事』是最基本的。世上一切，不論是事實上發生的事，還是人們內心的不同體驗，都是以某種敘事形式展現其存在，並通過敘事形式使各種觀念深入人心」〔註43〕。申丹認爲法國作家福樓拜和美國作家詹姆斯都曾對現代小說研究理論的發展與完善做出了很大的貢獻。「福樓拜十分強調文體風格的重要性，詹姆斯則特別注重敘述視角的作用。詹姆斯反對小說家事無鉅細地向讀者交待小說中的一切，而是提倡一種客觀的敘述方法，採用故事中人物的感官和意識來限定敘述信息，使小說敘事具有生活眞實性和戲劇效果」〔註44〕。

說到「故事與話語」，我們可以說「無論是現實世界中發生的事，還是文學創作中的虛構，故事事件在敘事作品中總是以某種方式得到再現。具體來說，「故事」涉及敘述了什麼，包括事件，人物，背景等。「話語」涉及是怎麼敘述的，包括各種敘述形式和技巧」〔註45〕。這種故事與話語的兩分法隨著時代的變化，也在西方學界得到了補充與革新。法國敘事學家熱奈特提出了三分法，具體內容是：「1.故事，即被敘述的事件。2.敘述話語，即敘述故事的口頭或筆頭的話語。在文學中，也就是讀者所讀到的文本。3.敘述行爲，即產生話語的行爲或過程，比如講故事的過程」〔註46〕。

〔註42〕申丹、王麗亞：《西方敘事學：經典與後經典》，北京：北京大學出版社，2015年，第2、3頁。

〔註43〕申丹、王麗亞：《西方敘事學：經典與後經典》，北京：北京大學出版社，2015年，第3頁。

〔註44〕申丹、王麗亞：《西方敘事學：經典與後經典》，北京：北京大學出版社，2015年，第4頁。

〔註45〕申丹、王麗亞：《西方敘事學：經典與後經典》，北京：北京大學出版社，2015年，第13頁。

〔註46〕申丹、王麗亞：《西方敘事學：經典與後經典》，北京：北京大學出版社，2015年，第16頁。

在她看來，情節結構毋庸置疑是小說文本的重要組成部分。關於經典敍事學的情節，申丹認爲「俄國形式主義學者不把情節看作敍事作品的內容，而是把它視爲對故事事件進行的重新安排。『故事』僅僅是情節結構的素材而已，它構成了作品的『潛在結構』，而『情節』則是作家從審美角度對素材進行的重新安排，體現了情節結構的文學性。研究者應該區分情節與故事：雖然故事和情節都包括相同的時間。但是，故事中的事件按照自然時序和因果關係排列，情節強調的是對事件的重新安排與組合」〔註47〕。

在人物塑造手法上，申丹比較推崇心理型的人物觀。她指出：「在敍事研究領域，心理型人物觀指注重人物內心活動，強調人物性格的一種認識傾向。小說中的人物以各種形式組合的差別和變動顯現出不可重複的個性」〔註48〕。這種塑造人物性格的手法在傳統小說的黃金年代十分流行。例如，「19世紀現實主義小說家十分注重人物內心活動（如巴爾扎克，托爾斯泰，狄更斯）。爲了揭示人物內心世界，小說家們通常採用全知全能的敍述模式，對人物外部行爲和內心思想進行充分展現。小說中的人不僅是故事世界裏的主體，同時也是小說家們揭示人性，針砭時弊的一個重要手段。小說藝術通過構建生動形象的人物，不僅使得小說具有了道德倫理功能，而且爲人們搭建了個人與他者進行交流的一個渠道」〔註49〕。

申丹頗爲肯定布思在《小說修辭學》中提出的隱含作者與隱含讀者的概念。「隱含作者就是處於某種創作狀態，以某種立場來寫作的作者。另外，隱含作者則是文本隱含的供讀者推導的這一寫作者的形象。隱含作者和眞實作者的區分實際上是處於創作過程中的人（以特定的立場來寫作的人）和處於日常生活中的這個人（可涉及此人的整個生平）的區分」〔註50〕。總的來說，申丹對這方面理論的領會和分析，是相當透徹和深刻的。

與此相似，王安憶在課堂講稿裏也頗善於分析西方19世紀黃金年代的作品，尤其是《悲慘世界》，《戰爭與和平》等幾部名著。在其早期「雯雯系列」

〔註47〕申丹、王麗亞：《西方敍事學：經典與後經典》，北京：北京大學出版社，2015年，第42、43頁。
〔註48〕申丹、王麗亞：《西方敍事學：經典與後經典》，北京：北京大學出版社，2015年，第54頁。
〔註49〕申丹、王麗亞：《西方敍事學：經典與後經典》，北京：北京大學出版社，2015年，第55頁。
〔註50〕申丹、王麗亞：《西方敍事學：經典與後經典》，北京：北京大學出版社，2015年，第71頁。

作品中，可以看出她曾相當仔細地研究了小說敘事學的許多規律性元素，尤其是經典敘事學的內容。這也爲她的寫作奠定了良好的根基。不過，王安憶九十年代小說已經洗去了西方理論影響的痕跡。或者說，前者無形地化在這些作品中，不著痕跡地引領著她的靈感。我們稱其是一種創造性的偏差，一種藝術化的挪移。

4.3.2　王安憶的敘事理論

再回到王安憶小說敘事語言和形式探索的問題上來。在當代小說家中，熱衷於小說敘事理論，分析充分深入的當屬王安憶。這顯然與王安憶在復旦大學開的小說理論和創作課有關。這本書稿的撰寫，一方面固然是課堂講授所需要，另方面也是作家對多年思考的總結。可以見出，在幾十年的創作旅程中，她一直在思索自己與其他作家的不同點，以及實現在哪些方面的突破和創新。這本書稿對敘事語言和形式問題有諸多論述，例如在談到小說敘事語言的簡潔性時，她認爲：「因爲敘述總是擇其重要，藝術本來的用心與功能大概就是將現實中冗長的時間，規劃成有意義的形式，規劃的過程中便將無用的時間淘汰過濾。」爲此她專門分析了作家陳村的短篇小說《一天》。作者寫了張三，早上起床，出門上班，他的工作是在流水線上做操作工。到點下班，卻已經退休，於是一支鑼鼓隊將他一路歡送回家。王安憶認爲「這小說的敘事形式類似卡爾維諾《弄錯了的車站》，一個人看完電影後在大霧中尋找回家的車站，結果卻登上飛往孟買的飛機。」於是一系列轉變的成因被撕碎，成因本來是時間，人物忽被置於空間當中，這都是在寫人生的常與無常。〔註 51〕

縱觀王安憶九十年代以來的作品，可以看到不少將敘事語言及其形式落實爲藝術實踐的例證。有學者批評她這時期的小說創作有書齋味道，缺少生活的積累。〔註 52〕這個批評有它的道理，但也脫離了王安憶創作的實際。沒有注意到王安憶是小說文體家，她對中國小說藝術的創新有勃勃野心，無意只做現實生活的記錄者。筆者認爲，這種創作選擇恰恰是她「揚長避短」創作理念的體現。每個作家的創作都離不開自己的生長環境與人生經歷。王安憶出身於知識分子家庭，下鄉僅兩年便上調到地方文工團工作，其後回到上

〔註 51〕王安憶：《小說課堂》，北京：商務印書館，2012 年，第 134、135 頁。
〔註 52〕郜元寶：《時文瑣談》，北京：北京大學出版社，2014 年，第 171、172 頁。

海任職於兒童雜誌，然後成爲專業作家。她的成長環境算不上坎坷曲折，也沒有驚心動魄的內容。在八十年代，她尚可以調動童年生活、插隊經歷和徐州文工團的點點滴滴，讓作品保留有「個人傳記」色彩。但正如她後來多次重申的，只專注個人經驗的作家頂多是一個「自敘傳作家」，而不能走得很遠。這自然是大作家的雄心抱負，如果只對她提現實生活要求等於是把她看低。因此筆者相信，這種生活背景注定讓王安憶成爲成熟作家之後，仍然不斷通過敘事語言和藝術形式的探索來拉動自己的創作。她九十年代小說創作不斷調整敘事角度，變化小說結構，包括塑造不同人物角色，都與這種小說觀有關。但毫無疑問，王安憶構思和創作小說時，更傾向於選擇自己熟悉的生活，運用自己最擅長的筆觸，以求最大限度地發揮自己的長處，也是毋容置疑的事實。二十多年來王安憶每出一部作品都能被讀者和文學批評持續關注，不能說與此沒有關係。

4.3.3　王安憶創作的敘事實踐

　　筆者觀察到，地域視角關照下的王安憶小說創作，十分注意「零度敘述」、「他者敘述」、「家族敘事」和「墮落敘事」等一些過去創作較爲鮮見的敘述手法。某些較爲獨特的文體形式，也隨這些敘事的構建而展開。上述文體形式中的人物，有外省務工農民、政治運動受害者，也有對作家家族歷史及人物的虛構性呈現。它們從不同角度解剖了上述人物身上的上海地域性，帶著地方性特徵，充滿本土文化味道，讓讀者更富有層次感地觸摸到這座大都市的現實歷史體溫。在這個意義上，認爲作品敘事和形式探索不是冷冰冰的存在，而是一個城市的結構形式，一個個人物生命的結構形式之體現，是王安憶借助其來觸摸感知這座都市之靈魂的看法，並非是毫無理由。

　　有理由相信，王安憶短篇作品《小飯店》採用了攝影零度敘述的手法。作家顯然認爲，筆下務工農民身上所展現的上海新的「地域性」，是她過去從未經驗過的。她並不熟悉這種文學人物，很難將熱情的筆觸探向他們的世界之中，因此謹愼地採用了「零度敘述」的手法。說到零度敘述，首先要說葛麗泰·嘉寶在代表作《瑞典女王》結尾那個經典的零度表情長鏡頭。孤高自傲的瑞典女王在愛人不幸離世後，依然獨自一人踏上探險的旅程。坐在船板上的她，雙目直視前方，面無表情，長鏡頭特寫一直定格在她臉上不曾移動。這段零度表情的表演堪稱經典，蘊含著眾多可以被後世觀眾發掘和解讀的元

素，而且每個人都有各自相異的觀感與體驗。《小飯店》也是如此。作者的視角好似一個緩慢移動的長鏡頭，跟隨著這鏡頭，我們看到了一條嘈雜的弄堂，眾多店鋪的營生，賣木材的，賣裝潢材料的，蘭州拉麵店，還有幾個早中晚持續開業的小餐館。這條弄堂的雜亂無序被作者忠實地記錄下來，胡亂拼建的房屋，街上流淌著洗菜，殺魚的血水，小孩子靈活地在人縫和車流中穿梭。作者不帶感情色彩的筆觸，在那描繪著小飯店的盒菜和衣著鮮豔的鄉村務工女孩。人們看到，小店賣買的肉丸子，排骨，燒魚都放了過多的澱粉，因醬油用得過多，菜品都是油膩和不清爽的樣子。售賣的時令蔬菜，海帶結，豆芽也是不怎麼新鮮。而剛走出農村的打工妹們，個個衣著顯得光鮮，但也顯露出欲躋身於大都市，卻不知路在何方的茫然模樣。小說這部慢拍著的攝相機，也沒放過小飯店的老闆娘。她總是懶洋洋的樣子，又一副養尊處優的姿態。攝影機在她身上停留，輕輕掠過她蕾絲的衣著，渾身的金首飾，細膩的皮膚，還有懷裏的大白貓。她的無所事事，與牌桌上正在角力的男人們構成鮮明對比。作品鏡頭最後停留在小飯店的廚師身上，這是一個膚色白淨，相貌清秀的小夥子。小廚師下班時，卻換上了緊腿牛仔褲，黑體恤，黑墨鏡，外加刺蝟頭。如果說陳村的《一天》是在撕碎人物一系列轉換的成因，那麼《小飯店》則像無聲電影，小說敘述語言如膠片轉動的聲音，人物四處活動，卻處於靜默狀態。攝相鏡頭構成作品的基本形式，它只呈現客觀場面，卻無異於放棄了講述意圖。

在筆者看來，地域視角總體上包括都市文化、生活習俗、人情物理和飲食起居等等方面，但如果以人為中心來考察，也應留意某一特殊時期特殊人物身上那種地域的獨特性。眾所周知，歷次政治運動在不同地域，不同人物命運中往往呈現出某種可以分辨的差異性。對上海這種留存著許多舊社會人物的城市來說，運動的衝擊，在這些特殊家庭人物身上所顯示的地域性，勢必會引起王安憶的注意。然而對於她來說，是缺乏直接的現實經驗的。也就是說，作家在處理這種題材時缺乏直接的手段，而只能採取間接的手段。這種間接手段即是構成「他者敘述」的基礎。如果說王安憶善於運用他者敘述的手法，來講述看似與自己無關或相關的故事，那麼《遺民》可為代表。小說開場用大段篇幅描繪作者幼時居住的淮海路街區寧靜的氣氛。這段街道往日的精緻與榮光在文字中閃現，彷彿是一段畫外音。作品文字還在敘說消失已久的有軌電車，不復存在的舊樓，舊店招牌，又似乎夾雜作者個人的聲音，

氣味與觀感。緊接著作品切入正題，作者在一個濕熱的夏季傍晚被母親帶到街上去看一部無聊的戲曲片。在母親與女戰友街邊閒聊時，作者與姐姐眼裏是街角充滿著奢靡氣息的高等商店，白色日光燈過於照耀，冷飲店百無聊賴的店員，疲憊蒼白的牆壁，以及六十年代製作的雪糕濃鬱香甜的氣味。正是在他者的敘述中，前面走過來一對男女，很難確認他們是不是夫妻。兩人在街角相聚，言談中似乎要躲避路人的目光，行色詭異，像在商量著帶有秘密性的事體。男人面目模糊不清，社會身份不明。女人身上是六十年代十分罕見的那種裝扮，電燙波浪髮，顯得陳舊，花色黯淡的旗袍。本該是光鮮挺括的裝束，卻凸顯出一種疲憊無力的味道。這對男女一直在躲避著什麼，氣氛緊張又壓抑，最後以不歡而散收場。王安憶以一個女童的視角敘說著街頭路人的故事，恐慌不安的情緒中，是她們這代人所面臨的不可預知的未來。這種他者敘述的引入，增強了作品的陌生化效果，同時也刺激了讀者的好奇心。因為這分明有一種小說中常見的「現場感」，這種現場感也可以說是一種小說形式。但是當讀者真正走進它的時候，就會發現這現場原來是虛擬的，它竟然是一個超現實的存在。由此可見這種以獨特角度講故事的方式，飽含著不好理解的曖昧的聲音、氣味和觀感，而這恰恰就是王安憶在有意識地把握更具難度的敘述的時候，她小說敘事藝術的一個顯著的特點。但我們也可以說，正是上述他者敘述才造成了這一作品的效果。

發表於 1990 年代初期的《紀實與虛構》代表著作者創作方向的明顯轉向，它十分鮮見地講起了家族故事，而這類飽含家國民族命運宏大敘事的作品向來是男性作家的專利品。它顯然是王安憶小說頗為少見的對自我獨白式敘事語言和形式的探索。不過，王安憶這部母系家族傳奇與讀者通常概念中的小說有著明顯的差異性，這點將會在下文中詳細解釋。好在《紀實與虛構》這種風格作品在王安憶的創作歷程中只是曇花一現，之後便重新轉回自己所擅長的日常生活描摹。因此，對這一短暫創作探索時期的討論，有助於尋找王安憶研究的新增長點。

這是作者對於自己家族史的書寫。正如小說的標題所示，《紀實與虛構》的內容交叉貫穿於文本之中，虛實相間，半真半假，不斷引誘著讀者進一步閱讀下去，來尋找最終的答案。作品引子是王安憶對自己雙重社會身份的敘述。她身份的尷尬在於雖為大院出身，卻沒有成長於幹部子弟集中的徐匯區，

而是生長於市民階層聚居的淮海路弄堂環境。難以定位的自我身份，讓作家不免產生了敏感與自傲相矛盾的性格氣質。

從幼時開始，「我」的母親便極力避免自己女兒沾染上為軍隊幹部所不齒的小市民階層的生活習氣。但處在擅於家長里短，傳播流言，受舊戲文薰陶的保姆身邊，以及一群市民家庭同齡玩伴之中的這女孩，潛移默化的影響是難免的。「我」急欲尋找自己家庭與這座大都市的關聯，身邊這些說上海話的人，例如穿著舊式的三娘娘和母親孤兒院時期的好友，卻反而令疑點叢生。從這段引子出發，「我」回顧了母親悲苦的幼時經歷，自小和奶奶相依為命的生活，長大後當過小學教員，投身革命，成為作家的人生。也夾敘了自己的成長經歷，小學好友，念書階段的故事，包括成為作家的緣由與感想。在這些以旁觀視角講述自己家庭歷史的文字中，不難發現作家含而不露地在借鑒布萊希特的「間離效果」，及所謂「打破第四堵牆」的手法。

在戲劇表演中，採用間離效果的目的是讓觀眾在看戲過程中並不完全融入劇情，而是保持自己獨立的角度。布萊希特認為這種表現手段是讓觀眾對所描繪的事件，有一個分析和批判的立場。這種調動觀眾的主觀能動性，促使其進行冷靜的理性思考，從而達到推倒舞臺上的「第四堵牆」，徹底破壞舞臺上生活幻覺的目的，用意就是突出戲劇的假定性〔註53〕。所以，王安憶在《紀實與虛構》敘事語言上扮演的是舞臺上的演員角色，這部小說的讀者恰如劇場中的觀眾。演員王安憶在文本敘事中與小說的主角「我」保持著感情上的距離。王安憶以演員的手法介紹著「我」的家族故事與成長經歷，將閱讀者帶入感同身受的境地，與「我」一起體驗著家族長輩生活的甜酸苦辣，還有「我」童年經歷的喜怒哀樂，以及成為作家的心理動機和所探索的作品形式。然而，即便在如此虛與實的盤旋交錯中，讀者依然能清晰感受到王安憶與「我」的界限分明的距離，而不會將二者完全合一。布萊希特曾以美國名演員勞頓扮演天文學家伽利略為例，指出演員在舞臺上實際是雙重角色，既是勞頓，又是伽利略，表演著的勞頓並未在被表演的伽利略中消失，觀眾一面在欣賞他，一面自然並未忘記勞頓，即使他試圖完全徹底轉化為角色，

〔註53〕 （德）布萊希特：《論敘事劇》，伍蠡甫、胡經之《西方文藝理論名著選編》，北京：北京大學出版社，1987年，第316～318頁。

但他並未丟掉完全從角色中產生的他的看法和感受。換言之，演員扮演角色，不該把自己放在角色的地位上，而應把自己放在角色的對面，這就是演員和角色的距離。在間離效果的舞臺演出中，演員表明自己是在演戲，觀眾是在冷靜地看戲，演員和角色的感情不混合而使觀眾和角色的感情也不混合在一起，從而保持了理智的思考和評判〔註54〕。布萊希特的這段詮釋正適用於《紀實與虛構》這篇小說。作品中的許多段落，可以應證王安憶這位演員經常抽離角色本身的獨特存在：人物生活的那條街上，只有現在，現在是一個點，而時間的特徵是線，未來則是空白，時間無所依存。人物一旦注意到時間，就會有一些奇異的感動，她沈寂的想像力受到了刺激〔註55〕。還有「問題就在於孩子她做了一名作家，她需要許多故事來作她編寫小說的原材料，原材料是小說家的能源。孩子她覺得自己作爲一個作家非常倒楣，她所在的位置十分不妙。時間上，她沒有過去，只有現在。空間上，她只有自己，沒有別人」〔註56〕。作家是用這樣虛實相間的手法與讀者進行心靈上的默契交流，看似自問自答，其實蘊含著最深奧的角色扮演與行爲剖析的成分。不過，最精彩部分還是接下來的一段自我分析，它直接點明了《紀實與虛構》的結構形式：「孩子她這個人，生存於這個世界，時間上的位置是什麼，空間上的位置又是什麼。這問題聽起來玄而又玄，其實很本質，換句話說，就是，她這個人是怎麼來到世上，又與她周圍事物處於什麼樣的關係。孩子她用計算的方式將這歸之於縱和橫的關係。再後來，她又發現，其實她只要透徹了這縱橫裏面的關係，這是一個大故事。這縱和橫的關係，正是一部巨著的結構」〔註57〕。

　　這部長篇的另一引人入勝之處，是王安憶透徹解析了在一個大都市，摩肩接踵的眾多行人時有可能發生，卻擦肩而過的深刻關係。這種大都市人典型的冷漠和距離感，是彼此被視爲個體的原因造成的。她認爲即使在不同年代，在人類社會發展的不同階段中，都會存在著這種機緣稍縱即逝的可能。也即人生機會的概率性實際是少而又少。所以作者意識到：「有時候，我從做

〔註54〕　（德）布萊希特：《論敘事劇》，伍蠡甫、胡經之《西方文藝理論名著選編》，北京：北京大學出版社，1987年，第316～318頁。
〔註55〕　王安憶：《米尼》，北京：作家出版社，1996年，第155頁。
〔註56〕　王安憶：《米尼》，北京：作家出版社，1996年，第155頁。
〔註57〕　王安憶：《米尼》，北京：作家出版社，1996年，第155頁。

一個作家的角度去想，假如我們勇敢地採取行動，與人們發生深刻的聯繫，我們的人生便可成爲一部巨著。而我們與人們的交往總是淺嘗輒止，於是只能留幾行意義淺薄小題大作的短句。那些戲劇性的因素從我們生活中經過，由於我們反應遲鈍，缺乏行動，猶豫不決而一去不回。對於我們貧乏的人生，我們自己也要承擔一些責任的」。

《紀實與虛構》中還有一條值得回看的線索是文化革命，正常社會秩序與人情邏輯被打破後，「我」的生活中出現的一群肆意揮灑青春的部隊大院子弟。這條線索足以讓我們認爲，王安憶這種自我獨白式的敘事語言探索並沒有就此止步。這群人的故事沒有終止，相反十幾年後又被擴充成了《啓蒙時代》。《紀實與虛構》反倒變成了小說素材，它在爲《啓蒙時代》中的主要人物原型和故事情節提供著稀缺的資源。因此值得引出的問題是，即使不考慮小說出版時的自我保護性，如果回歸那個作者曾親身經歷的革命的年代，這種具有「外省二代」身份的部隊大院子弟，也包括作者自己，當他們面臨一個令人困惑的大時代時，是不是也會產生這種作品人物的這種自我獨白式敘事語言的特徵？獨白是處於成長期的少年人的自我保護，獨白也是對時代的大困惑所在。因爲只有獨白，才能抵達那個時代最深刻的地方。

關於王安憶的敘事語言與形式的探索，應當提到的尚有《米尼》這部作品。同樣涉及女性墮落，《米尼》既不在左翼文學拯救墮落底層女性的題材範圍，更不屬於晚清海派文學淫邪女子最終從良的敘事模式。而是一個九十年代女性的故事。但作者在設計作品形式結構時，斷然放棄了過於離奇的戲劇化轉折。從故事一開始不久，米尼的內心活動就體現爲一種自願認同宿命這種平平淡淡，可以是這樣走，也可以是那樣走的敘事特徵。王安憶將米尼一路墮落的經歷放在與心術不正的阿康相遇邂逅的路線上，沒有過分強調這條線索的不可逆與宿命感。作品感興趣的是米尼自身成長環境與爲她的人情世故所左右的被動性。米尼與阿康多年的情感糾纏是故事的主線。如果將這段當作一部感情小說看的話，它和《香港的情與愛》手法相似，書寫著各方面不算突出的普通人在日常生活中經歷的愛恨情仇。這些糾葛自然複雜，不過王安憶沒有採用嚴歌苓《扶桑》等慣常運用的戲劇化激烈衝突，而是以更高一籌的文學智慧摒棄了奇情環境對人物命運的巨大衝擊力。呈現在閱讀者眼中的，是一對聰明機靈，卻沒有多大眼界，處於日常生活漩渦中的凡俗男女

的人生。因此，作品敘事語言的特徵就沒有《紀實與虛構》那種主觀性，而是具有某種客觀的性質。這種客觀性質體現在順著米尼被動性的性格邏輯往下走，而不作任何小說寫作的干預與引導。但這種客觀性，又是與《紀實與虛構》所企圖的讀者的參與效應殊途同歸的。作品最後這一段話，就不小心地洩露了這一點：「後來，當米尼有機會回顧一切的時候，她總是在想，其實阿康時時處處都給了她暗示，而她始終不覺悟。這樣想過之後，她發現自己走過的道路就好比一條預兆的道路現在才到達了現實的終點。」〔註58〕其實，米尼的人生並沒有到達現實的終點，而是再次回到了她人生的起點。她終究是一個不知人生為何物的人。

說到王安憶的長篇作品，還有一部經常容易被忽略、值得一再回味的《桃之夭夭》。這篇作品它寫的是一個女人的成長史。女主角郁曉秋的故事，是從這位相貌風流且有魅惑力的女孩入手的，講述了上海從五十年代到改革開放三十年間滬上市民社會的歷史變遷。作品前半段對郁曉秋的母親笑明明，一位在社會上摸爬滾打的文明戲女演員前半生的線性敘事，足以讓當代文學那些描寫風塵女子的作品汗顏了。眾所周知，王安憶並非是生活經歷複雜的作家，可她卻是一個能將道聽途說的材料寫出以假亂真效果的有真本事的寫作者。笑明明流落香港的經歷本屬虛構故事，她這類人的行為和經歷，也不是作家所熟悉瞭解的。但出現在讀者眼前的這個女演員如此鮮活可見，她的言談心理與人情揣摩又是如此的惟妙惟肖，宛如令讀者與其經歷了一遭戲劇性的演藝生涯。

回到女主角郁曉秋，作者巧妙地暗設了她深色皮膚，褐色瞳仁，豐滿身形，貓眼等具有誘惑力的外形。讀者看到的是她堅韌的性格與頗為鈍感的抵抗力。在小說講述中，她經過的每段歷程看起來平淡無奇，卻耐人回味。其中的生活細節，不論穿衣吃飯，人情往來，日常生活的料理，還是下鄉與病退回滬的經過描摹，乃至郁曉秋與戀人何民偉之間通過相處，不斷加深的感情與依戀，都與線性敘事的故事結構起到了相輔相成的作用。順時針的情節為生活細節提供了可靠的基礎與存在理由，反過來豐富細膩的生活細節，又為平鋪直敘的故事增添了真實的可信度和審美感。這種小說敘事的辯證手段，使得作品更具有一種寓意豐富的立體感。

〔註58〕王安憶：《米尼》，北京：作家出版社，1996年，第313、148頁。

　　從上面所舉的作品例子看，敘事語言和形式的探索，在王安憶九十年代小說中構成了一個不斷變化和深化的過程。因爲在王安憶看來，一個小說家的藝術創造力，重要的是在於她的敘事能力，而這種能力，又是通過她自己不斷的實驗、摸索包括糾錯來推進和完善的。而上海這個地方最爲鮮明的地域性，一定程度也體現在它對未來的探索精神上，作爲立足於這個地域這座城市的寫作者，之所以會對敘事語言和形式感葆有持續而強勁的好奇心，也是這個文化背景所決定的。

第五章　王安憶與張愛玲的「上海雙城記」
〔註 1〕

　　在對「地域視角」與王安憶小說的關係進行梳理和研究後，還有必要對其創作中的「張愛玲資源」作進一步的探討。只有這樣，地域視角對於王安憶九十年代創作轉型的推動性意義才能夠清楚地反映出來。換言之，王安憶與尋根思潮和上海重新崛起是一種外部的聯繫，她的小說創作的「張愛玲資源」則是一種內部聯繫。唯有將研究推進到這種內部聯繫上，才有可能從作家創作的層面來解釋。本書對王安憶九十年代小說的文學史定位工作，也才會有所展開和深入。

　　但是要說清楚前輩作家對某位後輩作家創作的影響，實在是太難了。例如果戈理對魯迅的影響，巴爾扎克和左拉對茅盾的影響，狄更斯對老舍的影響，沈從文對賈平凹的影響，福克納和馬爾克斯對莫言的影響，卡夫卡對余華的影響等等。因爲小說家成長的因素是多方面的，前輩作家的影響也許只是其中一個側面。而從影響因子的分析中卻能看出兩位作家創作風格的差異，這是進一步解釋所研究對象的有效途徑。因此，在此擬縮小範圍，先敘述王安憶創作中的「張愛玲資源」，然後再在二者的比較分析中展開討論。

第一節　王安憶小說中的張愛玲資源

　　毋庸諱言，王安憶初登文壇不久就展現出一定的個人風格。她在傷痕、反思、尋根文學潮流中一路前行，既有《本次列車終點》、《小鮑莊》和「三

〔註 1〕 較早使用這種說法的是李歐梵和倪文尖。倪文尖：《上海／香港：女作家眼中的「雙城記」——從王安憶到張愛玲》，《文學評論》2001 年第 1 期。

戀」等代表性作品，也是公認的實力派小說家。但在尋求自我更新和創作轉型的過程中，王安憶在九十年代這個創作的關口上，遇到了對於她的創作來說非常重要的現代文學史上的女作家張愛玲。

5.1.1　王安憶的張愛玲評論

　　她第一次在文章中公開談論張愛玲，是寫於 1995 年 5 月 25 日的《尋找蘇青》。文章是在比較兩位女作家的差別中來說張愛玲的：蘇青是九十年代上海人對這城市的追憶熱中再次登場的，她像是一個懷舊浪潮中的舊人。「她比張愛玲更遲到一些，有些被張愛玲帶出來的意思」。蘇青容易接受只是她的表面文章，例如一些生活的細節，環境的氣息，那弄堂房子裏的起居，公寓陽臺上望得見的街景，夾著脂粉氣油醬氣等等。與蘇青的「近」相比，張愛玲「卻是遠著的」，「張愛玲和她的小說，甚至也和她的散文，都隔著距離，將自己藏得很嚴。我們看不見張愛玲的聲音，只有七巧、流蘇、阿小，這一系列的聲音。只有一次，是在《傾城之戀》裏，張愛玲不慎漏出了一點端倪。是流蘇和范柳原在香港的日子裏，兩人機關算盡，勾心鬥角冷戰時期，有一晚，在淺水灣飯店，隔著房間打電話，范柳原忽念起了詩經上的一首：『死生契闊，與子相悅，執子之手，與子偕老。』我總覺得，讀詩的不是范柳原，而是張愛玲。張愛玲的風情故事，說是在上海的舞臺演出，但這只是個說法，其實，是在那『死生契闊』中。那個時代的上海，確有著『死生契闊』的某種特徵；往事如夢，今事也是夢，未來更是夢。」「因此，張愛玲是須掩起來看的，這還好一些，不至墜入虛無，那些前臺的景致寫的畢竟是『上海』兩個字。」〔註2〕從這段話可知，王安憶對張愛玲作品顯然不是第一次讀，從她的觀察之深刻，體悟之徹底來看，是相當熟悉的，包含著的是一種心心相惜的知情、體貼和理解。

　　不過，王安憶全面解讀張愛玲，還要到 2000 年以後。當年 8 月，她在香港「張愛玲與現代中文文學國際研討會」上作了題為《世俗張愛玲》的演講。她針對張愛玲的散文和小說，從世俗和虛無兩個方面分析了這位作家思想和文學的世界。凡是熟悉王安憶在地域視角這個節點上發生重要轉型的人們都知道，張愛玲思想和文學的這兩個著力點，恰恰也是對王安憶

〔註 2〕王安憶：《尋找蘇青》，《上海文學》1995 年第 9 期。

創作轉型發生了重要影響的文學資源。王安憶分析了張愛玲散文中世俗世界的構成、特徵和表現。首先，她指出：我在她散文作品中，看見的「是一個世俗的張愛玲。」「她對日常生活，並且是現世日常生活的細節，懷著一股熱切的喜好。在《公寓生活記趣》裏，她說：『我喜歡聽市聲。』城市中，擠挨著的人和事，她都非常留意。開電梯的工人，在後天井生個小鳳爐燒東西吃；聽壁腳的僕人，將人家電話裏的對話譯成西文傳給小東家聽；誰家煨牛肉湯的氣味。這樣熱騰騰的人氣，是她喜歡的。」但王安憶強調：「她喜歡的就是這樣一種熟稔的，與她共生態，有體貼之感的生活細節。這種細節裏有著結實的生計，和一些放低了期望的興致。」她不是一個理想主義者，也不是現實主義者，能夠就事論事地面對現實。「她並不去追究事實的具體原因，只是籠統的以為，人生終是一場不幸，沒有理由第一徑走著下坡路，個人是無所作為的。」第二，她從張愛玲小說裏發現了「虛無」二字，指出張愛玲雖熱愛世俗生活，卻不相信有生活的意義。她說：「在她的小說裏扮演角色的多是些俗世界的人——市民。最具俗世的特徵的，怕就是上海了。」她有點厭惡地指出：「張愛玲小說裏的人，真是很俗氣的，傅雷曾批評其『惡俗』，並不言過。」然而有意思的是，因為張愛玲不相信可以救贖，所以她寫小說時「便帶了刻薄的譏誚。」自己反而藏身於作品背後。她接著以幾篇具體作品為對象，深入分析了張愛玲的「虛無觀」。她指出：「《留情》裏，米先生，敦鳳，楊太太麻將上桌的一夥，可不是很無聊？《琉璃瓦》中的那一群小姐，也是無聊。《鴻鸞禧》呢，倘不是玉清告別閨閣的那一點急切與不甘腳趾起來的悵惘，通篇也盡是無聊的。」又說「《金鎖記》裏的曹七巧，始終在做著她醜陋而強悍的爭取，手段是低下的，心底極其陰暗，所爭取的那一點目標亦是卑瑣的。當她的爭取日益陷於無望，她便對這個世界起了報復之心。然而，她的世界是狹小的，僅只是她的親人。」王安憶沒有停留在對張愛玲小說藝術表面的欣賞上，她目光如炬，又極為犀利，從這「內部虛無」與「外部世界」的反差關係中，發現了這位傑出女作家小說敘述的「辯證法」：

就這樣，張愛玲的世俗氣是在那虛無的照耀之下，變得藝術了。

在此，可見得，張愛玲的人生觀是走在了兩個極端之上，一頭是現時現刻中的具體可感，另一頭則是人生奈何的虛無。

在這裡，反過來，是張愛玲的虛無挽救了俗世的庸碌之風，使這些無聊的人生有了一個蒼涼的大背景。這些自私又盲目的蠢蠢欲動，就有了接近悲劇的嚴肅性質。

而張愛玲對世俗生活的愛好，為這蒼茫的人生觀作了具體、寫實、生動的注腳，這一聲哀歎便有了因果，有了頭尾，有了故事，有了人形。於是，在此，張愛玲的虛無與務實，互為關照，契合，援手，造就了她的最好的小説。〔註3〕

5.1.2　對張愛玲資源的再激活

到了 2001 年，王安憶在接受劉金冬的採訪時再次談到了張愛玲。當劉金冬說到「很多人將你的小説與張愛玲的對照起來看，我也是」的時候，王安憶明確回答道：「我覺得有像的地方，但不是像到那種程度。像是因為有兩點：一是都寫了上海，這容易使人想到我和張愛玲的關係；另一方面，都寫實，在手法上，也使人把我們聯繫起來。而我個人最欣賞張愛玲的就是她的世俗性。欲望是一種知識分子理論化的說法，其實世俗說法就是人還想過得好一點，比現狀好一點，就是一寸一寸地看。上海的市民看東西都是這樣的，但是積極的，看一寸走一寸，結果也真走得蠻遠。」但若說張愛玲對她的影響很大，王安憶也不以為然。當劉金冬再問她「從評論可以知道，你對張愛玲有自己的看法」時，她肯定地回應：「我對張愛玲的看法不是不好，只是覺得沒有像眾人說得那樣好。」〔註4〕等於默認了張愛玲對她創作轉型的影響，但張氏小説不過是她創作發展過程中的一個添加劑，一個啟發點，而並非全部。因為她早形成了自己創作的路線，有自己小説的軌道，小説寫作的邏輯。或者說，她與上海的關係，與張愛玲和上海的關係，無論在歷史年頭、個人情境和經驗上都是差別很大的。

王安憶對自己與張愛玲關係的解釋，是完全能夠成立的。但正是在她的解釋中，我們隱約看到了王安憶與中國現代文學資源——通過張愛玲這個資源——之間的密切關係。「尋找蘇青」在這個意義上，不單純是在談論蘇青和張愛玲這兩位四十年代的上海女作家，而是實際上反映了處於八九十年代轉型之交上的王安憶，需要借助清理和反思這一份寶貴的文學資源，來重申自

〔註3〕 王安憶：《世俗的張愛玲》，《幸福情愛》2011 年 12 期。
〔註4〕 王安憶、劉金冬：《我是女性主義者嗎？》，《鍾山》2001 年第 5 期。

己已經走過的十餘年的文學道路。正如本文在緒論、第一章到第三章試圖處理的一樣，王安憶置身於「尋根文學」思潮中，產生了求變心態；接著九十年代上海的重新崛起，撬動了她生活經驗深處的「上海弄堂經驗」，再借助對蘇青和張愛玲等前輩作家的重讀，這一切因素在她創作過程中發生了密集而豐富的化學反應。重新整合了她的小說譜系。因此，在這個前提下，可以認為理解王安憶小說與張愛玲資源有以下幾層關係：第一，王安憶不是借助張愛玲文學資源才成就九十年代的文學實績的，她之前已是當代文學創作中最有實力和藝術獨特性的作家，張愛玲資源作為發酵因素，對她後來構築關於上海的「文學世界」，形成極富個人性的地域視角，起到了推波助瀾的作用；其次，王安憶自己的文學儲備和經驗，與張愛玲文學資源存在著明顯的差異性。這不光因為她們生活在不同的歷史年代，有不同的家庭出身，而且也由於所處的文學史場域不盡相同。例如，張愛玲是生活在衰落腐敗的大家庭的，她生活的圈子也基本在這個範圍內，這決定了她看世界看人生和看文學的眼光；而王安憶生活在新中國的一個軍轉家庭，是以大上海的征服者後裔的身份進入這座都市的。但在人生成長期，又轉道安徽淮北農村、江蘇蘇北小城，在時代亂世中顛簸浮沉，經歷了社會的大變局。因此她看中國、看社會和看人生就比早年的張愛玲深闊。正是這種人生經歷的差異性，造就了她看張氏小說及其文學資源的差異性和陌生化效果，也是在這種差異性當中，她對自己有了非常清楚的文學史定位；第三，張愛玲小說藝術的「辯證法」和寫作方式，也潛移默化地進入了王安憶九十年代的小說，尤其是她寫上海的小說。甚至局部地影響到了她的小說觀，產生了烙有王安憶個人印記的「小說辯證法」：「她寫的那些女性是我所不熟悉的，我很難說。我聽說有人將《傾城之戀》和我的《香港的情與愛》作了比較，好像有點像。」不過，「逢佳始終沒有到背水一戰的地步。」「我始終給我的人物留有餘地。李主任死的時候，我會給王琦瑤留金條，我不喜歡將女人逼到走投無路，這樣就不好看了，就沒故事了。」〔註5〕這種深有體會的話語裏，確實有一點點張愛玲小說辯證法的影子。

　　毫無疑問，張愛玲關於上海人世俗性的認知，顯然成為王安憶九十年代上海地域視角的重要著力點，但她沒有也盡力迴避了張愛玲那種深刻的個人虛無感。例如在《米尼》等小說中，王安憶是從作品人物與外部思潮之間關

係的角度理解她們身上的世俗性的，她不像張愛玲把個人虛無感帶入她們性格的世界，而是理智地控制著這一進程，把這性格世界的形成歸結爲上海地域性所釀造的結果。米尼本來是同一幫女知青在安徽蚌埠火車站轉車去上海，在這裡她與阿康等另一幫上海青工相遇。就在等車過程中，她與阿康打起了嘴仗，但這戲劇性細節並不決定非要留下來不回上海。再到她登車回上海時，已經與阿康這個上海小瘪三成爲男女朋友。繼而離家出走與阿康同居結婚，再受他慫恿成爲出入上海各大酒店的妓女，直至赴深圳賣淫被抓。這裡面起根本作用的，並非一次偶遇所理出的命運紅線，而是上海人的世俗性在支配著米尼。因爲米尼作爲知青返城後面臨失業，而與阿婆關係緊張逼著她無路可走，離家出走與阿康結婚就成爲她必然的選擇。在我們看來，不是米尼與阿康的關係在刻畫她的命運，反而是上海人的「現實性」也即世俗性，成爲刻畫她命運的一個邏輯。

王安憶替米尼算了一本家務賬：「每次回家，阿婆都先要與她算一筆細帳：她在家的期間應按什麼標準交納飯錢；而她帶回家的土產，又應按什麼價格銷售給家裏，這兩項再作一個減法。米尼常常想在計算上使個計謀，或多進一位或少進一位，可是阿婆越來越精於計算，她的陰謀很難得逞。」拿著包準備離家出走的米尼在弄堂口遇上小芳爸爸。小芳爸爸的一席話，既解釋了米尼離家的心理邏輯，也是對上海人世俗邏輯的最好注腳：「小芳爸爸說：過年了還出去玩？米尼笑笑，不回答。他又說：過年時節，外面很亂，要當心。第一是保牢自己的人，第二是保牢錢。人是魚，錢就是水。有了水，魚活了；有了魚，水也活了。米尼又想笑，卻有些鼻酸，她想：她這一趟走，其實是回不來了。就算人回來了，也不是原來那個人了。」米尼是沒錢回城知青，阿康雖然壞，但是個拿工資的青年工人。這個處境，正好與小芳爸爸的話對上。與其說米尼與小芳爸爸想到了一塊兒，不如說上海人都想到了一塊兒。上海是個金錢社會，資本堆積起來的歷史正是一部金錢史。處在這種城市環境中的人，無法不選擇這種人生邏輯。都說上海人現實，上海人有濃厚的世俗性，恰恰是這種生存環境塑造的。

不僅是王安憶對張愛玲的評價和認識，包括她九十年代小說的某些故事想像邏輯、敘述方式和行文風格的轉變，都或多或少地看得到張愛玲文學資源的成分。但這並不表明王安憶創作就是張愛玲在九十年代的翻版。正如我們已經指出的那樣，一方面她們是不同時代的上海人，另一方面她

們的身世、經歷和人生養成也截然不同，更重要的是，王安憶在遭遇張愛玲之前就已經是著名小說家，形成了自己固有獨特的創作風格。張愛玲這一因素，不過是給她小說創作的地域視角注入了新活力，產生了一種新動力。在特定的意義上可以說，她重寫了張愛玲，正如張愛玲重寫了《紅樓夢》一樣。所以，本書基於「地域視角與王安憶小說創作」這個視點，更感興趣的問題是，「王看上海」與「張看上海」究竟有什麼不同？這種不同怎樣決定了王安憶九十年代以後所走的小說創作路線？而王安憶又是如何形成自己「再寫上海」的新風格的？如此等等一系列相關問題，會在以下各節中展開。

第二節　「王看上海」與「張看上海」

　　「看張」與「張看」是港臺學者用「參差對照法」研究張愛玲的一種常用方法。臺灣嚴紀華教授在《看張・張看——參差對照張愛玲》一書中指出：「『看張』，是城市與作家的對照——總論張愛玲與其生長、寫作的原鄉上海；而『張看』則是「分別從張愛玲的『小說寫作』與『影劇創作』這兩個領域排比梳理她的見證感知。」〔註6〕李歐梵教授認為：香港與上海在張愛玲小說敘事中是一個典型的「雙城記」，它們互為「他者」，在此相互對照中，能看到張氏作品的位置與作者身份。〔註7〕倪文尖教授也指出，從張愛玲創作的角度「看」王安憶，可知兩人之間不僅是一個「雙城記」的故事，也有張愛玲的影響，以及王安憶對這影響擺脫後怎麼重走自己的路的另一個故事。〔註8〕幾位學者都強調，實際上「看」就是一個研究的視角。從中可以引申出另一番含義：這就是「王看上海」與「張看上海」的差異性。這種差異性，正是王安憶重新處理自己創作中的「張愛玲文學資源」的關鍵點。在此擬將它挪用過來，進一步分析兩位作家創作的不同。

〔註6〕嚴紀華：《看張・張看——參差對照張愛玲・緣起》，臺北：臺灣秀威信息科技股份有限公司出版，2007年。

〔註7〕李歐梵：《上海摩登》，毛尖譯，北京：北京大學出版社，2001年，第337～353頁。

〔註8〕倪文尖：《上海／香港：女作家眼中的「雙城記」——從王安憶到張愛玲》，《文學評論》2001年第1期。

5.2.1 兩位女作家人生際遇的差異

一個作家看世界的視角，一定程度是受制於特定身世遭遇中形成的人生觀念的。1928 年，張愛玲隨父母遷居上海之後，這個身世顯赫的大家族就開始走上了衰落之路。郜元寶敏銳地發現：「十歲時，留學歸來的新派母親與遭少氣重、家道中落的父親離婚」，使「她在脾氣暴躁的父親」的家裏充分領受了人性無常，「認識了許多新舊雜陳的古怪人物，培養了敏感多思的個性。」〔註 9〕張愛玲弟弟張子靜也回憶，1938 年姐姐從父親家逃出後跟姑媽同住，雖住在開納路開納公寓，但生活日漸拮据。「那是姑媽早已賣掉了汽車，辭掉了廚子，只雇傭了一個男僕，每週來兩三次，幫著採購些飲食用品，其他的家務都需自己料理。」母親和姑媽還「教她怎樣過不再有人服侍的生活，包括洗衣服，做飯，買菜，搭公共汽車，省錢……」。1942年她從淪陷的香港回到上海，本想在聖約翰大學修完最後一年的大學學業，因父親不願提供學費而輟學，「此後就專事寫作，賣文為生。」〔註 10〕一旦念及張愛玲的外祖母是晚清名臣李鴻章的大女兒李菊耦，外祖父是清末青年大臣張佩綸，母親也來自湘軍著名將領黃翼升的一脈，就知道到了張愛玲這裡，她的家族跌落得是如此厲害，真正是從天上重重跌到了地上，可謂天壤之別。她從小就混跡於李家黃家這兩個不肖的破落戶子弟的家族之中，看透了他們氣血將盡的狼狽相。個人身世遭遇再加上這種家族身份的襯墊，就使得張愛玲看「上海人」的眼光獨特。她小說中這些上海人的主體，「原是掌管中國近代農業社會經濟政治文化大權的士紳、官宦和中產之家，隨著革命爆發，農村破產，都市興起，紛紛移居上海」，剛開始確實享受了一番，「但經過一代、兩代、三代，生齒益繁，入不敷出，子弟們單會沉溺浮華，不問生計，逐漸成了『破落戶』」。這位學者進一步指出：「張愛玲對這些人物，因為看明白了他（她）們環境的惡劣和天性的軟弱，而將『憎惡之心』變成了『哀矜』」，「她也用同樣的方式審視著上海的『下等

〔註 9〕 程光煒、劉勇、吳曉東、孔慶東、郜元寶：《中國現代文學史》（第三版），北京：北京大學出版社，2011 年，第 289 頁。第十七章關於張愛玲部分的內容，為郜元寶教授所撰。

〔註 10〕 張子靜、季季：《我的姐姐張愛玲》，長春：吉林出版集團有限責任公司，2009年，第 102、106 頁。第四和第五章，詳細介紹了張愛玲的身世遭遇以及家道中落後的困境。

人』，以及在家庭和社會中實際處於卑賤地位的人。」〔註11〕李歐梵又把它概括爲一種「蒼涼與世故」的看世界的眼光。〔註12〕

而正如本書第三章「軍轉二代身份」對敍述視角的拓展中所述，王安憶父親王嘯平並非出自新加坡富商家庭，母親還有過寄寓上海有錢人親戚家的經歷，但他們參加革命，後來以「軍轉身份」進駐上海。這種征服者身份就借國家體制之力，不僅對上海解放後漸入困境的民國達官貴人家庭，而且對普通上海市民階層，具有了精神和心理上的優越感。這種優越感進入「軍轉二代」王安憶的血液，顯然墊高了她「看上海」的歷史視角。中間雖有下鄉插隊和輾轉蘇北小城的暫時坎坷，然則絲毫不損傷這種早已根深蒂固的新上海人的心理優勢。上世紀六七十年代，恐怕也是王安憶個人歷史中的「亂世」，不過這種亂世卻使她爲人處世和寫小說更爲成熟練達。因爲它影響於王安憶的，大體上是「時代的悲歡」；而影響張愛玲的，則是「個人的悲歡」。這種個人悲歡對張愛玲的精神世界，是徹底的顛覆性地摧毀，對王安憶來說，則是從時代的悲歡中獲得了一種大歷史視角的豁然看世界的眼光，它明顯不同於張愛玲從一己出發來看世界的眼光。這就是王曉明在長篇小說《富萍》裏發現的，隱藏作品背後的作者的身份優越感：「從《富萍》的其他一些段落裏，你有時還能看到另外一個與後廂房不同的世界的一角」，「小說的第二節題爲『東家』，詳細地描述『奶奶』的東家——一對從解放軍轉業的幹部——的生活：他們生活簡樸，大大咧咧，食欲旺盛，口味卻不細，來吃飯的客人也一樣，『進門就問：有沒有獅子頭？』……然後就寬衣脫帽，打仗似的坐在桌旁」。「有意思的是，作者特地說明，這東家雖是解放軍，『但籍貫是江浙一帶，所以就和那些山東南下的幹部不同些。他們很適應上海的生活』。」接著王安憶馬上調高了富萍的保姆奶奶看這些解放軍的視角：「她去過虹口區一位解放軍司令的家，屋子裏布置得像會議室，等級森嚴，一家人分吃幾個食堂。不但院子裏空空蕩蕩，高牆外面的馬路也很荒涼，『一輛軍車開過去，掃起一片塵土』。」富萍也伺候過上海衰落中的舊達官貴人家庭，但這次感覺很不一樣，「這虹口大院的森嚴刻板的氣氛，顯然更能代表『南下幹部』們帶進上海的

〔註11〕程光煒、劉勇、吳曉東、孔慶東、郜元寶：《中國現代文學史》（第三版），北京：北京大學出版社，2011年，第292～295頁。第十七章關於張愛玲部分的內容，爲郜元寶教授所撰。

〔註12〕參見李歐梵的《蒼涼與世故：張愛玲的啓示》一書，香港牛津大學出版社2006年版。

新的生活文化。它雖然和公寓大樓裏的生活完全不同，但以『奶奶』和富萍們的感受來說，卻同樣是一個隔得遠遠的、對自己居高臨下的異己的世界。」正如王曉明指出的，這種身份意識決定了王安憶上海都市題材小說的敘事視角。〔註13〕

　　「王看上海」與「張看上海」的不同，還來自她們所處的不同文學史格局。1978 年王安憶第一篇小說《平原上》亮相時的八十年代文學，與「五四」新文學是一脈相承的關係。八十年代文學高舉「五四」文學革命的大旗，直搗「文革」及其文學老巢，宣佈了「人的文學」的歸來。「人的文學」的思想核心就是批判封建禮教對人性的戕害，強調人的主體性地位，這即是魯迅「救救孩子」的主題，也即六十年後北島《回答》中「告訴你吧，世界／我─不─相─信」所宣誓的主題。而「人的文學」正是由知識精英的批判意識所主導的。直到 1985 年前，知識精英意識一直是貫穿於王安憶《雨，沙沙沙》、《本次列車終點》和《流逝》的主要思想線索，這種線索雖在 1985 年之際，尤其是在她九十年代小說中有所弱化、隱匿和混沌，但仍然可以看到它時隱時浮的身影。例如，《長恨歌》對王琦瑤命運書寫的反思性視角，《「文革」軼事》中有限度的批判性，《米尼》對米尼形象深沉的同情與憐惜，《我愛比爾》對八九十年代上海崛起後人性淪落的警惕等，王安憶善寫上海市民生活的繁瑣細節，煙火氣息，但她並不真正喜歡這種生存感覺，而經常讓作品帶有某種諷喻的意味。她前期與後期小說之變，只是寫法的變化，精英意識強與弱的變化，而仍然處在這位作家一以貫之的文學軌道之中。說到底，王安憶是「軍轉家族」的後裔，是新時期右派作家和知青作家家族的成員，這種社會階層，決定了她看世界和理解世界的角度。這種社會階層的精英意識，自然會支配著她的文學觀念、意識，決定了她「看上海」的視角。

　　張愛玲身為貴冑後裔，但與「五四」新文學精英家族無緣。相反她對去精英化的晚清海派文學情有獨鍾，她是《海上花列傳》的崇拜者，喜歡生死無常的文學敘事，這與王安憶從「五四」新文學繼承下來的擅長揣度和裁決人物命運，具有強烈的社會改造意識也即精英意識的文學敘事成規，不在同一陣營。如果說王安憶擁有的是知識精英意識，那麼張愛玲則是那種庸常人生意識。正如郜元寶所指出的，「張愛玲對這些人物，因為看明白了他（她）

〔註13〕王曉明：《從「淮海路」到「梅家橋」──從王安憶小說創作的轉變談起》，《文學評論》2002 年 3 期。

們環境的惡劣和天性的軟弱，而將『憎惡之心』變成了『哀矜』」，「她也用同樣的方式審視著上海的『下等人』，以及在家庭和社會中實際處於卑賤地位的人。」〔註14〕她無意、也從未想過要改變這些人的人生格局。因此能夠想像，如果不是抗戰爆發精英文學大本營南移重慶桂林，張愛玲這位被「五四」精英文學極力排斥的海派文學的信徒，大概也不會爆紅文壇，成為一時的文學「傳奇」。

　　晚清海派文學的邏輯，是順從人物命運安排，用客觀和超然的態度對待煙火人生，張愛玲小說始終服膺的是這種敘事邏輯。也就是說，張愛玲一直處於「五四」新文學的格局之外，相反倒在中國傳統文學尤其是海派文學的格局之中。因此，她「看上海」的視角，是極度平民化的，是與人物的人生位置處在同一地平線上的，雖然她也有諷刺、有憐憫、有超然的隱晦的態度。或者說，王安憶和她的同代人，是具有大歷史意識、大時代意識的；而張愛玲卻沒有這種家國意識，她對歷史是非甚至是毫不關心的。就像有人所評價的：「她那個時代畢竟還是資本主義文化在上海初興的時代，對於『消費文化』尚未達到如今以消費為欲望和昇華的程度。所以我認為她所謂的物質生活，指的不僅是奢侈享受，而是一種日常生活的世俗性，而世俗的定義是和錢分不開的，因此她在此文中說：她和蘇青『都是非常明顯地有著世俗的進取心，對於錢，比一般文人要爽值得多。』」〔註15〕

5.2.2　歷史環境的不同

　　王安憶所處的共和國的歷史環境，與張愛玲的民國環境也有很大的不同。共和國的建國實踐，是一直秉持著改造社會改造人的方針深入推進的，歷經半個多世紀，重構了人們的精神系統和思想世界。王安憶九十年代小說雖有某種向張愛玲靠攏的跡象，但她的時代，她的人生經歷，與共和國建國實踐是密切相關的。而民國社會實踐，儘管也不乏改造社會改造人的訴求，但畢竟受困於戰爭和四分五裂的中國而無法貫徹，說到底，對於普通民眾精神系統和思想世界來說，並未曾產生多大的影響和支配力。在小說創作中，也能夠看出這種差別來。

〔註14〕　程光煒等：《中國現代文學史》（第三版），北京：北京大學出版社，2011年，第292～295頁。
〔註15〕　李歐梵：《蒼涼與世故：張愛玲的啟示》，香港牛津大學出版社2006年版，第4頁。

　　《長恨歌》的結構設計，有一個從民國到共和國，再重返二三十年代的敘述路線。在此設計中，王琦瑤的人生跌宕與其說是自然命運的無常，還不如說是社會命運的強制性安排的結果。而在《金鎖記》裏，七巧嫁到婆家，是小戶女子的命運所致，她攀爬到貴族家庭，卻遭遇了分家風波和族人欺凌。民國這個大歷史，在七巧命運的軌跡中是模糊不清的。她性格的扭曲，來源於人性之惡的深淵。張愛玲是這樣描寫七巧破壞女兒婚姻的：

> 　　世舫挪開椅子站起來，鞠了一躬。七巧將手搭在一個傭婦的胳膊上，款款走了進來，客套了幾句，坐下來便敬酒讓菜。長白說：「妹妹呢？來了客，也不幫著張羅張羅。」七巧道：「她再抽兩筒煙就下來了。」世舫吃了一驚，睜眼望著她。

> 　　……他取了帽子出門，向那個小廝道：「待會兒請你對上頭說一聲，改天我再面謝罷！」〔註16〕

王安憶不僅借王琦瑤的眼睛看她女兒薇薇，同時找到了一面觀看自己的鏡子。初版本《長恨歌》第268到272頁寫道：

> 　　在六十年代末到七十年代上半葉，你到淮海路來走一遭，便能感受到在那虛偽空洞的政治生活底下的一顆活潑跳躍的心。當然，你要細心地看，在那平直頭髮的一點彎曲的髮梢，那藍布衫裏的一角襯衣領子，還有圍巾的繫法，鞋帶上的小花頭，那真是妙不可言，用心之苦令人大受感動。

在這「頭髮革命」和「服裝革命」的時代浪潮中，王琦瑤去理髮店燙了頭髮，母女倆的服裝也發生了變化。自然，在七八十年代，王琦瑤還是以四十年代的服裝爲榮耀：

> 　　曾有一次，王琦瑤讓薇薇試穿這件旗袍，還幫她把頭髮攏起來，像是要再現當年的自己。當薇薇一切收拾停當，站在面前時，王琦瑤卻惘然若失。她看見的並非是當年的自己，而是長大的薇薇。〔註17〕

王安憶時刻不忘暗示讀者，在共和國年代的中國，人的命運起伏是要受制於時代輪換的，也無論悲歡喜樂。但在張愛玲那裡，「時代」並沒有留下如此強

〔註16〕張愛玲全集：《傾城之戀》，北京十月文藝出版社，2009年版，第258、259頁。

〔註17〕王安憶：《長恨歌》，北京：作家出版社，1996年，第268～272頁。

烈、清晰的痕跡。這種不同的歷史地盤，決定了兩種不同的「看上海」的視角。

第三節 「走出張愛玲」的創造性寫作

我們一再強調，王安憶是具有個人藝術獨創性的傑出小說家。即使她遭遇了張愛玲，她九十年代小說中上海的地域視角愈加明確之後，也同樣如此。將王安憶與張愛玲比較的用意，不在於說明她如何受到了後者的影響，而是在強調，王安憶正是借了張愛玲這個藝術天才的槓杆，重新發現並創造性地建構了自己獨一無二的小說世界。

5.3.1 「世俗性」從公館到弄堂

張愛玲的活動範圍是她最熟悉的上海大家族公館，《傾城之戀》、《金鎖記》、《心經》、《第一爐香》、《茉莉香片》、《琉璃瓦》、《封鎖》和《連環套》等涉及的主要空間都是如此。而王安憶的上海世界是淮海路周圍的幾十個弄堂，弄堂公寓的眾生相便成為她最拿手的題材。我們認為，她是充分利用了張愛玲的「上海人的世俗性」和「市聲感覺」來重建個人的上海世界的。認為王安憶是「海派傳人」，同時又指出她創造性地走出這個文學傳統的王德威更願意強調：「王安憶自承多受張愛玲語言觀的教益：『張是將這語言當作是無性的材料，然而最終卻引起了意境。』但王對張的『不滿足是她的不徹底。她也許是生怕傷身，總是到好就收，不到大慈大慟之絕境。所以她筆下的就只是傷感劇，而非悲劇。這也是中國人的圓通。』王安憶也許不能理解張愛玲『參差對照』的美學；對張而言，人生『就是』哭笑不得的傷感劇。她的不徹底，正是她以之與五四主流文學對話的利器。但王安憶對張愛玲的反駁，畢竟別有所獲。」〔註18〕王德威的意思，是王安憶將這個傳統加以利用改造，又將它發展到了極致的地步。

《妹頭》裏妹頭身上的世俗性，可謂其中一個代表。一個星期天早上，她去街上買油條，發現排在隊伍中頭很大，臉很白，上面加了一架近視眼鏡的小白，原來是中學一個班的同學。接著她在市場買菜時，又靈活自如地幫

〔註18〕王德威：《海派作家，又見傳人——王安憶論》，選自《當代小說二十家》，北京：生活・讀書・新知三聯書店，2006 年。

一個老太太站隊，這老太太竟原來是小白的阿娘。這個弄堂女孩馬上意識到，小白不僅有獨自房間，而且也是自己最佳戀愛對象。但女孩子在最終奔向婚姻目標之前，難免要掙扎一番、輾轉幾個回合的。小說寫到這麼一個細節：小白如約去妹頭家，見她穿了一件無袖的方領衫和一條花布裙子，裙子稍短，露出了渾圓的膝頭。這是一種不經意的家居的穿戴。妹頭煮了一鍋綠豆湯涼在那裡，現在還微溫著。兩人喝了幾碗後，不知要說什麼，妹頭就拼命踩縫紉機，又盼著太陽趕快下山，小白走人。熟讀張愛玲小說的人都知道，這種弄堂日常的家居氣息，在她作品中很少見到。《花凋》裏川嫦與章雲藩本是一椿不錯的婚姻，可川嫦身體不爭氣，剛見幾次面就得了絕症。張愛玲不願意象王安憶這樣在日常瑣細小事上非常耐心地繞來繞去，她直接就給川嫦下了死亡狀。這是張愛玲的厲害之處，但也太刻薄了一點。王安憶則讓妹頭與小白一來二往地進行了很久，耳鬢廝磨，還不肯撒手。可能在王安憶看來，這種磨纏的工夫，正是上海人「世俗性」的最佳體現。這些細節寫出了張愛玲小說中所沒有的東西。

5.3.2 「市聲感覺」的再創造

　　王安憶對「市聲感覺」也有自己的創造。張愛玲喜歡在散文中炫耀自己這種都市感覺，可在小說裏，她卻更願研究人物的心理，把他們全部心思都往命運結局上逼。王安憶也在散文中大量寫到這些東西，如《兒童玩具》、《我的同學董小平》、《搬家》等等。她在小說中同樣把這種都市生活的「感覺」發揮到了極致。《妹頭》寫玲玲二姐上班時的情形，這是敘述者最喜歡的樣子：「她是嬌小苗條的身材，穿一條花布長裙，繫在白襯衣外面，腰上緊緊地箍一根白色的寬皮帶。頭髮是電燙過的，在腦後紮兩個小球球，額髮高高地聳起，蓬鬆的一堆。肩上背一個皮包，帶子收得短短的，包正到腰際。這是她這樣剛出校門，又走進社會的女青年的典型裝束，標明了受教育和經濟自立的身份。」「市聲感覺」在王安憶看來，就是上海人的一種生活感覺，她對這種感覺是認同甚至是欣賞的。《妹頭》裏經常會離開人物主線，離開主要矛盾，在這些穿著、飲食、做飯、應酬上磨纏很久，以至到了損傷作品表現力的地步。因為王安憶把它看作上海人的「日常哲學」，她不覺得這些是與作品無關的東西。在《香港的情與愛》裏，她又把這種上海的感覺移到了香港：

這一晚上，老魏帶她去了他的酒店。他們自然是做了愛。香港
的燈光映在窗簾上，有電車馳過的「當當」聲。酒店裏的床單是那
種熨得很平，再又緊緊繃在床墊上的床單，顯得冷靜和淡漠。後來，
它們揉皺了，才有了些溫情。然後，他們靠在床上，平靜地說了一
宿的話。主要是她說，老魏聽。她的聲音充滿在靜夜裏，在忽明忽
暗的光影從他們身上臉上渡過，好像外面在放禮花，是一個狂歡之
夜似的。〔註19〕

老魏是退休的美國華僑，每年照例來香港度假遊覽。三十多歲的逄佳出生在
臺灣，曾居美國，現在好像在上海職場打拼什麼的，感情也充滿挫折。這段
奇遇顯然不是出於愛情，而是功利目的，九龍麗晶酒店外面的市聲暗示房間
裏男女情愛的虛假。可這虛假裏偶而也閃過一絲真情，但很快又被都市人的
虛假敷衍所淹沒。張愛玲《金鎖記》也寫到市聲，季澤以愛為藉口想要七巧
的錢，計謀被識破後氣急敗壞地離去。忽然感到這一輩子再也見不到他的七
巧趕緊跑到窗前：

揭開了那邊上綴著小絨球的墨綠洋式窗簾，季澤正在弄堂裏往
外走，長衫搭在臂上，晴天的風像一群白鴿子鑽進他的紡綢袴褂裏
去，哪兒都鑽到了，飄飄拍著翅子。〔註20〕

這是舊公館內部的市聲，折射出大家族的腐朽衰落。王安憶以這市聲為小說
寫作的「方法」，建構出另一種都市外部的市聲世界來。張愛玲個人和文學生
活是內傾型的，王安憶個人經歷和文學生活的關聯則是外向型的。她所述的
大時代，塑造了她九十年代小說境界的大格局，大眼光。如果說張愛玲的都
市感覺是老中國的某一縮影，王安憶的都市感覺則是 60 年代至 90 年代新中
國的一個組件，它反映的是歷史的動盪、不安和變遷。市聲是她內心世界與
外部世界的中介，是一個橋樑，她把一代小人物的命運與歷史大變遷聯繫了
起來。王安憶正是在這裡，締造了自己關於上海的文學帝國。

在評價張愛玲小說的語言特色時，王德威說它們是「精警尖誚、華麗蒼
涼，早早成了三四十年代海派風格的註冊商標。」他對王安憶小說語言好像
有點貶意：「大體而言，王安憶並不是出色的文體家。她的句法冗長雜沓，不

〔註19〕王安憶：《香港的情與愛》，王安憶自選集之三，北京：作家出版社，1996 年，
　　　　第 505 頁。
〔註20〕張愛玲全集：《傾城之戀》，北京：北京十月文藝出版社，2009 年，第 239 頁。

夠精謹；她的意象視野流於浮露平板；她的人物造型也太易顯出感傷的傾向」，這些問題在中短篇小說中尤其明顯。不過他又說，這種風格「也許正是她被所居住的城市所賦予的風格：誇張枝蔓，躁動不安，卻也充滿了固執的生命力。王安憶的敘事方式綿密飽滿，兼容並蓄，其極致處，可以形成重重疊疊的文字障」，「長篇小說以其龐大的空間架構及歷史流程，豐富的人物活動訴求，真是最適合王安憶的口味。」〔註 21〕老實說，這評價既確切又不確切。確切在後一部分，不確切在前面。因為批評家沒有聯繫兩位作家創作的年齡進行考察。張愛玲上海時期也即她主要創作階段，是在二十三四歲完成的；王安憶則從二十三四歲寫到了六十歲出頭。一個是年輕女孩子，一個是飽經風霜的老人。兩位寫作者對小說、對人物命運處理，自然會有不大相同的經驗。張愛玲寫人的生死非常決絕徹底，像《花雕》、《金鎖記》、《十八春》等都是如此，這來自她「精警尖誚、華麗蒼涼」的小說語言觀和人生觀。王安憶則極力排斥這種極端敘述。所以她對劉金冬說：「逢佳始終沒有到背水一戰的地步。」「我始終給我的人物留有餘地。李主任死的時候，我會給王琦瑤留金條，我不喜歡將女人逼到走投無路，這樣就不好看了，就沒故事了。我覺得要給她一點條件，可以往上掙一掙的條件」。〔註22〕

正因為這樣，王安憶對她筆下的女性形象有自己的定位：「《妙妙》其實也是寫弱者的奮鬥，這一類人的命運我個人是比較傾向關心的，這好像已經變成我寫作的一個重要的題材，或者說一個系統。她們都是不自覺的人。有時候不自覺的人比自覺的人有更多的內涵，自覺的人他都是知己知彼地去做，他有理性，於是理性也給他畫了一個圈，有了範圍；不自覺的人卻可能會有意外發生，他們的行動漫無邊際。像米尼是不自覺的，妙妙也是不自覺的，後來的王琦瑤也是不自覺的，《我愛比爾》裏的阿三也是不自覺的。」但「她們要一樣東西就是去要，去要，需要付出什麼代價，則全然不計較。」〔註23〕王安憶這種小說創作的「辯證法」，是基於她對中國數十年當代史的觀察而形成的。活得越長，就越不會輕易走向決絕，而是會選擇韌性，就像王德威所說「充滿了固執的生命力。」這個人生規律對於普通人，對於作家，都是

〔註21〕王德威：《海派作家，又見傳人——王安憶論》，選自《當代小說二十家》，北京：生活‧讀書‧新知三聯書店，2006 年。

〔註22〕王安憶、劉金冬：《我是女性主義者嗎？》，《鍾山》2001 年第 5 期。

〔註23〕王安憶、張新穎：《談話錄》，桂林：廣西師範大學出版社，2008 年，第 285、286 頁。

如此。這裡不妨舉一個例子。在《米尼》中，米尼與阿婆生氣反目，無路可走，只得離家投奔剛認識不久的阿康。米尼從弄堂板壁隔起的過道進阿康家，阿康套上褲子，下了床，在床前繫皮帶。一位老頭問阿康她是廠裏同事嗎？阿康答在輪船上剛認識的。老頭又說，怎麼一認識就來家裏找？阿康痞賴地說，不是你放進來的嗎？這種困境，使本來人生已很狹窄的米尼無地自容。但生存下去的勇氣，又忽然在她身上煥發出不可思議的反彈力量：

> 米尼望了他的背影，眼淚湧了上來。她伸手從背後抱住了他，將臉貼在他的背上，說道：「阿康，我要跟你在一起，無論你要我做什麼，都可以的。」阿康怔了一會兒，又接著把被子疊完，撢了撢床單。米尼反正已經豁出去了，她將阿康抱得更緊了，有一次說：「阿康，我反正不讓你甩掉我了，隨便你怎麼想。說罷，淚如雨下。阿康不禁也受了感動，輕輕地說：「我有什麼好的？」〔註24〕

169 個字，人物的處境和情緒幾度變化，米尼不肯回頭將遭天譴的命運可謂大起大落，王安憶小說纏繞多變和綿密飽滿的特色在此被淋漓盡致地展現。

5.3.3　以紮實的小說理論爲支撐

　　王安憶對張愛玲小說的超越性寫作，是以紮實豐富的小說理論墊底的。她是「50 後」一線小說家裏最擅長寫小說理論文章的，有《心靈世界——王安憶小說講稿》和《小說講堂》這兩本書爲證。《心靈世界——王安憶小說講稿》一開篇就指出：「小說是什麼？小說不是現實，它是個人的心靈世界，這個世界有著另一種規律、原則、起源和歸宿。但是築造心靈世界的材料卻是我們所賴以生存的現實世界。」王安憶知道也像張愛玲一樣，在自己的心靈世界中構造上海，強調上海不同於中國大多數城市的那種地域性特徵，而每位作家構成心目中的文學世界的規律、原則、起源和歸宿又是不同的。因爲每位作家都在爲這個抽象世界準備不同的物質材料。張愛玲的材料是公館，自己的材料是弄堂。對於作家來說，他（她）最困難的就是如何處理「現實」：「我以爲現代的作家們都在爲小說的現實困擾，它們想盡一切辦法，要將小說與真實拉開距離。」解決辦法，只能「從各種理論中去尋找途徑」。〔註25〕

〔註24〕王安憶：《米尼》，王安憶自選集之五，北京：作家出版社，1996 年，第 25 頁。

〔註25〕王安憶：《心靈世界——王安憶小說講稿》，上海：復旦大學出版社，1997 年，第一章「題詞」、第 19 頁。

　　中外古今的小說理論可謂豐富多彩，需要大浪淘沙。王安憶有自己一套利用理論為創作服務的辦法。例如，她討論了「小說情節」。根據傳統小說的創作方法，情節指的是「做什麼」，然而還有一個「怎麼做」的問題。小說的一個根本因素就是要講故事，因此「如何從起始走向終局，於是就要設計路徑。」而小說講故事又有自己的邏輯。每位作家在講故事的時候都會考慮如何完成小說的邏輯。又如她說到「小說的異質性」，認為這種異質性就是指「小說與現實的不同」。為分析這個問題，她從時間、空間和人這三個方面來解釋現實進入小說後所發生的質變。最後得出結論說：「小說有機會在現實常態中表現異質人物，也就是這些異質性才使得小說所以是小說，而不是生活。」〔註26〕綜合上述對王安憶與張愛玲的比較分析，就知道王安憶有另一套獨特的小說理論。不能說傑出小說家都有自己的理論系統，比如張愛玲就沒有——但有自己獨特理論系統的小說家在接受前輩作家影響的同時，一定又在探索獨具特色的小說創作天地。這就是王安憶所實踐的。她是重構了另一個不同於張愛玲的上海地域視角。這讓她走到了今天，成為近四十年來中國最好的小說家之一。

〔註26〕王安憶：《小說課堂》，北京：商務印書館，2012年，第111、127、147頁。

結　語

　　先看本書研究命題的文學史意義。回溯論文緒論、第一章到第五章所分析的內容，筆者試圖建立「地域視角與王安憶小說創作」這一命題的完整性。緒論解釋論文研究的問題、範疇和方法。第一章敘述王安憶尋找「地域視角」的緣起，這就是尋根思潮的觸發和她個人的反思。第二、第三和第四章是論文主體，著重分析「軍轉二代身份」與作家個人弄堂生活經驗的結合，以及在上海崛起及其文化懷舊思潮激發之下，王安憶是如何將地域視角在九十年代小說中予以貫徹和成功完成藝術實踐的。第五章則是進一步解釋更爲潛在的張愛玲影響問題，王安憶在吸收和創新過程中實現了藝術的超越，成爲中國當代文學史上獨具一格的優秀作家。20 世紀八十年代越是「地域性的」就越是「世界性」的文學口號，在王安憶這裡再次得到了積極的響應，並成爲另一個成功的藝術實踐。

　　正像現代文學史上的經驗一樣，地域性色彩鮮明的小說家，往往是獨特而優秀的小說家，例如魯迅、沈從文、張愛玲、趙樹理等等。王安憶對自己小說「地域視角」的發現、經營和重建，使她成爲二十世紀中國最出色的女作家之一，同時也是繼張愛玲寫上海之後，另一個再現上海的文學光芒的天才寫手。這意味著，她的創作爲上世紀四十年代後即已衰落的「海派文學傳統」再續新篇，並成爲當代文學寫作中獨步天下的有生力量。正如王德威所指出的：「現代中國小說寫上海與女性的關係，當然不始自王安憶。早在 1892年，韓邦慶就以《海上花列傳》打造了上海／女性想像的基礎。」「而《海上花》最精彩處，在於點出了這些前來上海淘金的女子，終要以最素樸的愛欲癡嗔，來注解這一城市的虛飾與繁華。世故中有天眞，張狂裏見感傷，這該

是海派精神的眞諦了。30 年代左翼作家茅盾，曾以煙視媚行的女性喻上海，寫成《子夜》有名的開場白。同時新感覺派作家更塑造了豔異妖嬈的『尤物』意象，附會上海的摩登魅力。」「這種種有關上海與女性的書寫，在 40 年代達到高潮。」「張愛玲受教半世紀前的《海上花》並發揚光大，不是偶然。」〔註1〕不言而喻，本書正是要將王安憶小說的「地域視角」納入這一文學史視野，並指出她創作所獨具的意義。

其次是地域視角與王安憶小說創作的意義。對王安憶八九十年代轉型期的小說來說，「地域視角」不啻奠定了她創作的角度和方法，爲其提供了源源不斷的都市題材的靈感和資源。除「三戀、《小鮑莊》、《文工團》、《妙妙》、《蚌埠》等少數淮北蘇北農村和小城小說外，她迄今爲止的最佳小說都與此相聯繫，例如《好婆和李同志》、《紀實與虛構》、《米尼》、《「文革」軼事》、《長恨歌》、《我愛比爾》、《香港的情與愛》、《鳩雀一戰》、《悲慟之地》、《遺民》、《隱居的時代》、《富萍》、《髮廊情話》、《遍地梟雄》、《啓蒙時代》、《天香》、《妹頭》等等。然而我們在第二章和第三章已經指出，王安憶九十年代小說主要寫的是上海淮海路周邊的幾十個弄堂。它們分爲「上隻角」和「下隻角」兩大地域。而圍繞這兩個地域，又分爲第一類、第二類、第三類和第四類社區。這四等社區的作品人物：一是西區高尙弄堂公寓人物；二是新式里弄人物；三是棚戶弄堂人物；第四類則是外省來滬農民。她的小說幾乎涉及這四種社區的所有弄堂人物。但顯而易見的是，作家最拿手、最出彩也最爲人稱道的，仍然是她最熟悉的新式里弄人物，例如王琦瑤、程先生、米尼、阿三、妹頭、李同志、阿婆和逢佳等。這些人物帶出了王安憶幾十年上海生活的記憶，帶出了這座大都市歷史的浮沉，同時帶出了大歷史最令人難忘的一角。她也通過他們重構了這個世界。

在這個意義上，「地域視角」可以說再造了一個 20 世紀六十至九十年代的上海，也在特定的意義上再造了王安憶。九十年代的王安憶，也越來越意識到上海在她作品中的分量。正如拙作《王安憶小說與「弄堂世界」》一文中所指出的：由此，「我們開始看清楚王安憶小說中『地方性』即使有一般性的

〔註1〕 王德威：《海派作家，又見傳人——王安憶論》，選自《當代小說二十家》，北京：生活・讀書・新知三聯書店，2006 年。王德威文章擅長文本分析，並注意把它納入文學史線索之中，確定作家作品的位置。這種舉一反三的寫作方式，構成了迄今王氏研究鮮明的自我風格。

都市特徵，也是獨一無二的。正因為它飽含著作家的生活體溫，有極其敏銳的觀察視角，也才這麼獨具風采。它的特色是，作為社會中間階層的主要聚集地，『上海弄堂』才是王安憶最熟悉的地方，是她小說『地方性』之所在；在此之外的花園洋房、高級公寓、酒店世界，只是這最熟悉世界之延伸，是她小說間接的材料和經驗。」「確切地說，因為有弄堂做支撐，做底色，當王安憶把她筆下的人物轉移到高級公寓和酒店世界時，也是遊刃有餘和隨心所欲的，她把弄堂這個微縮交卷加洗放大為上海整個大都市世界，並將這個都市世界的多層社會結構盡收眼底。」〔註2〕南帆則進一步認為，八九十年代中國小說最大的變化，就是創作領域的分工，而第一流的小說家都紛紛回撤，開始在家鄉或居住地重建自己的「地方性」，當然這一源頭可以一直追溯到八十年代中期的「尋根小說」浪潮：「如同人們所發現的那樣，越來越多的作家將他們的小說託付於一個固定的空間；他們的所有故事都發生在一個相對封閉的獨立王國裏面，這裡的人物相互認識，他們之間有著形形色色的親緣關係，作家筆下所出現的每一幢房子、每一條街道或者每一間店鋪都是這個獨立王國的固定資產。」「與眾不同的是，王安憶更樂於為她的小說選擇城市——一個開放而又繁鬧的空間。」〔註3〕這一評價無疑道出了八九十年代王安憶小說轉型後最醒目的事實。

再次，從地域視角中孕育的女性感覺經驗，構成了王安憶獨一無二的綿密飽滿、兼容並蓄的小說文體和敘述方式。王安憶一再否認自己是女性主義者，但作為女性的性別經驗，不啻說也是她迥異於莫言、賈平凹、余華、張承志等小說大家的寫作姿態。這種姿態與其小說文體和敘述方式遙相呼應，使她有足夠的自信和力量與這些最具分量的小說家分庭抗禮，傲然獨立。喬以鋼認為小說創作中的女性視角影響到作品中「感情世界的豐富，文學觀念的更新，帶來了對傳統審美形式的突破和創作風格上的新變」，〔註4〕這對於認識王安憶女性感覺經驗與其創作的關係是有重要參照價值的。顯而易見，九十年代後的王安憶不僅比莫言、賈平凹塑造出了更多的女性形象，如王琦瑤、妹頭、米尼、阿三、好婆、李同志、富萍、小妹阿姨、逢佳、胡迪菁，

〔註2〕程暘：《王安憶小說與「弄堂世界」》，《文學評論》2016年第2期。
〔註3〕南帆：《城市的肖像——讀王安憶的〈長恨歌〉》，《小說評論》1998年第1期。
〔註4〕喬以鋼：《中國女性與文學——喬以鋼自選集》，天津：南開大學出版社，2004年，第152頁。

而且作家還把豔異摩登的女性意識，投入到人物刻畫當中。王德威說「對歷
史（尤其是共和國史）與個人關係的檢討；對女性身體及意識的自覺；對『海
派』市民風格的重新塑造」是王安憶近年來創作的幾個主要特徵，並非沒有
道理。〔註5〕但是當王安憶把「歷史」和「市民」雙重視野投射到女性經驗上
的時候，就不只是精彩地創造了王琦瑤、米尼、阿三這些「情婦」、「墮落者」
形象，她還將經驗寶庫延展擴大到女性世界的角角落落，塑造出各色的女性
人物來。

　　比如，阿婆就是上海精明但不失善良的傳統市民，李同志是登陸上海的
解放軍女同志，妹頭是弄堂裏最為常見的家婦，富萍則為以保姆身份寄寓這
座都市的農村女人。王安憶當然知道，在世事多變的九十年代，在各種女性
理論紛至沓來的知識譜系當中，要對女性身體、欲望及想像領域做重新界定，
絕不是容易的事。不管女性情慾和姐妹情仇如何起落，總得落實到某一具體
時空背景裏，才更能扣人心弦。這份職責不光需要王琦瑤們承擔，更需要像
《鳩雀一戰》裏的小妹阿姨那樣的人物來承擔，才更顯豐富多姿。這篇小說
講述陪嫁丫頭出身的小妹阿姨在上海幫傭了三十年，精明算計了一輩子，卻
突然醒悟到沒有自己的房子，老來將無法在上海頤養晚年，也許不得不面對
回到浙江鄉下的命運。小妹阿姨一輩子都在上海勞作，先後服侍幾家人，到
頭來連她三十年來最下力的張家，包括親自帶大的老太太的幾個兒女，竟然
如此寡情。她居然要為一個狹促的房間，與這些孩子們鬥智鬥勇，費盡心機。
從作品細節描寫，就可知道作家不僅洞察王琦瑤、米尼和阿三等人曲折幽閉
的女性心理，同樣也熟悉小妹阿姨這種已經自認為是上海人的舊式鄉下保
姆。連連受挫的她這時不禁生氣地想：「當年在張家，要想著終會有老太太沒
了的一日，就不必太逞強稱霸，至少討好討好小輩。既要逞強稱霸，乾脆逞
到底，再趕也不走，死不遷戶口。既為了臉面，只得走了，這時好歹找個男
人。就說不嫁人，趁著文化革命開始，不那樣心慈手軟的，擠進去搶一間房
子。退到最後一步，要趁小叔叔高興的日子，硬拿了戶口去遷，他不依，就
告他個欺侮寡嫂。」這樣的心理活動可謂入木三分。因此在我看來，這種從
地域視角中傳達出的女性感覺經驗，並非僅指以地域性特徵為前提來衡量小
說中女性感覺的書寫；也應看到這種王安憶式的女性感覺，進一步凸顯了上

〔註5〕　王德威：《海派作家，又見傳人——王安憶論》，選自《當代小說二十家》，北
　　　　京：生活·讀書·新知三聯書店，2006年。

海的地域性特徵，這就是上海女性實際功利和精明算計性格的林林總總，這
是與其他城市女性有所不同的。如果沒有如此綿密飽滿和兼容並蓄的敘述風
格加以填充，想必小妹阿姨的形象也不會如此豐滿和淋漓盡致。所以，地域
視角只有在創作中通過人物性格、觀念、氣味等來烘托和呈現，它才是一個
有意味的存在。

　　綜上所述，構建地域視角與王安憶的小說創作關聯性的，是這個貫穿性
的邏輯線索：1985 年尋根思潮——王安憶對創作轉型的不懈探索——上海重
新崛起——張愛玲小說的影響——走出張愛玲的創造性寫作。

　　正如王安憶自己所感慨的那樣：「《長恨歌》是一個特別容易引起誤會的
東西，偏偏它又是在這個時候——上海成為一個話題，懷舊也成了一個話題，
如果早十年的話還不至於。你想八十年代初寫《流逝》，誰都不會想到它是寫
上海，好像和上海是沒有關係的。九十年代初寫《『文革』軼事》時也沒有人
想到上海，大概就陳思和一個人想到了，想到了上海的民間社會，別人都沒
有想到。」〔註6〕處在時代最敏感症候裏的批評家陳思和，感受到了文學大地
之下即將發生的強烈震動，但他還沒有意識到這是當時王安憶創作世界中的
「潛結構」所發出的破裂性的震動的聲音。這個潛結構從尋根思潮、上海重
新崛起到張愛玲小說的影響，像多米諾骨牌倒塌一樣，產生了一種連續性的、
不斷由前向後發酵和持續推動性的震動效應。時隔二十多年，我們無法強求
王安憶解釋自己行為的潛在邏輯。作為文學史的「當事人」，他們怎麼能夠即
創造歷史、又不得不被迫地解釋這種歷史發生的前因後果？沒有任何一個歷
史的「當事人」能夠做到這一點。歷史事件的當事人，在完成自己任務的同
時，就等於完成了自己的歷史使命。他們不可能去做兩種不同的工作。因此，
柯林武德非常精闢地闡釋過這個歷史事件下面的「潛結構」，也即把後人研究
前面的人創造的歷史的工作方式稱之為「重演過去」。他說：「歷史學家就不
是他所希望知道的那些事實的目擊者。歷史學家也並不幻想著自己就是一個
目擊者。他十分清楚地知道，他對過去唯一可能的知識乃是轉手的或推論的
或間接的，絕不是經驗的。」「他對他的那些所謂權威們要做的是，並不是要
相信他們，而是要批判他們。」在本文中，這一「批判」性研究就是通過一
個鏈條式的貫穿性邏輯，將 1985 年尋根思潮——王安憶對創作轉型的不懈探

〔註 6〕　王安憶、張新穎：《談話錄》，桂林：廣西師範大學出版社，2008 年，第 279
　　　～295 頁。

索──上海重新崛起──張愛玲小說的影響──走出張愛玲的創造性寫作等等，勾連起系列性的歷史事實。借助這個文學地理圖，來重演和認識「地域視角與王安憶的小說創作」。然而，在完成最後的敘述前，筆者意識到要想眞正實現這個目標，前面仍然有長期和艱苦的路要走。本書只是一個粗淺的嘗試，它還有不少有待進一步拓展、充實和豐富的空間。

參考文獻

研究論文類

1. 程德培：《「雯雯」的情緒天地——談王安憶的短篇近作》，《上海文學》1981 年第 7 期。

2. 吳亮：《〈小鮑莊〉的形式與含義》，《文藝研究》1985 年第 6 期。

3. 吳義勤：《王安憶的「轉型」》，《文學自由談》1992 年第 1 期。

4. 李潔非：《王安憶的新神話——一個理論探討》，《當代作家評論》1993 年第 5 期。

5. 朱也曠：《從小城市到都市之態——王安憶小說中的一個技術問題》，《北京文學》1996 年第 11 期。

6. 南帆：《城市的肖像——讀王安憶的〈長恨歌〉》，《小說評論》1998 年第 1 期。

7. 陳思和：《營造精神之塔——論王安憶九十年代初的小說創作》，《文學評論》1998 年第 6 期。

8. 汪政、曉華：《論王安憶》，《鍾山》2000 年第 4 期。

9. 王雪瑛：《生長的狀態——論王安憶九十年代的小說創作》，《當代作家評論》2001 年第 2 期。

10. 李泓：《構築城市日常生活的審美形式》，《上海師範大學學報》2001 年第 6 期。

11. 張浩：《從私人空間到公共空間——論王安憶創作中的女性空間建構》，《中國文化研究》2001 年冬之卷。

12. 倪文尖：《上海／香港：女作家眼中的「雙城記」——從王安憶到張愛玲》，《文學評論》2002 年第 1 期。

13. 王曉明：《從「淮海路」到「梅家橋」——從王安憶小說創作的轉變談起》，《文學評論》2002 年第 3 期。

14. 王豔芳：《被複製的文化消費品——論〈長恨歌〉的文學史意義》，《當代作家評論》2002 年第 5 期。

15. 王德威：《海派作家，又見傳人——王安憶論》，選自《當代小說二十家》，北京三聯書店 2006 年版。

16. 黃子平：《有所不飲酒中聖——小說寫手的藝術控制》，《書城》2006 年第 6 期。

17. 胡俊：《論王安憶從〈長恨歌〉到〈遍地梟雄〉》，《電影評介》2006 年第 14 期。

18. 騰朝軍：《王安憶小說創作的「女性‧城市」觀》，《河北科技示範學院學報》2006 年第 4 期。

19. 謝青：《王安憶上海題材小說與其日常生活意識的形成》，《陝西教育學院學報》2006 年第 4 期。

20. 徐德明：《「眾生」與超越——論王安憶的〈遍地梟雄〉》，《揚子江評論》2007 年第 1 期。

21. 張旭東：《「啓蒙」的精神現象學——談談〈啓蒙時代〉裏的虛無與實在》，選自張旭東、王安憶：《對話啓蒙時代》，北京三聯書店 2008 年版。

22. 謝有順：《小說的物質外殼：邏輯、情理和說服力——由王安憶的小說觀引發的隨想》，《當代作家評論》2007 年第 3 期。

23. 陳思和：《讀〈啓蒙時代〉》，《當代作家評論》2007 年第 3 期。

24. 王堯：《「思想事件」的修辭——關於王安憶〈啓蒙時代〉的閱讀筆記》，《當代作家評論》2007 年第 3 期。

25. 南帆：《豐富的「看」》，《當代作家評論》2007 年第 3 期。

26. 郭冰茹：《日常的風景——論王安憶的「文革」敘述》，《當代作家評論》2007 年第 3 期。

27. 項靜：《我們如何呈現歷史——重讀王安憶早期小說》，《當代作家評論》2007 年第 3 期。

28. 陳曉明：《身份政治與隱含的壓抑視角——從〈新加坡人〉看王安憶的敘事藝術》，《當代作家評論》2007 年第 3 期。

29. 張志忠：《誤讀的快樂與改寫的遮蔽——論〈啓蒙時代〉》，《文學評論》2008 年第 1 期。

30. 李慶西：《卑微人生的破繭之旅——王安憶小說〈富萍〉閱讀筆記》，《讀書》2008 年第 2 期。

31. 曾壤：《瓦解男權話語的敘事策略——解讀王安憶〈長恨歌〉的邊緣敘事》，《理論與創作》2008 年第 4 期。

32. 李紅真：《流逝與追憶——試論王安憶小說的時間形式》《文藝爭鳴》2008年第 6 期。

33. 張蓉、賈辰飛：《後殖民主義文化心理下的生存困境——〈我愛比爾〉》，《安徽文學》2008 年第 9 期。

34. 王麗萍：《一座女性視閾中的城市——讀王安憶的〈長恨歌〉》，《安徽文學》2008 年第 9 期。

35. 程德培：《消費主義的流放之地——評王安憶近作〈月色撩人〉及其他》，《上海文化》2009 年第 1 期。

36. 王德威：《虛構與紀實——王安憶的〈天香〉》，《揚子江評論》，2011 年第 2 期。

37. 張誠若：《小說家自己的命運——讀王安憶的〈天香〉》，《上海文化》，2011年 04 期。

38. 張新穎：《一物之通，生機處處——王安憶〈天香〉的幾個層次》，《當代作家評論》，2011 年 04 期。

39. 王春林：《閨閣傳奇 風情長卷——評王安憶長篇小說〈天香〉》，《文藝爭鳴》，2011 年 8 期。

40. 金理：《「青春」遭遇「遠方的世界」——〈哦，香雪〉與〈妙妙〉的對讀》，《中國現代文學研究叢刊》，2012 年第 7 期。

41. 王琳：《歷史與文化中再構上海鏡像——論王安憶長篇小說〈天香〉》，《當代文壇》，2013 年 04 期。

國外研究著作類

1. （美國）韋勒克、沃倫：《文學理論》，劉象愚等譯，北京：三聯書店，1984年版。

2. （荷蘭）D·佛克馬、E·蟻布思：《文學研究與文化參與》，俞國強譯，北京：北京大學出版社，1996 年版。

3. （加拿大）斯蒂文·托托西：《文學研究的合法化》，馬瑞琦譯，北京：北京大學出版社，1996 年版。

4. （法國）孟德斯鳩：《論法的精神》（上卷），許明龍譯，北京：商務印書館，2009 年版。

5. （德國）黑格爾：《歷史哲學》，王造時譯，上海：上海書店出版社，2006年版。

6. （法國）丹納：《藝術哲學》，傅雷譯，南京：鳳凰出版傳媒集團，2012年版。

7. （美國）安德森：《想像的共同體——民族主義的起源與散佈·導讀》，吳叡人譯，上海：上海人民出版社，2005 年版。

8. （日本）竹內好：《近代的超克》，李東木、趙京華、孫歌譯，北京：三聯書店，2005 年版。

9. （法國）米歇爾・福柯：《知識考古學》，謝強、馬月譯，北京：三聯書店，1998 年版。

10. （法國）皮埃爾・布迪厄：《藝術的法則——文學場的生成和結構》，劉暉譯，北京：中央編譯出版社，2001 年版。

11. （日本）柄谷行人：《日本現代文學的起源》，趙京華譯，北京：三聯書店，2003 年版。

12. （美國）夏志清：《中國現代小說史》，上海：復旦大學出版社，2005 年版。

13. （美國）李歐梵：《鐵屋中的吶喊》，長沙：嶽麓出版社，1999 年版。

14. （美國）李歐梵：《上海摩登——一種新都市文化在中國》，毛尖譯，北京：北京大學出版社，2001 年版。

15. （美國）王德威：《想像中國的方法》，北京：三聯書店，1998 年版。

16. （美國）J・希利斯・米勒：《小說與重複——七部英國小說》，王宏圖譯，天津：天津人民出版社，2008 年版。

17. （美國）伯格：《通俗文化、媒介和日常生活的敘事》，姚媛譯，南京：南京大學出版社，2002 年版。

18. （英國）邁克・費瑟斯通：《消費文化與後現代主義》，劉精明譯，南京：譯林出版社，2000 年版。

19. （美國）布賴恩・貝利：《比較城市學》，顧朝林等譯，北京：商務印書館，2010 年版。

20. （美國）傅葆石：《灰色上海：1937～1945》，張霖譯，北京：三聯書店，2012 年版。

國內研究著作類

1. 喬以鋼：《中國女性與文學——喬以鋼自選集》，天津：南開大學出版社，2004 年版。

2. 喬以鋼：《中國當代女性文學的文化探析》，北京：北京大學出版社，2006 年版。

3. 喬以鋼、林丹婭主編：《女性文學教程》，石家莊：河北教育出版社，2007 年版。

4. 喬以鋼等：《中國現代文學文化現象與性別》，天津：南開大學出版社，2012 年版。

5. 陳千里：《因性而別——中國現代文學家庭書寫新論》，天津：南開大學出版社，2014 年版。

6. 喬以鋼、關信平主編：《社會發展與性別研究》，天津：南開大學出版社，2014 年版。

7. 洪子誠：《中國當代文學史》，北京：北京大學出版社，1999 年版。

8. 洪子誠：《我的閱讀史》，北京：北京大學出版社，2011 年版。

9. 陳曉明：《眾妙之門》，北京：北京大學出版社，2015 年版。

10. 孟繁華：《文學革命終結之後》，北京：現代出版社，2012 年版。

11. 陳思和：《中國當代文學史教程》，上海：復旦大學出版社，1999 年版。

12. 蔡翔：《革命／敘述》，北京：北京大學出版社，2010 年版。

13. 陶東風：《文學史哲學》，鄭州：河南人民出版社，1994 年版。

14. 戴錦華主編：《書寫文化英雄》，南京：江蘇人民出版社，2000 年版。

15. 王曉明：《所羅門的瓶子》，上海：華東師範大學出版社，2014 年版。

16. 南帆：《文學的維度》，北京：中國人民大學出版社，2009 年版。

17. 許紀霖、羅崗等著：《城市的記憶——上海文化的多元歷史傳統》，上海：上海書店出版社，2011 年版。

18. 李今：《海派小說與現代都市文化》，合肥：安徽教育出版社，2000 年版。

19. 張鴻聲：《文學中的上海想像》，北京：人民出版社，2011 年版。

20. 楊劍龍：《都市空間和文化想像》，上海：三聯書店，2008 年版。

21. 李新宇：《突圍與蛻變》，天津：南開大學出版社，2008 年版。

22. 耿傳明：《來自「別一世界」的啟示》，天津：南開大學出版社，2014 年版。

23. 羅振亞：《與先鋒對話》，長春：吉林出版社，2009 年版。

24. 李揚：《拯救與逍遙》，上海：上海交通大學出版社，2013 年版。

25. 嚴家炎主編：《二十世紀中國文學與區域文化叢書》，長沙：湖南教育出版社，1995 年版。

26. 忻平：《城市化與近代上海社會生活》，桂林：廣西師範大學出版社，2011 年版。

27. 朱曉明、祝東海：《勃艮第之城——上海老弄堂生活空間的歷史圖景》，北京：中國建築工業出版社，2012 年版。

28. 孫倩：《上海近代城市公共管理制度和空間建設》，南京：東南大學出版社，2009 年版。

29. 張濟順：《遠去的都市——1950 年代的上海》，北京：社會科學文獻出版社，2015 年版。

30. 熊月之等編選：《上海的外國人：1842～1949》，上海：上海古籍出版社，2003 年版。

31. 張偉群：《四明別墅對照記——上海一條弄堂諸史》，北京：中央編譯出版社，2013 年版。

史料文獻類

1. 王安憶：《挖掘生活的新意》，1982 年 4 月 22 日《文匯報》。

2. 周介人：《難題的探討——給王安憶同志的信》，《星火》1983 年第 9 期。

3. 王安憶：《「難」的境界——覆周介人同志的信》，《星火》1983 年第 9 期。

4. 王安憶：《生活與小說》，《西湖》1985 年第 9 期。

5. 陳村、王安憶：《關於〈小鮑莊〉的對話》，《上海文學》1985 年第 9 期。

6. 王安憶、劉金冬：《我是女性主義者嗎？》，《鍾山》2001 年第 5 期。

7. 王安憶、陳思和：《兩個 69 屆初中生的即興對話》，《上海文學》1988 年第 3 期。

8. 茹志鵑：《從王安憶說起》，張新穎、金理編：《王安憶研究資料》，天津：天津人民出版社，2009 年，第 391～398 頁。

9. 王安憶、張新穎：《談話錄》，桂林：廣西師範大學出版社，2008 年版。

10. 張新穎、金理編：《王安憶研究資料》（上、下），天津：天津人民出版社，2009 年版。

11. 王志華、胡健玲編選：《王安憶研究資料》，濟南：山東文藝出版社，2006 年版。

12. 孔範今、雷達等主編：《中國新時期文學研究資料彙編》，2006 年版。

13. 楊揚：《中國當代作家研究資料叢書》，天津：天津人民出版社，2007 年版。

雜誌類

1. 《人民文學》、《上海文學》、《收穫》、《當代》、《十月》、《北京文學》《作家》等。

作品類：

1. 《雨，沙沙沙》（小說集），天津：百花文藝出版社，1981 年版。

2. 《王安憶中短篇小說》，上海：少年兒童出版社，1983 年版。

3. 《69 屆初中生》（長篇小說），北京：中國青年出版社，1986 年版。

4. 《荒山之戀》，武漢：長江文藝出版社，1993 年版。

5.《紀實與虛構》（長篇小說），北京：人民文學出版社，1994 年版。

6.《長恨歌》（長篇小說），北京：作家出版社，1995 年版。

7.《王安憶自選集》（六卷），北京：作家出版社，1996 年版。

8.《富萍》（長篇小說），長沙：湖南文藝出版社，2000 年版。

9.《剃度》（短篇小說集），海口：南海出版公司，2000 年版。

10.《遍地梟雄》（長篇小說），上海：上海文藝出版社，2005 年版。

11.《啟蒙時代》（長篇小說），北京：人民文學出版社，2007 年版。

12.《天香》（長篇小說），北京：人民文學出版社，2011 年版。

13.《匿名》（長篇小說），北京：人民文學出版社，2015 年版。

後 記

　　直到畢業論文寫完最後一個字，我才意識到，在南開讀博的三年生涯即將結束了。三年前剛剛走進校園的一個瞬間，恍若眼前，恍如舊夢，然而也難以釋懷。這三年是我求學生涯中的一段最好的記憶之一，是自不待言的。

　　首先要感謝恩師喬以鋼教授，是她以博大的胸懷和愛心接受了我這個學生。三年來，我不僅完整修完了喬老師的中國當代文化與女性研究的兩門課程，系統瞭解了二十世紀女性主義及其文學發展脈絡、知識建構和文化訴求，而且跟著導師走進了學術研究之門。喬老師給我開了一些專業必讀書，平時也對基本學術訓練多有叮囑教誨。她嚴謹的治學態度和務實求真的科研精神，是我在南開校園收穫的最寶貴的財富。在喬老師身上，我懂得了什麼叫大度、遠見，懂得了很多為人處世的平凡道理。我同時也要感謝李新宇教授、羅振亞教授、耿傳明教授和李錫龍教授，在他們的課上，開闊了學術視野，從不同研究視角掌握了學術前沿的豐富信息。在博士論文開題時，老師們精湛的治學功力也令我受益頗多。另外感謝這次參加我的博士論文答辯的魏建教授、方長安教授、劉保昌教授和劉衛東教授，他們對論文的精到評議，將會對論文的進一步充實大有裨益。

　　在南開三年，我幸運地結識了同屆的博士生梁錦麗，于萌，白晨陽，宋宇，韓誠等人。難忘我們多次切磋學問，打車同赴天津大劇院，以及徒步在學校周圍餐館覓食的美好時光。「恰同學歲月，指點江山，激揚文字」，不僅是前輩學人相聚求學的獨特記憶，其實也是一代代求學人的相同人生道路。在你們那裡，我獲得了珍貴的友情、信任和愛心。

最近十年來，無論是我本科就讀武漢大學、碩士遠赴英倫三島還是讀博進入南開，我親愛的父母都給了我最寬容的理解和默默的支持。正是他們無私的愛，讓我走到了今天，完成了自己人生的夢想。在今後漫長的治學道路上，我一定謹記你們的教誨，勤於做事，認眞爲人，與人友善，不會辜負了你們的殷切期望。